UM GENERAL
NA BIBLIOTECA

ITALO CALVINO

UM GENERAL NA BIBLIOTECA

Tradução
Rosa Freire d'Aguiar

2ª reimpressão

Copyright © 1993 by Espólio de Italo Calvino
Proibida a venda em Portugal

Esta publicação contou com o apoio do Ministério de Relações Exteriores da Itália.

Grafia atualizada segundo o Acordo Ortográfico da Língua Portuguesa de 1990, que entrou em vigor no Brasil em 2009.

Título original
Prima che tu dica "Pronto"

Capa
Jeff Fisher

Preparação
Eliane de Abreu Santoro

Revisão
Juliane Kaori
Flávia Yacubian

Dados Internacionais de Catalogação na Publicação (CIP)
(Câmara Brasileira do Livro, SP, Brasil)

Calvino, Italo, 1923-1985
    Um general na biblioteca / Italo Calvino ; tradução de Rosa Freire d'Aguiar. — São Paulo : Companhia das Letras, 2010.

    Título original : Prima che tu dica "Pronto".
    ISBN 978-85-359-1699-7

    1. Contos italianos I. Título.

10-05490   CDD-853.1

Índice para catálogo sistemático:
1. Contos : Literatura italiana 853.1

Todos os direitos desta edição reservados à
EDITORA SCHWARCZ LTDA.
Rua Bandeira Paulista, 702, cj. 32
04532-002 — São Paulo — SP
Telefone: (11) 3707-3500
www.companhiadasletras.com.br
www.blogdacompanhia.com.br

SUMÁRIO

Nota de Esther Calvino 7

APÓLOGOS E CONTOS 1943-1958
O homem que chamava Teresa *12*
O raio *14*
Quem se contenta *16*
O rio seco *17*
Consciência *22*
Solidariedade *24*
A ovelha negra *27*
Imprestável *29*
Como um voo de patos *34*
Amor longe de casa *41*
Vento numa cidade *50*
O regimento desaparecido *57*
Olhos inimigos *63*
Um general na biblioteca *67*
O colar da rainha *73*
A grande bonança das Antilhas *98*
A tribo com os olhos para o céu *105*
Monólogo noturno de um nobre escocês *108*
Um belo dia de março *112*

CONTOS E DIÁLOGOS 1968-1984
A memória do mundo *118*
A decapitação dos chefes *125*
O incêndio da casa abominável *139*

A bomba de gasolina *152*
O homem de Neandertal *158*
Montezuma *166*
Antes que você diga "Alô" *177*
A glaciação *185*
O chamado da água *188*
O espelho, o alvo *193*
As memórias de Casanova *200*
Henry Ford *210*
O último canal *227*

Nota do Editor *234*
Sobre o autor *237*

ITALO CALVINO COMEÇA A ESCREVER MUITO CEDO, ainda adolescente: contos, apólogos, poesias e peças teatrais. O teatro é sua primeira vocação e talvez o que mais lhe interesse. Desse período há muitas peças que nunca foram publicadas. Sua extraordinária capacidade de autocrítica, de se ler desdobrando-se, levou-o muito depressa a abandonar esse gênero. Numa carta de 1945 ele anuncia laconicamente ao amigo Eugenio Scalfari: "Passei à narrativa". A notícia devia ser muito importante, pois foi escrita em maiúsculas que cruzam todo o espaço da página.

A partir daí sua atividade de escritor será ininterrupta; não houve dia em que não tenha trabalhado, em qualquer lugar, em qualquer circunstância, sentado à mesa ou com o papel em cima dos joelhos, no avião ou num quarto de hotel. Não espanta, pois, que tenha deixado uma obra tão vasta, da qual fazem parte inúmeros contos e apólogos. Além dos coletados por ele em vários volumes, muitos saíram apenas em jornais e revistas; outros permaneceram inéditos.

Os textos aqui reunidos — inéditos e não — são apenas uma parte dos escritos entre 1943 — quando o autor ainda não tinha vinte anos — e 1984.

Alguns, concebidos inicialmente como romances, vão se tornar contos, processo nada insólito em Calvino, que, de um romance nunca publicado, *Il bianco veliero*, tirará mais de um relato inserido no volume dos *Contos* de 1958.

Outros resultam de pedidos específicos: talvez ele nunca tivesse escrito *A glaciação* se uma destilaria japonesa de bebidas alcoólicas, mais especificamente de um uísque muito popular no Oriente, não tivesse decidido festejar seu quinquagésimo aniversário pedindo um conto a certos escritores famosos europeus. Havia uma única obrigação: a de mencionar no texto uma bebida alcoólica qualquer. *A glaciação* foi publicado primeiro em japonês e depois em italiano. Curiosos também são a gestação e o destino de *O incêndio da casa abominável*. Havia um pedido, bastante vago, da IBM: até que ponto era possível escrever um conto com o computador? Isso se passava em Paris, em 1973, e essas máquinas não eram de fácil acesso. Sem se desencorajar, e dedicando-lhes muito tempo, Calvino fez à mão todas as operações que o computador deveria ter executado. O conto terminou sendo publicado, depois, numa edição italiana da *Playboy*, o que, na verdade, não significou um problema para Calvino, pois ele o destinara mentalmente ao Oulipo* como exemplo de *ars combinatoria* e desafio às próprias capacidades matemáticas.

Quanto aos contos que abrem este livro, quase todos inéditos e muito curtos — Calvino os chamava *raccontini*, "continhos" —, pode ser útil saber que, numa nota de 1943, encontrada entre seus papéis de juventude, ele escreveu: "O apólogo nasce em tempos de opressão. Quando o homem não pode dar forma clara a seu pensamento, exprime-o por meio de fábulas. Esses continhos correspondem a uma série de experiências políticas e sociais de um jovem durante a agonia do fascismo". Quando os tempos permitissem, acrescentava — ou seja, depois do final da guerra e do fascismo —, o conto-apólogo não seria mais necessário e o escritor poderia passar a outra coisa. Mas os títulos e as datas de grande parte dos textos do presente volume e de outros escritos não reunidos aqui parecem indicar que, apesar do raciocínio de juventude, Calvino continuaria a escrever apólogos ainda por muitos anos.

Foram incluídos neste livro alguns textos de difícil classifi-

---

* Ouvroir de littérature potentielle (Oficina de literatura potencial): grupo criado pelos franceses Raymond Queneau e François Le Lionnais, do qual participaram Georges Pérec e Italo Calvino, e que propunha experiências literárias segundo regras rígidas que seus próprios membros inventavam e se impunham. (N. T.)

cação, como *O chamado da água*; mesmo não sendo apólogos nem contos no sentido estrito, merecem ser trazidos aos leitores.

Em outros casos, textos que podem parecer únicos e isolados no conjunto de sua obra fazem parte de projetos que Calvino tinha claros na mente mas não teve tempo de realizar.

Esther Calvino

APÓLOGOS E CONTOS
1943-1958

O HOMEM QUE CHAMAVA TERESA

DESCI DA CALÇADA, recuei uns passos, olhando para cima, e, chegando no meio da rua, levei as mãos à boca, como um megafone, e gritei para os últimos andares do prédio:
— Teresa!
A minha sombra se assustou com a lua e se agachou entre meus pés.
Passou alguém. Chamei de novo:
— Teresa!
A pessoa se aproximou, disse:
— Se não chamar mais alto não vão escutar. Vamos tentar nós dois. Assim: conto até três, no três gritamos juntos. — E disse: — Um, dois, três.
E juntos gritamos: — Tereeeesaaa!
Passou um grupinho de amigos que voltavam do teatro ou do café e viram nós dois chamando. Disseram: — Bom, também podemos ajudar com a nossa voz. — E também foram para o meio da rua e o primeiro dizia um, dois, três e então todos gritavam em coro: — Te-reee-saaa!
Passou mais um e juntou-se a nós; quinze minutos depois estávamos reunidos num grupo, uns vinte, quase. E de vez em quando chegava mais um.
Não foi fácil chegarmos a um acordo para gritarmos direito, todos juntos. Havia sempre um que começava antes do "três" ou que demorava demais, mas no final já conseguíamos fazer alguma coisa benfeita. Combinou-se que "Te" seria dito baixo e longo, "re", agudo e longo, e "sa", baixo e breve. Funcionou muito bem. Mas, vez por outra, havia uma briga porque alguém desafinava.
Já começávamos a perder o fôlego quando um de nós, que

a julgar pela voz devia ter a cara cheia de sardas, perguntou: — Mas vocês têm certeza de que ela está em casa?

— Eu não — respondi.

— Que confusão — disse um outro. — Esqueceu a chave, não é?

— Na verdade — disse eu —, estou com a chave aqui.

— Então — me perguntaram —, por que não sobe?

— Mas eu nem moro aqui — respondi. — Moro no outro lado da cidade.

— Mas então, desculpe a curiosidade — perguntou circunspecto o sujeito da voz cheia de sardas —, quem é que mora aqui?

— Para falar a verdade, não sei — disse eu.

Houve um certo descontentamento ao redor.

— Mas então se pode saber — perguntou outro com a voz cheia de dentes — por que está chamando Teresa aqui de baixo?

— Por mim — respondi — também podemos chamar outro nome, ou em outro lugar. Não custa nada.

Os outros estavam meio aborrecidos.

— O senhor não teria desejado fazer uma brincadeira conosco? — perguntou o das sardas, desconfiado.

— Eu, hein! — disse, ofendido, e me virei para os outros para pedir que confirmassem minhas boas intenções. Os outros ficaram calados, mostrando não terem captado a insinuação.

Houve um instante de constrangimento.

— Vejamos — disse um deles, bondoso. — Podemos chamar Teresa mais uma vez, e depois vamos para casa.

E chamamos mais uma vez — um, dois, três, Teresa! —, mas já não deu muito certo. Depois nos dispersamos, uns por aqui, outros por ali.

Eu já havia chegado à praça quando tive a impressão de ainda ouvir uma voz que gritava: — Tee-reee-sa!

Alguém deve ter ficado chamando, obstinado.

O RAIO

ACONTECEU-ME UMA VEZ, num cruzamento, no meio da multidão, no vaivém.

Parei, pisquei os olhos: não entendia nada. Nada, rigorosamente nada: não entendia as razões das coisas, dos homens, era tudo sem sentido, absurdo. E comecei a rir.

Para mim, o estranho naquele momento foi que eu não tivesse percebido isso antes. E tivesse até então aceitado tudo: semáforos, veículos, cartazes, fardas, monumentos, essas coisas tão afastadas do significado do mundo, como se houvesse uma necessidade, uma coerência que ligasse umas às outras.

Então o riso morreu em minha garganta, corei de vergonha. Gesticulei, para chamar a atenção dos passantes e — Parem um momento! — gritei — Tem algo estranho! Está tudo errado! Fazemos coisas absurdas! Este não pode ser o caminho certo! Onde vamos acabar?

As pessoas pararam ao meu redor, me examinavam, curiosas. Eu continuava ali no meio, gesticulava, ansioso para me explicar, torná-las participantes do raio que me iluminara de repente: e ficava quieto. Quieto, porque no momento em que levantei os braços e abri a boca a grande revelação foi como que engolida e as palavras saíram de mim assim, de chofre.

— E daí? — perguntaram as pessoas. — O que o senhor quer dizer? Está tudo no lugar. Está tudo andando como deve andar. Cada coisa é consequência de outra. Cada coisa está vinculada às outras. Não vemos nada de absurdo ou de injustificado!

E ali fiquei, perdido, porque diante dos meus olhos tudo voltara ao seu devido lugar e tudo me parecia natural, semáforos, monumentos, fardas, arranha-céus, trilhos de trem, mendigos, passeatas; e no entanto não me sentia tranquilo, mas atormentado.

— Desculpem — respondi. — Talvez eu é que tenha me enganado. Tive a impressão. Mas está tudo no lugar. Desculpem.
— E me afastei entre seus olhares severos.

Mas, mesmo agora, toda vez (frequentemente) que me acontece não entender alguma coisa, então, instintivamente, me vem a esperança de que seja de novo a boa ocasião para que eu volte ao estado em que não entendia mais nada, para me apoderar dessa sabedoria diferente, encontrada e perdida no mesmo instante.

QUEM SE CONTENTA

HAVIA UM PAÍS EM QUE TUDO ERA PROIBIDO.
Ora, como a única coisa não proibida era o jogo de bilharda, os súditos se reuniam em certos campos que ficavam atrás da aldeia e ali, jogando bilharda, passavam os dias.

E como as proibições tinham vindo paulatinamente, sempre por motivos justificados, não havia ninguém que pudesse reclamar ou que não soubesse se adaptar.

Passaram-se os anos. Um dia, os condestáveis viram que não havia mais razão para que tudo fosse proibido e enviaram mensageiros para avisar os súditos que podiam fazer o que quisessem.

Os mensageiros foram àqueles lugares onde os súditos costumavam se reunir.

— Saibam — anunciaram — que nada mais é proibido.

Eles continuaram a jogar bilharda.

— Entenderam? — os mensageiros insistiram. — Vocês estão livres para fazer o que quiserem.

— Muito bem — responderam os súditos. — Nós jogamos bilharda.

Os mensageiros se empenharam em recordar-lhes quantas ocupações belas e úteis havia, às quais eles tinham se dedicado no passado e poderiam agora novamente se dedicar. Mas eles não prestavam atenção e continuavam a jogar, uma batida atrás da outra, sem nem mesmo tomar fôlego.

Vendo que as tentativas eram inúteis, os mensageiros foram contar aos condestáveis.

— Nem uma, nem duas — disseram os condestáveis. — Proibamos o jogo de bilharda.

Aí então o povo fez uma revolução e matou-os todos.

Depois, sem perder tempo, voltou a jogar bilharda.

O RIO SECO

ORA, ENCONTREI-ME NO RIO SECO. Já havia tempo que eu andava atraído por uma aldeia que não era a minha, onde as coisas, em vez de se tornarem pouco a pouco mais familiares, sempre me pareciam, cada vez mais, como que encobertas por diferenças insuspeitas: tanto nas formas como nas cores e nas harmonias recíprocas. Muito diferentes das que eu aprendera a conhecer eram as colinas que agora me cercavam, com delicadas curvas em declive, e também os campos e os vinhedos, que iam seguindo as calmas encostas e os terraços íngremes, abandonando-se em suaves inclinações. Totalmente novas eram as cores, como tons de um arco-íris desconhecido. As árvores, espalhadas, pareciam suspensas, como pequenas nuvens, e quase transparentes.

Então reparei no ar, em como ele se tornava concreto diante dos meus olhos e enchia minhas mãos quando eu as esticava dentro dele. E me vi na minha impossibilidade de conciliar-me com o mundo ao redor, escarpado e calcinado como eu era por dentro e com rasgos de cores de uma intensidade quase escura, como gritos ou gargalhadas. E por mais que eu me esforçasse para pôr palavras entre mim e as coisas, não conseguia encontrar nada apropriado para revestir essas coisas; porque todas as minhas palavras eram duras e mal talhadas: e dizê-las era como colocar pedras.

No entanto, se em mim vinha se manifestando uma certa memória adormecida, era a das coisas não vividas mas aprendidas: aldeias inacreditáveis, vistas talvez ao fundo de pinturas antigas, palavras, talvez de poetas antigos, incompreendidos.

Nessa atmosfera fluida eu vivia, pode-se dizer, nadando, sentindo aos poucos atenuarem-se em mim as fricções, e, absorvido por ela, eu me dissolvia.

Mas, para que eu me reencontrasse, bastou que me visse no velho rio seco.

Induzia-me — era verão — um desejo de água, religioso, quase de um rito. Descendo naquela tarde pelas videiras, eu me preparava para um banho sagrado, e a palavra "água", para mim já sinônimo de felicidade, dilatava-se em minha mente como nome ora de deusa ora de amante.

Seu templo me apareceu no fundo do vale, atrás de uma pálida praia de arbustos. Era um grande rio de seixos brancos, cheio de silêncio.

Único vestígio de água, um córrego arrastava-se mais adiante, quase escondido. Aqui e ali, a exiguidade do riacho, entre as pedras grandes barrando seu curso e as margens de bambuais, me retransportava para as torrentes familiares e repropunha à minha memória vales mais estreitos e difíceis.

Foi isso, e talvez também o contato das pedras sob meus pés — os seixos gastos do fundo, com o dorso incrustado de um véu de algas encolhidas — ou o inevitável movimento de meus passos, de meus pulos de um rochedo para outro, ou talvez tenha sido apenas o barulho do cascalho desmoronando.

O fato é que a diferença entre mim e aqueles lugares diminuiu e delineou-se: uma espécie de fraternidade como que de consanguinidade metafísica me ligava àquelas pedras, solo fecundo de tímidos, tenacíssimos liquens. E no velho rio seco reconheci um antigo pai meu, despido.

Assim, andávamos pelo rio seco. Quem se movia ao meu lado era um companheiro de destino, homem do lugar, cujo tom escuro da pele e do pelo que lhe descia em tufos até as costas, além do inchaço dos lábios e do perfil achatado, conferia-lhe um semblante grotesco de chefe de tribo não sei bem se congolês ou da Oceania. Ele tinha um jeito orgulhoso e galhardo, tanto no rosto, apesar dos óculos grandes, como no andar, que contrastava porém com o desmazelo nada elegante dos banhistas improvisados que nós éramos. Embora fosse na vida casto como um quaker, nas conversas era, ao contrário, obsceno como um sátiro. Seu sotaque era o mais aspirado e veemente que já havia escutado: falava com a boca eternamente escancarada ou cheia de ar, soltando, como um contínuo desafogo de seu temperamento corrosivo, furacões de impropérios nunca ouvidos.

Assim, subíamos o rio seco à procura de um alargamento do veio onde lavarmos nossos corpos, que estavam sujos e cansados.

Ora, para nós que caminhávamos por seu grande ventre, num meandro do rio o cenário enriqueceu-se com novos objetos. Sobre altos rochedos brancos, promessa de aventura para os olhos, sentavam-se duas, três, talvez quatro senhoritas, em trajes de banho. Maiôs vermelhos e amarelos — também azuis, é provável, mas não me lembro: meus olhos só precisavam do vermelho e do amarelo — e touquinhas, como numa praia na moda.

Foi como um canto de galo.

Um palmo de água verde corria ali perto e chegava aos calcanhares; ali se acocoravam, para se banharem.

Paramos, divididos entre o regozijo do espetáculo que se oferecia à nossa vista, a mordida das saudades que ele despertava e a vergonha de nós mesmos, feios e ridículos. Depois andamos até elas, que nos observavam com indiferença, e arriscamos umas frases, estudadas, como de costume, as mais espirituosas e banais possíveis. Meu companheiro mordaz participou da brincadeira sem entusiasmo, com uma espécie de tímida reserva.

O fato é que pouco depois, cansados tanto do nosso elaborado discurso como da fria resposta que tivemos, saímos de novo a caminho, dando livre curso a comentários mais fáceis. E para nos consolar bastava, guardada nos olhos, aquela recordação, mais que de corpos, de maiôs amarelos e vermelhos.

Às vezes um braço da corrente, rasa, alargava-se inundando todo o leito; e como as margens eram altas e inacessíveis, nós o atravessávamos com os pés na água. Usávamos sapatos leves, de pano e borracha, e a água escorria por dentro; e quando voltávamos para o seco os pés patinhavam ali dentro a cada passo, num chape-chape.

Escurecia. O pedregal branco animava-se de pontos pretos, saltitantes: os girinos. Suas patas deviam ter acabado de nascer, pequenos e rabudos como eram, e ainda não pareciam muito convencidos daquela nova força que, vez por outra, os atirava no ar. Em cada pedra havia um, mas logo ele pulava e outro pegava o seu lugar. E como os pulos eram simultâneos e como prosseguindo pelo grande rio nada mais se via além do pulular dessa multidão anfíbia, avançando como um exército sem limites, formava-se dentro de mim uma sensação de desespero, como se aquela sinfonia em preto e branco, aquele desenho animado triste como uma gravura chinesa, traduzisse assustadoramente a ideia de infinito.

Paramos num espelho de água que prometia espaço suficiente para imergirmos todo o corpo; talvez até para darmos umas braçadas. Mergulhei descalço e despido: era uma água vegetal, apodrecida por um lento esfarelar de plantas fluviais. O fundo era viscoso e lamacento, e levantava, ao ser tocado, nuvens turvas até a superfície.

Mas era água; e era bela.

O companheiro entrou de sapatos e meias na água, deixando na margem apenas os óculos. Depois, sem compreender muito bem o aspecto religioso da cerimônia, começou a se ensaboar.

Iniciamos assim essa festa alegre que é se lavar, quando isso é raro e difícil. O laguinho que nos continha apenas transbordava de espuma e tremia com os bramidos, tal qual num banho de elefantes.

Nas praias do rio havia salgueiros e arbustos e casas com rodas de moinho; e tamanha era a irrealidade deles, em comparação com a concretude da água e das pedras, que o cinzento da noite, ao se infiltrar, dava-lhes o aspecto de uma tapeçaria desbotada.

Agora, o companheiro lavava os pés de um jeito estranho: sem se descalçar e ensaboando sapatos e meias.

Depois nos enxugamos e nos vestimos. Ao pegar uma de minhas meias, dela pulou um girino.

Sobre os óculos do companheiro, deixados na ribanceira, devia ter caído muita água. E — assim que os colocou — tão alegre devia lhe parecer a confusão daquele mundo, colorido pelos últimos clarões do crepúsculo, visto através de duas lentes molhadas, que ele começou a rir, a rir, desbragadamente, e a mim, que perguntava a razão, disse: — Estou vendo tudo bagunçado!

E, mais limpos, com um morno cansaço no corpo, em vez da surda exaustão de antes, nos despedimos do novo amigo rio e nos afastamos por uma trilha que seguia a margem, conversando sobre as nossas coisas e sobre quando voltaríamos lá, e apurando os ouvidos, atentos a distantes sons de clarins.

CONSCIÊNCIA

Veio uma guerra e um tal de Luigi perguntou se podia ir, como voluntário.

Todos lhe fizeram um monte de cumprimentos. Luigi foi ao lugar onde davam os fuzis, pegou um e disse: — Agora vou matar um tal de Alberto.

Perguntaram-lhe quem era esse Alberto.

— Um inimigo — respondeu —, um inimigo que eu tenho.

Os outros o fizeram compreender que devia matar inimigos de um determinado tipo, e não os que ele queria matar.

— Eu, hein? — disse Luigi. — Estão achando que eu sou ignorante? Esse tal de Alberto é exatamente desse tipo e desse tal país. Quando eu soube que vocês estavam em guerra contra eles, pensei: também vou, assim posso matar o Alberto. Por isso é que eu vim. Alberto, eu o conheço: é um patife e, em troca de uns poucos tostões, me fez fazer um papelão na frente de uma mulher. São histórias antigas. Se não acreditam, conto tudo em detalhes.

Eles disseram que sim, que estava tudo bem.

— Então — disse Luigi — me expliquem onde está o Alberto, assim eu vou lá e luto contra ele.

Eles disseram que não sabiam.

— Não faz mal — disse Luigi —, eu vou dar um jeito. Mais cedo ou mais tarde vou encontrá-lo.

Os outros lhe disseram que era impossível, que ele devia fazer a guerra onde o pusessem, matar quem aparecesse, e que de Alberto ou não Alberto eles não sabiam nada.

— Estão vendo — Luigi insistia —, eu realmente preciso contar para vocês. Porque esse aí é um verdadeiro patife e vocês fazem bem de guerrear contra ele.

Mas os outros não queriam nem saber.

Luigi não conseguia entender: — Desculpem, mas, para vocês, se mato um inimigo ou se mato um outro é a mesma coisa. Mas, para mim, matar alguém que talvez não tenha nada a ver com Alberto não me agrada.

Os outros perderam a paciência. Alguém lhe explicou as muitas razões para se fazer uma guerra e como fazê-la, e que ninguém podia ir atrás de quem bem entendesse.

Luigi deu de ombros. — Se é assim — disse —, eu não fico.

— Fica e vai! — eles gritaram.

— Avante-marchar, um-dois, um-dois! — E o mandaram ir para a guerra.

Luigi não estava contente. Matava inimigos, assim, para ver se por acaso matava também Alberto ou algum parente dele. Davam-lhe uma medalha por cada inimigo que matava, mas ele não estava contente. — Se eu não matar Alberto — pensava —, terei matado muita gente à toa. — E sentia remorso.

Enquanto isso, recebia uma medalha atrás da outra, de todos os metais.

Luigi pensava: — Mate hoje, mate amanhã, os inimigos diminuirão e também chegará a vez daquele patife.

Mas os inimigos se renderam antes que Luigi tivesse encontrado Alberto. Sentiu remorso de ter matado tanta gente à toa, e, quando chegou a paz, ele pôs todas as medalhas num saco e vagou pela terra dos inimigos para oferecê-las aos filhos e às mulheres dos mortos.

Acontece que, vagando, encontrou Alberto.

— Muito bem — disse —, antes tarde do que nunca. — E o matou.

Foi então que o prenderam, processaram-no por homicídio e o enforcaram. Durante o processo ele não se cansava de repetir que tinha feito aquilo para ficar em paz com a sua consciência, mas ninguém quis ouvi-lo.

SOLIDARIEDADE

PAREI PARA OLHÁ-LOS.
Trabalhavam assim, de noite, naquela rua afastada, diante da grade metálica de uma loja.

Era uma grade pesada: usavam uma barra de ferro como alavanca, mas ela não se levantava.

Eu passeava por ali, sozinho e ao léu. Também peguei na barra, para fazer força. Eles abriram espaço para mim.

Não acertavam o ritmo; falei "Ooh-op!". O companheiro da direita me deu uma cotovelada e me disse baixinho: — Cale a boca! Você está maluco! Quer que nos ouçam?

Sacudi a cabeça como dizendo que tinha me escapado.

Atacamos de novo e suamos, mas no final tínhamos levantado tanto a grade metálica que já se podia passar. Olhamo-nos no rosto, contentes. Depois entramos. Mandaram-me segurar um saco. Os outros levavam umas coisas e botavam ali dentro.

— Tomara que esses velhacos da polícia não cheguem! — diziam.

— De fato — eu respondia. — Velhacos mesmo, é o que eles são!

— Silêncio. Não está ouvindo barulho de passos? — diziam de vez em quando. Eu ficava atento, com um pouco de medo.

— Que nada, não são eles! — respondia.

— Eles sempre chegam quando menos se espera! — um me dizia.

Eu balançava a cabeça. — Matar todos eles, é o que se devia fazer — eu falava.

Depois me disseram para ir um pouco lá fora, até a esquina, e ver se estava chegando alguém. Eu fui.

— Uns ruídos lá longe, perto daquelas lojas — disse o meu vizinho.

Fiquei à espreita.

— Ponha a cabeça para dentro, imbecil, porque se nos virem vão escapar de novo — sussurrou.

— Eu estava olhando... — desculpei-me e fiquei grudado no muro.

— Se a gente conseguir cercá-los sem que eles percebam — disse outro —, vamos pegá-los numa armadilha, todos eles.

Nós nos mexíamos aos pulos, na ponta dos pés, prendendo a respiração: a toda hora olhávamos um para o outro, com os olhos brilhando.

— Não vão mais escapar — disse eu.

— Finalmente vamos conseguir pegá-los com a mão na massa — disse um.

— Já era hora — disse eu.

— Esses delinquentes canalhas, roubar assim as lojas! — disse o outro.

— Canalhas, canalhas! — repeti, com raiva.

Mandaram-me um pouco para a frente, para ver. Fui parar dentro da loja.

— Agora — dizia um deles, pondo um saco no ombro — eles não nos pegam mais.

— Depressa — disse outro —, vamos dar no pé pelos fundos! Assim a gente escapa, nas barbas deles.

Todos nós tínhamos um sorriso de triunfo nos lábios. — Vão ficar a ver navios — disse. E escapuliu pelos fundos.

— Conseguimos tapeá-los de novo, esses trouxas! — diziam. Nisso, ouviu-se: — Alto lá, quem está aí! — e as luzes se acenderam. Nós nos metemos num canto escondido, pálidos, e nos seguramos pela mão. Eles entraram ali também, não nos viram, voltaram para trás. Pulamos para fora, e pernas, para que te quero!

— Enganamos eles! — gritamos.

Tropecei duas ou três vezes e fiquei para trás. E me vi no meio dos outros que também corriam.

— Corra — me disseram —, que nós vamos pegá-los.

E todos galopavam pelos becos, perseguindo-os. — Corra por aqui, corte por ali — diziam, e agora os outros só estavam um pouco na nossa frente, e eles gritavam: — Depressa, para que eles não escapem.

Consegui grudar nos calcanhares de um. Ele me disse: — Parabéns, você conseguiu escapar. Rápido, por aqui, que eles vão perder a nossa pista! — e me encostei nele. Um pouco depois vi que eu estava sozinho, num beco. Um deles passou pertinho de mim e disse, correndo: — Corra, por ali, eu os vi ali, não podem estar muito longe.

Corri um pouco, atrás dele. Depois parei, suando. Não havia mais ninguém, não se ouviam mais gritos. Pus as mãos nos bolsos e recomecei a passear, sozinho e ao léu.

A OVELHA NEGRA

Havia um país onde todos eram ladrões.
À noite, cada habitante saía, com a gazua e a lanterna, e ia arrombar a casa de um vizinho. Voltava de madrugada, carregado, e encontrava a sua casa roubada.

E assim todos viviam em paz e sem prejuízo, pois um roubava o outro, e este, um terceiro, e assim por diante, até que se chegava ao último, que roubava o primeiro. O comércio naquele país só era praticado como trapaça, tanto por quem vendia como por quem comprava. O governo era uma associação de delinquentes vivendo à custa dos súditos, e os súditos por sua vez só se preocupavam em fraudar o governo. Assim a vida prosseguia sem tropeços, e não havia ricos nem pobres.

Ora, não se sabe como, ocorre que no país apareceu um homem honesto. À noite, em vez de sair com o saco e a lanterna, ficava em casa fumando e lendo romances.

Vinham os ladrões, viam a luz acesa e não subiam.

Essa situação durou algum tempo: depois foi preciso fazê-lo compreender que, se quisesse viver sem fazer nada, não era essa uma boa razão para não deixar os outros fazerem. Cada noite que ele passava em casa era uma família que não comia no dia seguinte.

Diante desses argumentos, o homem honesto não tinha o que objetar. Também começou a sair de noite para voltar de madrugada, mas não ia roubar. Era honesto, não havia nada a fazer. Andava até a ponte e ficava vendo passar a água embaixo. Voltava para casa, e a encontrava roubada.

Em menos de uma semana o homem honesto ficou sem um tostão, sem o que comer, com a casa vazia. Mas até aí tudo bem, porque era culpa sua; o problema era que seu comportamento criava uma grande confusão. Ele deixava que lhe roubassem tudo e, ao mesmo tempo, não roubava ninguém; assim, sempre havia alguém que, voltando para casa de madrugada, achava a casa intacta: a casa que o homem honesto deveria ter roubado. O fato é que, pouco depois, os que não eram roubados acabaram ficando mais ricos que os outros e passaram a não querer mais roubar. E, além disso, os que vinham para roubar a casa do homem honesto sempre a encontravam vazia; assim, iam ficando pobres.

Enquanto isso, os que tinham se tornado ricos pegaram o costume, eles também, de ir de noite até a ponte, para ver a água que passava embaixo. Isso aumentou a confusão, pois muitos outros ficaram ricos e muitos outros ficaram pobres.

Ora, os ricos perceberam que, indo de noite até a ponte, mais tarde ficariam pobres. E pensaram: "Paguemos aos pobres para irem roubar para nós". Fizeram-se os contratos, estabeleceram-se os salários, as percentagens: naturalmente, continuavam a ser ladrões e procuravam enganar-se uns aos outros. Mas, como acontece, os ricos tornavam-se cada vez mais ricos e os pobres cada vez mais pobres.

Havia ricos tão ricos que não precisavam mais roubar e que mandavam roubar para continuarem a ser ricos. Mas, se paravam de roubar, ficavam pobres porque os pobres os roubavam. Então pagaram aos mais pobres dos pobres para defenderem as suas coisas contra os outros pobres, e assim instituíram a polícia e construíram as prisões.

Dessa forma, já poucos anos depois do episódio do homem honesto, não se falava mais de roubar ou de ser roubado, mas só de ricos ou de pobres; e no entanto todos continuavam a ser pobres.

Honesto só tinha havido aquele sujeito, e morrera logo, de fome.

IMPRESTÁVEL

O SOL ENTRAVA NA RUA, enviesado, já alto, iluminando-a desordenadamente, recortando as sombras dos telhados nos muros das casas defronte, incendiando com seus reflexos ofuscantes as vitrines enfeitadas, surgindo de frestas insuspeitas e batendo no rosto dos passantes apressados, que se esquivavam nas calçadas lotadas.

Vi pela primeira vez o homem de olhos claros num cruzamento, parado ou andando, não me lembro bem: o certo é que a figura dele ia ficando cada vez mais perto de mim, ou porque eu estivesse indo ao seu encontro, ou vice-versa. Era alto e magro, vestia um impermeável claro, levava um guarda-chuva bem fechado e fininho, pendurado no braço. Tinha na cabeça um chapéu de feltro, claro também, com a aba larga e redonda; e, logo embaixo, os olhos grandes, frios, líquidos, com um movimento estranho nos cantos. Não dava para perceber que idade teria, todo liso e magro como era. Estava com um livro na mão, fechado com um dedo dentro, como para marcar a página.

De repente, senti o seu olhar pousado em mim, um olhar imóvel que me alcançava da cabeça aos pés e não me poupava nem mesmo por trás e por dentro. Virei os olhos para outro lugar, de chofre, mas, andando, vez por outra eu tinha vontade de lhe lançar umas olhadelas rápidas, e sempre o percebia cada vez mais perto, me olhando. Acabei ficando diante dele, parado, com a boca quase sem lábios prestes a arquear-se num sorriso. O homem tirou do bolso um dedo, lentamente, e com ele apontou para o chão, para os meus pés; foi então que falou, com uma voz um pouco humilde, magra.

— Desculpe — disse —, o senhor está com um sapato desamarrado.

Era verdade. As duas pontas do cadarço caíam de cada lado de um dos pés do sapato, arrastadas e pisadas. Fiquei levemente corado, resmunguei um "obrigado", abaixei-me.

Parar na rua para amarrar um sapato é desagradável: mais ainda parar como eu parei, no meio da calçada, sem colocar o pé num lugar mais alto, ajoelhado no chão, com as pessoas tropeçando em mim. O homem de olhos claros, depois de fazer um vago gesto de cumprimento, foi logo embora.

Mas estava escrito que eu o reencontraria: não havia passado quinze minutos e o revi diante de mim, parado e olhando uma vitrine. E aí me deu uma vontade incompreensível de me virar e recuar, ou melhor, de passar bem depressa, agora que ele estava prestando atenção na vitrine, para que não percebesse a minha presença. Não: já era tarde demais, o desconhecido se virara, tinha me visto, me olhava, queria me dizer mais alguma coisa. Parei na frente dele, com medo. O desconhecido tinha um tom ainda mais humilde.

— Olhe — disse —, ainda está desamarrado.

Meu desejo era desaparecer numa nuvem. Não respondi nada, abaixei-me para dar o laço no cadarço com furiosa diligência. Meus ouvidos apitavam e eu achava que todas as pessoas que passavam ao redor, me esquivando, eram as mesmas que tinham me esquivado da primeira vez e já haviam reparado em mim, e que entre elas murmuravam comentários irônicos.

Mas agora o sapato estava bem amarrado, apertado, e eu andava leve e confiante. Aliás, agora eu esperava, com uma espécie de orgulho inconsciente, topar mais uma vez com o desconhecido, quase para me reabilitar.

Porém, assim que dei a volta na praça e me vi a poucos passos dele, na mesma calçada, o orgulho de repente deixou de me comprimir por dentro, dando lugar ao pavor. Na verdade, o desconhecido, ao me olhar, tinha no rosto uma expressão aborrecida e se aproximava de mim balançando levemente a cabeça, com ar de quem se lamenta de algum fato natural acima da vontade dos homens.

Enquanto ia andando, eu olhava de rabo de olho, apreensivo, o sapato incriminado; continuava amarrado, como antes. Mas, diante do meu pavor, o desconhecido continuou a balançar a cabeça por algum tempo e depois disse:

— Agora o outro está desamarrado.

Tive então esse desejo que vem nos pesadelos, de apagar tudo, de acordar. Ostentei uma careta de revolta, mordendo um lábio como numa imprecação reprimida, e recomecei a triturar freneticamente os cordões, curvado no meio da rua. Levantei-me sentindo o rosto vermelho e fui andando de cabeça baixa, desejando nada mais do que me esquivar dos olhares das pessoas.

Mas naquele dia o tormento ainda não havia terminado: enquanto eu acelerava o passo a caminho de casa, apressado, sentia que, devagarinho, as laçadas do cadarço escorregavam uma sobre a outra, que o nó ia afrouxando cada vez mais, que os cordões, aos poucos, iam se soltando. Primeiro, diminuí o passo, como se um pouco de cautela fosse suficiente para o incerto equilíbrio daquela confusão. Mas minha casa ainda estava longe, e as pontas do cadarço já se arrastavam pelo calçamento, em voos curtos. Então fui andando num ritmo aflito, de fuga, perseguido por um terror alucinante: o terror de me ver de novo diante do inexorável olhar daquele homem.

Era uma cidade pequena, recolhida, onde todo mundo ia e vinha; numa só volta, em meia hora se encontravam três, quatro vezes as mesmas caras. Agora eu caminhava por ela parecendo um fantasma, angustiado, entre a vergonha de me exibir de novo na rua com um sapato desamarrado e a vergonha de ser visto de novo curvado para amarrá-lo. Os olhares das pessoas me pareciam se adensar ao meu redor, como galhos de um bosque. Enfiei-me no primeiro portão que encontrei, para me refugiar.

Mas no fundo do corredor, na meia-luz, de pé, com as mãos apoiadas no cabo do guarda-chuva fininho, estava parado o homem de olhos claros, e parecia me esperar.

Primeiro, tive um ímpeto de estupor, depois arrisquei algo como um sorriso e apontei para o sapato desamarrado, para preveni-lo.

O desconhecido assentiu com aquele seu ar de melancólica compreensão.

— Pois é — disse —, os dois estão desamarrados.

No corredor, pelo menos, eu podia amarrar os sapatos com mais calma, e mais comodidade, apoiando um pé num degrau. Mesmo se atrás, alto, de pé, estava o homem de olhos claros que me observava e não perdia um movimento de meus dedos, e eu sentia o seu olhar no meio deles, a me confundir. Mas, cá entre nós, agora eu já não sofria; até assobiava, refazendo pela enésima vez aqueles nós malditos, e dessa vez ia ser para valer, de tão desenvolto que eu estava.

Bastaria que o homem tivesse ficado calado; que não tivesse começado, primeiro, a tossir, meio inseguro, e depois a dizer de supetão, decidido:

— Desculpe, mas o senhor ainda não aprendeu a dar laço nos sapatos.

Virei meu rosto enrubescido para ele, fiquei curvado. Passei a língua entre os lábios.

— Sabe — disse —, eu, em matéria de dar nós, sou uma negação. O senhor nem acredita. Desde criança, jamais quis aprender. Os sapatos, eu tiro e ponho sem desamarrar, com a calçadeira. Para os nós sou uma negação, me atrapalho. Ninguém acredita.

Aí o desconhecido disse uma coisa estranha, a última coisa que se esperaria que dissesse.

— Então — disse —, com os seus filhos, se tiver, como fará para ensiná-los a amarrar os sapatos?

Mas o mais estranho foi que refleti um pouco sobre isso e depois respondi, quase como se a questão já tivesse me sido apresentada outra vez, eu com os meus botões, e como se eu a tivesse resolvido e guardado a resposta, esperando que mais cedo ou mais tarde alguém me faria a tal pergunta.

— Meus filhos — disse — aprenderão com os outros como é que se amarra um sapato.

O desconhecido retrucou, cada vez mais absurdo:

— E se por exemplo chegasse o dilúvio universal e toda

a humanidade perecesse e o senhor fosse o homem eleito, o senhor e seus filhos, para continuar a humanidade. Como faria, já pensou nisso algum dia? Como faria para ensiná-los a dar um nó? Porque do contrário, depois, sabe-se lá quantos séculos a humanidade teria de passar até conseguir dar um nó, reinventá-lo!

Eu não entendia mais nada, nem do nó nem do discurso.

— Mas — tentei objetar — por que deveria ser logo eu o eleito, como o senhor diz, logo eu que não sei nem dar um nó?

O homem de olhos claros estava contra a luz, na soleira do portão: havia em sua expressão algo terrivelmente angelical.

— Por que eu? — disse. — Todos os homens me respondem assim. E todos os homens têm um nó no sapato, uma coisa que eles não sabem fazer; uma incapacidade que os liga aos outros homens. A sociedade agora se rege por essa assimetria dos homens: é um encaixe de cheios e vazios. Mas, e o dilúvio? Se viesse o dilúvio e se procurássemos um Noé? Não tanto um homem justo, mas um homem que fosse capaz de pôr a salvo aquelas poucas coisas, tudo o que é suficiente para se recomeçar. Veja, o senhor não sabe amarrar os sapatos, outro não sabe aplainar a madeira, um terceiro ainda não leu Tolstoi, um quarto não sabe semear o trigo, e assim por diante. Há anos estou procurando, e, creia em mim, é difícil, tremendamente difícil; parece que a humanidade deve se segurar pela mão como o cego e o coxo que não podem andar separados, e no entanto brigam. Quer dizer que, se vier o dilúvio, morreremos todos juntos.

Dizendo isso, virou-se e desapareceu na rua. Não o vi mais e até hoje me pergunto se era um estranho maníaco ou um anjo, que há anos circula no meio dos homens, em vão, à procura de um Noé.

COMO UM VOO DE PATOS

ACORDOU OUVINDO OS DISPAROS e pulou do estrado; na confusão, alguém abriu as portas das celas, a sua também. Apareceu um louro de barba, balançando uma pistola; disse-lhe: "Ande, saia depressa e escape, que você está livre". Natale se alegrou sem entender, lembrou-se de que estava nu, de camiseta, pôs as pernas dentro de uma calça militar, sua única peça de roupa, xingando porque elas não entravam.

Foi então que viu o cara do porrete, dois metros de altura; tinha um olho estrábico e mexia as narinas, resmungando: "Cadê eles? Cadê eles?". Natale já o viu com o porrete alto em cima de sua cabeça, baixando-lhe o pau. Foi como se uma revoada de patos tivesse levantado voo dentro de seu cérebro; um clarão vermelho queimou-o no meio do crânio. Desabou num poço acolchoado, insensível ao mundo.

Chegou um dos milicianos que desde antes já tinha se entendido com eles; gritou: "Que é que você fez? Era um prisioneiro!". Imediatamente muitos deles se agitaram em volta do homem no chão, que perdia sangue na cabeça. O cara do porrete não entendia: "Como é que eu ia saber! Com aquela calça de fascista!".

Enquanto isso, era preciso agir depressa, a qualquer momento podia chegar o reforço dos camisas-negras. Tratava-se de pegar as metralhadoras, os carregadores, as bombas, queimar todo o resto, sobretudo os papéis; de vez em quando alguém ia dar uma ordem aos reféns: "Vamos embora, vocês estão prontos?". Mas eles estavam no maior rebuliço; o general andava pela cela, em manga de camisa. "Já vou me vestir", dizia. O farmacêutico, com a gravata anarquista, pedia conselho ao padre; em compensação, a advogada estava prontíssima.

Depois era preciso ficar de olho nos milicianos que tinham sido feitos prisioneiros — dois velhos de calças à zuavo, que ficavam sempre no pé deles, falando da família e dos filhos, e o sargento com a cara cheia de veias amarelas, calado no seu canto.

Finalmente, o general começou a dizer que eles estavam ali como reféns, que tinha certeza de que seriam libertados logo, ao passo que não se sabia o que iria acontecer com o grupo armado. A advogada, trintona, exuberante, aceitaria ir com o grupo, mas o padre e o farmacêutico concordaram com o general, e todos eles acabaram ficando.

Batiam duas da madrugada quando, uns por um caminho, outros por outro, os *partigiani* pegaram o largo para as montanhas, e junto com eles os dois plantões que os haviam ajudado a entrar, alguns rapazes libertados das celas e, empurrados por metralhadoras nas costas, aqueles três prisioneiros fascistas. O altão do porrete enrolou a cabeça do ferido numa toalha e o carregou nas costas.

Mal tinham se afastado, ouviram um tiroteio do outro lado da cidade. Era aquele maluco do Gek, no meio da praça, que disparava rajadas no ar para que os fascistas corressem até lá e perdessem tempo.

No acampamento, o único antisséptico era a pomada de sulfanilamida para as erupções nas pernas: se fossem tapar o buraco que Natale tinha na cabeça, o tubo inteiro ia embora. De manhã, dois homens foram despachados para pegarem remédios com um médico evacuado nos campos mais embaixo.

Os rumores circularam, as pessoas estavam felizes com o golpe daquela noite na caserna dos soldados; durante o dia os *partigiani* conseguiram pegar tanto material que agora se podia dar banhos de antisséptico no crânio e pôr um turbante de gaze, esparadrapo e ataduras. Mas Natale, de olhos fechados e boca aberta, continuava a se fazer de morto, e não se entendia se estava gemendo ou roncando. Em seguida, pouco a pouco, em torno daquele ponto do crânio, sempre tão atrozmente vivo, cores e sensações foram tomando forma, mas toda vez era um puxão no meio da cabeça, um voo de patos nos olhos, que o faziam trincar os dentes e articular alguma coisa entre os gemidos. No dia seguinte, Paulin, que fazia as vezes de cozinheiro, enfermeiro e coveiro, deu a boa notícia: "Ele está se curando! Xingou!".

Depois dos xingamentos veio a vontade de comer; ele começou a despejar no estômago gamelas de sopa como se as bebesse, sujando-se de caldo até os pés. E então ele sorria, com uma cara redonda e bem-aventurada, de animal, no meio das ataduras e do esparadrapo, resmungando talvez alguma coisa.

— Mas que língua ele fala? — perguntavam os outros, enquanto o olhavam. — De que aldeia ele vem?

— Perguntem a ele — respondiam os companheiros de prisão e os ex-plantões. — Ei, capiau, de que aldeia você é? — Natale entreabria os olhos para pensar, mas depois dava um gemido e voltava a mastigar frases incompreensíveis.

— Ficou idiota — perguntava o Louro, que era o chefe —, ou já era antes?

Os outros não sabiam direito.

— É verdade que a paulada foi forte — diziam. — Se não era antes, agora ficou.

Com aquela sua cara de fundo de frigideira, redonda, chata e preta, Natale perambulava pelo mundo desde que, muitos anos antes, tinha sido convocado para o serviço militar. De casa nunca mais tivera notícias porque capaz de escrever não era, e de ler muito menos. Algumas vezes o mandaram para casa, em licença, mas ele errava o trem e ia parar em Turim. Depois de 8 de setembro* fora parar na Todt e continuara a perambular, seminu, com a gamela presa na cintura. Depois o puseram atrás das grades. De repente iam soltá-lo e lhe davam uma paulada na cabeça. Isso para ele era perfeitamente lógico, como todos os outros episódios de sua vida.

O mundo era para ele um conjunto de cores verdes e amarelas, de ruídos e gritos, de vontade de comer e de dormir. Um

---

* 8 de setembro de 1943: armistício italiano com os Aliados. (N. T.)

mundo bom, cheio de coisas boas, mesmo se não se entendia nada, mesmo se ao tentar entender se sentia aquela pontada de dor no meio do crânio, aquele voo de patos no cérebro, a porrada que tascavam em sua cabeça.

Os homens do Louro eram encarregados das ações na cidade; viviam nos primeiros bosques de pinheiros acima dos subúrbios, numa zona cheia de casas de campo onde as famílias burguesas iam veranear nos bons tempos. Como agora a área estava nas mãos deles, os *partigiani* saíram das grutas e das cabanas e acamparam em algumas casas dos mandachuvas, enchendo de piolhos os colchões e instalando as metralhadoras nas cômodas. Nas casas havia garrafas, alguns mantimentos, gramofones. O Louro era um rapaz duro, impiedoso com os inimigos, despótico com os companheiros, mas se esforçava, quando podia, para que seus homens se sentissem bem. Fizeram um pouco de farra, as moças foram até lá.

Natale estava feliz no meio deles. Agora já não tinha curativos nem ataduras; do ferimento só lhe restavam uma grande mancha-roxa no meio do cabelo crespo, um atordoamento que ele imaginava não estar nele, mas em todas as coisas. Os companheiros faziam com ele brincadeiras de todo tipo, mas ele não se zangava, berrava impropérios naquele seu dialeto incompreensível e ficava satisfeito. Ou começava a brigar com alguém, até com o Louro: era sempre agarrado, mas ficava feliz do mesmo jeito.

Uma noite, os companheiros resolveram lhe pregar uma peça: despachá-lo junto com uma das moças e ver o que ia acontecer. Entre as garotas foi escolhida a Margherita, uma gordinha toda de carne macia, branca e vermelha, que se prestou à brincadeira. Começaram a preparar Natale, a deixá-lo com a pulga atrás da orelha, a dizer que a Margherita andava apaixonada por ele. Mas Natale estava desconfiado; não se sentia à vontade. Começaram a beber todos juntos, e ela foi posta ao lado dele, para provocá-lo. Ao vê-la com aquele olhar de mormaço, ao perceber que ela apertava sua perna debaixo da mesa, sentiu-se cada vez mais perdido. Deixaram os dois a sós e começaram a espiar atrás da porta. Ele ria, enternecido. Ela se arriscou a provocá-lo um pouco. Então Natale percebeu que ela ria falso, batendo as pálpebras. Esqueceu a paulada, os patos, a mancha-roxa: agarrou-a e jogou-a na cama. Agora entendia tudo perfeitamente: entendia o que queria a mulher debaixo dele, branca e vermelha e macia, entendia que não era uma brincadeira, entendia por que não era uma brincadeira, mas uma coisa deles, dele e dela, que nem comer e beber.

De repente os olhos da mulher, já brilhando, num bater de cílios ficaram obstinados, irados, seus braços lhe resistiam, ela se contorcia debaixo dele, gritava: "Socorro, ele está metendo em mim!". Os outros chegaram, às gargalhadas, berrando, jogaram água em cima dele. Então tudo voltou a ser como antes: aquela dor colorida até o fundo do crânio; Margherita, que ajeitava o vestido no seio, e dava risos forçados, Margherita, que quando já estava com os olhos brilhantes e a boca úmida começara a gritar e a chamar os outros, não se entendia por quê. E Natale, com todos os companheiros em volta, que rolavam nas camas de tanto rir e atiravam no ar, começou a chorar como uma criança.

Os alemães acordaram todos de uma vez, numa manhã: chegaram em caminhões carregados e vasculharam a zona, moita por moita. O Louro, despertado pelos tiros, não teve tempo de escapar e, no meio do prado, foi atingido por uma rajada. Natale se salvou acocorado atrás de uma moita, enfiando a cabeça na terra a cada assobio de bala. Depois da morte do Louro, o grupo se desfez; uns morreram, outros foram presos, uns traíram e se bandearam para os camisas-negras, outros continuaram a circular pela região entre uma batida e outra, outros subiram para a montanha com as brigadas.

Natale estava entre estes últimos. Na montanha a vida era mais dura: cabia a Natale andar de um vale a outro, carregado como uma mula, fazendo os turnos de guarda e das corveias; igual a quando era militar, cem vezes pior e cem vezes melhor. E os companheiros que riam dele e caçoavam eram como os companheiros que riam dele e caçoavam quando era militar, mas também havia algo diferente, que com certeza ele compreenderia se não houvesse aqueles patos batendo asas dentro da sua cabeça.

Conseguiu entender tudo na hora em que se viu frente a frente com os alemães, que subiam pela alameda até Goletta e disparavam rajadas de "cospe-fogo" entre as moitas. Então, deitado no chão, começou a disparar mosquetaços um atrás do outro e entendeu por que o fazia. Entendeu que aqueles homens lá embaixo eram os soldados que o haviam prendido porque ele não estava com os documentos regularizados, eram os vigilantes da Todt que marcavam suas horas, eram o tenente de serviço que o fazia limpar as latrinas, eram todas essas coisas juntas, mas eram também o patrão que o mandava capinar com a enxada a semana inteira antes que ele fosse ser soldado, eram os rapazinhos que o fizeram tropeçar na calçada na vez em que ele fora à cidade para a feira, eram até mesmo o seu pai, naquele dia em que lhe dera um tabefe. E eram também Margherita, Margherita que já estava ali quase gozando com ele e depois tinha voltado atrás, não propriamente Margherita mas aquela coisa que fizera Margherita voltar atrás: esse era um pensamento ainda mais difícil que os outros, mas naquele momento ele entendia. Depois parou para pensar por que os homens lá embaixo atiravam nele, berravam para ele e desabavam sob seus tiros. E entendeu que eram homens iguais a ele, que em criança receberam tabefes dos pais, foram postos para capinar pelos patrões, ridicularizados pelos tenentes, e agora brigavam com ele; eram malucos de brigar com ele, que não tinha nada a ver com isso, e por isso ele atirava, mas, se todos estivessem com ele, ele não teria atirado neles mas nos outros, não sabia direito em quem, e Margherita teria vindo com ele. Mas como era possível que os inimigos fossem estes e não aqueles, bons ou maus, como ele ou contra ele; por que ele estava aqui, no lado certo, e eles estavam lá, no lado errado: isso Natale não entendia — era o voo de patos; era isso, mais nada.

Quando faltavam poucos dias para o fim da guerra, os ingleses resolveram fazer uns lançamentos de paraquedas. Os *partigiani* passaram para o Piemonte, andando durante dois dias, e acenderam os fogos de noite no meio dos pastos. Os ingleses jogaram japonas com botões dourados, mas agora era primavera, e montes de fuzis italianos da primeira guerra da África. Os *partigiani* os pegaram e começaram a fazer macacadas em volta dos fogos, que nem os negros africanos. Natale dançava e gritava no meio deles, feliz.

AMOR LONGE DE CASA

ÀS VEZES UM TREM VAI EMBORA pelos trilhos à beira-mar e nesse trem estou eu, que parto. Pois não quero ficar no meu povoado, cheio de sono e hortas, decifrando as placas dos carros estrangeiros como o rapaz montanhês sentado no parapeito da ponte. Vou embora; tchau, aldeia.

No mundo, além da minha aldeia, há outras cidades, umas à beira-mar, outras não se sabe por que mas perdidas no fundo de planícies, pertinho dos trens que chegam não se sabe como, depois de trajetos ofegantes por campos e mais campos. De vez em quando desço numa dessas cidades e sempre fico com jeito de viajante novato, os bolsos gordos de jornais e os olhos irritados com a fuligem.

De noite apago a luz já deitado na nova cama e fico ouvindo os bondes, depois penso no meu quarto da minha aldeia, longíssimo na noite, parece impossível que nesse exato momento existam dois lugares tão distantes. E, não sei bem onde, adormeço.

De manhã, lá fora da janela tudo está por ser descoberto; se é Gênova, ruas que descem e sobem e casas a jusante e a vazante e o vento correndo de uma a outra; se é Turim, ruas retas sem fim, estendendo-se até a balaustrada de colinas, com uma dupla fila de árvores que se esfuma lá longe nos céus brancos; se é Milão, casas que se dão as costas nos campos de nevoeiro. Deve haver outras cidades e outras coisas para descobrir: um dia vou lá ver.

Mas o quarto é sempre o mesmo em cada cidade, parece que as "madames" o transferem de cidade em cidade assim que sabem que estou chegando. Até meus apetrechos de barba em cima do mármore da cômoda, com esses seus ares tão inevitáveis e tão pouco meus, parece que os encontrei assim ao chegar, e não que eu os tenha posto ali. Posso morar anos num quarto, depois outros anos em outros quartos totalmente iguais, sem conseguir senti-lo como sendo meu, ou nele deixar minha marca. É que a mala está sempre pronta para partir, e nenhuma cidade da Itália é a ideal, e em nenhuma cidade se acha trabalho, e em nenhuma cidade encontrar trabalho nos satisfaz, pois há sempre outra cidade melhor onde esperamos ir trabalhar um dia. Assim, as coisas estão sempre nas gavetas tal como as tirei da mala, prontas para serem guardadas de novo.

Passam-se os dias e as semanas e uma moça começa a vir ao quarto. Poderia dizer que é sempre a mesma moça porque, no início, uma moça é igual a outra, uma pessoa estranha, com quem nos comunicamos por meio de um código obrigatório. É preciso passar um pouco de tempo e fazer muitas coisas com essa moça para chegarmos juntos a entender a explicação para isso; e aí começa a fase das enormes descobertas, a verdadeira e talvez única fase exaltante do amor. Depois, passando mais tempo e fazendo ainda mais coisas com essa moça, a gente percebe que as outras também eram assim, que eu também sou assim, que somos todos assim, e cada gesto dela nos aborrece como se repetido por milhares de espelhos. Tchau, moça.

A primeira vez que uma moça vem me ver, digamos Mariamirella, eu praticamente não faço nada durante a tarde: vou ler um livro e depois percebo que atravessei vinte páginas olhando as letras como se fossem figuras; escrevo e, em vez de letras, faço desenhinhos na folha branca e todos os desenhinhos juntos se tornam o desenho de um elefante; no elefante faço sombreados e no final ele vira um mamute. Então fico com raiva desse mamute e o rasgo: toda vez, um mamute, tão criança, será possível?

Rasgo o mamute, toca a campainha: Mariamirella. Devo correr para abrir antes que a madame apareça na janelinha de grade do banheiro e grite; Mariamirella fugiria apavorada.

Um dia a madame morrerá estrangulada pelos ladrões: está escrito, não há nada a fazer. Ela acredita que pode evitar isso não indo abrir quando tocam a campainha e perguntando "Quem é?" pela janelinha de grade da latrina, mas é uma precaução inútil, os tipógrafos já compuseram a manchete — ADELAIDE BRAGHETTI, A DONA DA PENSÃO, ESTRANGULADA POR DESCONHECIDOS — e só esperam a confirmação para fazer a paginação.

Mariamirella está ali na meia-luz, com uma boina de marinheiro de pompom e a boca em forma de coração. Abro, e ela já preparou todo um discurso para fazer assim que entrar, um discurso qualquer, pois precisa discorrer copiosamente enquanto a guio pelo corredor escuro até o meu quarto.

Deve ser um discurso longo, para não ficar no meio do meu quarto sem saber mais o que dizer. O quarto é inapelável, desesperado em sua desolação: a cabeceira de ferro da cama, os títulos dos livros desconhecidos na pequena prateleira.

— Venha olhar da janela, Mariamirella.

É um janelão cujo parapeito bate na altura do estômago, sem sacada, no alto de dois degraus, e temos a impressão de estar subindo sem parar. Lá fora, o mar avermelhado das telhas. Olhamos os telhados ao redor, a perder de vista, as chaminés atarracadas que a certa altura explodem em tufos de fumaça, os absurdos balaústres em cima de cornijas onde ninguém pode se debruçar, os murinhos formando espaços vazios, no alto das casas deterioradas. Pus a mão no ombro dela, mão meio inchada que não sinto como sendo minha, como se nos tocássemos através de uma camada de água.

— Já viu bastante?
— Já.
— Vamos descer.

Descemos e fechamos. Estamos debaixo da água, tateamos entre sensações disformes. O mamute circula pelo quarto, velho medo humano.

— Fale.

Tirei-lhe a boina de marinheiro e a fiz voar sobre a cama.

— Não. Eu já vou embora.

Coloca-a de novo na cabeça, eu a agarro e jogo-a pelos ares, voando, agora nos perseguimos, brincamos de dentes trincados, o amor, é isso o amor de um pelo outro, desejo mútuo de arranhões e mordidas, socos também, nas costas, depois um beijo exausto: o amor.

Agora fumamos sentados frente a frente: os cigarros parecem enormes entre nossos dedos, como objetos que seguramos debaixo da água, grandes âncoras afundadas. Por que não somos felizes?

— O que você tem? — perguntou Mariamirella.
— O mamute — digo.
— O que é? — diz.
— Um símbolo — digo.
— De quê? — diz.
— Não se sabe de quê — digo. — Um símbolo. Uma noite, sabe, eu estava sentado na beira de um rio com uma moça.
— Como se chamava?
— O rio se chamava Pó, e a moça, Enrica. Por quê?
— Nada: gosto de saber com quem você esteve antes.
— Bem, estávamos sentados no mato, à beira do rio. Era outono, de noite, as margens já estavam escuras, e pelo rio descia a sombra de dois homens em pé, remando. Na cidade começavam a aparecer as luzes e estávamos sentados na margem do outro lado do rio, e havia entre nós aquilo que se diz ser amor, esse rude descobrir-se e procurar-se, esse áspero sabor um do outro, sabe como é, o amor. E havia em mim tristeza e solidão, naquela noite na margem das negras sombras dos rios, tristeza e solidão dos novos amores, tristeza e saudade dos velhos amores, tristeza e desespero dos amores futuros. Don Juan, triste herói, velha danação, tristeza e solidão e mais nada.

— Comigo também, assim? — disse Mariamirella.
— E se agora você falasse um pouco, se dissesse um pouco o que sabe?

Comecei a gritar com raiva; às vezes, enquanto a gente fala, ouve como um eco, e se enfurece.

— O que você quer que eu diga? Dessas coisas, de vocês, homens, eu não consigo entender.

Assim é: as mulheres só tiveram informações falsas sobre o amor. Muitas informações diferentes, todas falsas. E experiências inexatas. No entanto, sempre confiantes nas informações, não nas experiências. Por isso têm tantas coisas falsas na cabeça.

— Eu gostaria, sabe, nós, as moças — diz. — Os homens: coisas lidas, coisas ditas entre nós no ouvido desde meninas. A gente aprende que *aquilo* é mais importante que tudo, a finalidade de tudo. Depois, sabe, percebo que nunca se alcança *aquilo*, *aquilo* de verdade. Não é mais importante que tudo. Eu gostaria que nada disso existisse, que a gente pudesse não pensar nisso. Mas a gente sempre espera. Talvez seja preciso ser mãe para alcançar o verdadeiro significado de tudo. Ou prostituta.

É isso: maravilhoso. Todos nós temos nossa explicação secreta. Basta descobrir a explicação secreta e ela não é mais uma estranha. Ficamos enroscados bem juntinhos um do outro, como cachorros grandes, ou divindades fluviais.

— Sabe — disse Mariamirella —, talvez eu tenha medo de você. Mas não sei onde me refugiar. O horizonte é deserto, só tem você. Você é o urso e a gruta. Por isso estou agora enroscada em seus braços, para que você me proteja do medo de você.

Só que para as mulheres é mais fácil. A vida corre dentro delas, grandes rios dentro delas, as continuadoras, há a natureza segura e misteriosa dentro delas. No passado, havia o Grande Matriarcado, a história dos povos fluía como a das plantas. Depois, o orgulho dos zangões: uma revolta, eis a civilização. Penso nisso, mas não acredito.

— Uma vez não consegui ser homem com uma moça, num prado, numa montanha — digo. — A montanha se chamava Bignone, e a moça, Angela Pia. Um grande prado, entre os arbustos, me lembro, e um grilo pulava em cada folha. Aquele canto dos grilos, altíssimo, sem parar. Ela não entendeu muito bem por que então eu me levantei e disse que o último teleférico estava prestes a sair. Pois ia-se de teleférico àquela montanha: e quando se passava por um poste de alta-tensão se sentia um vazio por dentro e ela disse: "É que nem quando você me beija". Isso, me lembro, me deu um grande alívio.

— Você não deve me dizer essas coisas — disse Mariamirella.

— Não haveria mais o urso nem a gruta. E ao meu redor só restaria o medo.

— Sabe, Mariamirella — digo —, não devemos separar as coisas e os pensamentos. A maldição da nossa geração foi esta: não poder fazer o que pensava. Ou não poder pensar o que fazia. Veja um exemplo: há muitos anos (eu tinha falsificado a carteira de identidade por não ter ainda a idade exigida), fui com uma mulher a uma casa de tolerância. A casa de tolerância se chamava Via Calandra 15, e a mulher, Derna.

— Como?

— Derna. Naquele tempo havia o império, e a única coisa nova era que as mulheres das casas se chamavam Derna, Adua, Harrar, Dessiè.

— Dessiè?

— Dessiè também, acho. Quer que eu lhe chame Dessiè, de agora em diante?

— Não.

— Bem, para voltar àquela vez, com aquela Derna. Eu era jovem e ela, grande e peluda. Dei o fora. Paguei o que tinha de pagar e dei o fora: minha impressão era que todas tinham se debruçado no corrimão da escada e estavam rindo atrás de mim. Bem, isso não foi nada: é que, mal cheguei em casa, aquela mulher se tornou uma coisa pensada e então parou de me dar medo. Veio-me um desejo dela, um desejo dela, mortal... É isso: para nós as coisas pensadas são diferentes das coisas.

— Pois é — disse Mariamirella —, já pensei em todas as coisas possíveis, vivi centenas de vidas com o pensamento. Casar, ter muitos filhos, abortar, casar com um rico, casar com um pobre, virar uma mulher de luxo, virar uma mulher da rua, dançarina, freira, vendedora de castanha assada, diva, deputada, enfermeira da Cruz Vermelha, campeã. Muitas vidas com todos os detalhes. E todas com final feliz. Mas na vida verdadeira nunca acontece nada dessas coisas pensadas. Por isso, toda vez que me ocorre fantasiar, eu me apavoro e tento enxotar os pensamentos, porque se eu sonhar com uma coisa ela não acontecerá nunca.

É uma boa moça, Mariamirella; boa moça significa que compreende as coisas difíceis que digo e logo as torna fáceis. Gostaria de lhe dar um beijo, mas depois penso que, ao beijá-la, eu pensaria estar beijando o pensamento dela, ela pensaria ser beijada pelo pensamento de mim, e portanto não faço nada.

— É preciso que a nossa geração reconquiste as coisas, Mariamirella — digo. — Que pensemos e façamos no mesmo momento. Mas que não façamos sem pensar. É preciso que entre as coisas pensadas e as coisas não haja mais diferença. Então seremos felizes.

— Por que é assim? — me pergunta.

— Veja, não para todas as coisas — digo. — Eu, quando criança, vivia numa grande mansão, entre balaústres altos como voos sobre o mar. E passava os dias atrás desses balaústres, menino solitário, e cada coisa para mim era um estranho símbolo, os espaços entre as tâmaras penduradas em cachos nas hastes, os braços deformados dos cactos, os estranhos sinais no cascalho das alamedas. Além disso, havia as pessoas grandes, que tinham a missão de lidar com as coisas, com as coisas de verdade. Eu não devia fazer mais nada a não ser descobrir novos símbolos, novos significados. Assim permaneci a vida toda, ainda me movo num castelo de significados, não de coisas, dependo sempre dos outros, dos "grandes", daqueles que manejam as coisas. Mas há quem desde criança tenha trabalhado num torno. Num instrumento que serve para fazer coisas. Que não pode ter um significado diferente das coisas que faz. Eu, quando olho para uma máquina, vejo-a como se fosse um castelo mágico, imagino homens minúsculos que circulam entre as rodas dentadas. Um torno. Quem sabe o que é um torno. Você sabe o que é um torno, Mariamirella?

— Um torno, agora, não sei muito bem, não — diz.

— Deve ser importantíssimo, um torno. Deveriam ensinar todo mundo a usar um torno, em vez de ensinar a usar um fuzil, que é sempre um objeto simbólico, sem uma verdadeira finalidade.

— Não me interessa, um torno — diz.

— Está vendo, para você é mais fácil: você tem máquinas de costura para se salvar, agulhas, sei lá, fogões a gás, até máquinas de escrever. Você tem poucos mitos dos quais precisa se libertar; para mim todas as coisas são símbolos. Mas uma coisa é certa: devemos reconquistar as coisas.

Vou acariciando-a, devagarinho.

— Diga, eu sou uma coisa? — diz.

— Urg — digo.

Descobri, acima da axila, uma pequena covinha num ombro, macia, sem osso embaixo, do tipo das covinhas do rosto. Falo com os lábios em cima da covinha.

— Ombro igual a rosto — digo. — Não se entende nada.

— Como? — pergunta. Mas está pouco ligando para o que eu digo.

— Corrida como junho — digo, ainda na covinha. Ela não entende o que eu faço, mas fica feliz e ri. É uma boa moça.

— Mar como chegada — digo, depois tiro a boca da covinha e encosto o ouvido para escutar o eco. Só se ouve a respiração dela, e, longe e enterrado, o coração.

— Coração como trem — digo.

Pronto: agora Mariamirella não é mais Mariamirella pensada, é Mariamirella verdadeira: é Mariamirella! E o que fazemos agora não é mais uma coisa pensada, é uma coisa verdadeira: o voo por cima dos telhados, e a casa que se ergue como as palmeiras na janela da minha casa na aldeia, uma ventania pegou nosso último andar e o transporta pelos céus e pelas fileiras avermelhadas das telhas.

Na praia da minha aldeia, o mar me viu e faz festa como um cachorro grande. O mar, gigantesco amigo, com as pequenas mãos brancas que raspam as pedras, eis que ele pula por cima dos contrafortes dos molhes, estufa a barriga branca e salta pelos montes, ei-lo chegando alegre como um imenso cão de patas brancas de redemoinho. Calam-se os grilos, todas as planícies são invadidas, campos e vinhedos, agora só um camponês levanta o forcado e grita: eis o mar que desaparece como bebido pela terra. Tchau, mar.

Ao sairmos, Mariamirella e eu começamos a correr escadas abaixo perdendo o fôlego, antes que a madame apareça na grade e tente entender tudo olhando-nos de frente.

VENTO NUMA CIDADE

Alguma coisa, mas eu não entendia o quê. Gente caminhando por ruas planas, como se subissem ou descessem, lábios e narinas se mexendo como guelras de peixes, depois casas e portas que fugiam e as esquinas das ruas formando ângulos mais agudos. Era o vento: depois percebi.

Turim é uma cidade sem vento. As ruas são canais de ar parado que se perdem no infinito como gritos de sirene: de ar parado, vidroso de gelo ou mole de calor, mexido apenas pelos bondes que passam rentes nas curvas. Durante meses esqueço que existe vento; dele só me resta uma difusa necessidade.

Mas basta que um dia se levante uma ventania no fundo de uma avenida e venha para cima de mim, e me lembro de minha aldeia semeada pelo vento à beira do mar, com casas, umas a jusante, outras a vazante, e no meio o vento que desce e sobe, e ruas feitas de degraus e pedras, e nesgas de céu azul e ventoso sobre os becos. E da minha casa com as persianas batendo, das palmeiras que gemem nas janelas, e da voz de meu pai que grita no alto da colina.

Assim sou eu, homem do vento, que ao caminhar precisa de atritos e arrepios; ao falar, pôr-se de repente a gritar mordendo o ar. Quando o vento nasce na cidade e se propaga de bairro em bairro como línguas de um incêndio incolor, a cidade se abre aos meus olhos como um livro, creio reconhecer todos os passantes, gostaria de gritar "ei!" para as moças, os ciclistas, pensar em voz alta gesticulando.

Nessas horas, não consigo ficar em casa. Moro num quarto alugado num quinto andar; debaixo de minha janela dia e noite os bondes balançam na rua estreita, como que passando descarrilados pelo quarto; à noite, lá longe os bondes dão gritos como corujas. A filha da senhoria é uma empregada gorda e histérica: um dia quebrou um prato de ervilhas no corredor e se fechou no quarto gritando.

A latrina dá para o pátio; fica no fundo de um corredor estreito, quase uma gruta, com as paredes verdes de mofo, úmidas: talvez ali acabem se formando estalactites. Fora a grade, o pátio é um desses pátios turinenses aprisionados na pátina do uso, com parapeitos de ferro nos corredores externos, sobre os quais não se pode apoiar sem se sujar de ferrugem. Os cubículos das latrinas, um em cima do outro, formam como uma torre: latrinas com muros macios de mofo, num piso pantanoso.

E penso na minha casa, alta e voltada para o mar, entre as palmeiras, minha casa tão diferente de todas as outras casas. E a primeira diferença que me vem à lembrança é o número de latrinas que tinha, latrinas de todos os tipos: nos banheiros de ladrilhos brancos brilhando, em cubículos semiescuros, latrinas à turca, velhos *water-closets* com o vaso ornamentado de frisos azuis.

Assim pensando eu andava pela cidade, farejando o vento. E eis que encontro uma moça que conheço: Ada Ida.

— Estou feliz: o vento! — digo-lhe.

— O vento me dá nos nervos — responde. — Acompanhe-me um pouco: até ali.

Ada Ida é uma dessas moças que encontram você e logo começam a falar da própria vida, dos pensamentos, mesmo se mal o conhecem: moças sem segredos para os outros, a não ser os que também são segredos para elas; e que também encontram palavras para esses segredos, palavras de todos os dias, brotadas sem esforço, como se seus pensamentos já nascessem completamente tecidos de palavras.

— O vento me dá nos nervos — diz. — Eu me fecho em casa e tiro os sapatos e ando descalça pelos aposentos. Depois pego uma garrafa de uísque que ganhei de um americano e bebo. Jamais consegui me embriagar sozinha. A certa altura começo a chorar e paro. Faz uma semana que estou circulando e não consigo encontrar trabalho.

Não sei como ela faz, Ada Ida, como fazem todos os outros, mulheres e homens, que conseguem ter intimidade com todos, que encontram algo a dizer a todos, que entram nos assuntos dos outros e fazem os outros entrarem nos seus assuntos. Digo: — Eu vivo num quarto no quinto andar com bondes de noite iguais a corujas. A latrina é verde de mofo, com musgos e estalactites, e uma névoa de inverno como acima dos pântanos. Acho que o temperamento das pessoas também depende do banheiro em que são obrigadas a se trancar diariamente. A gente sai do trabalho e volta para casa e encontra o banheiro verde de mofo, pantanoso: então quebra um prato de ervilhas no corredor e se fecha no quarto gritando.

O que eu disse não é claro, não é exatamente o que eu tinha pensado, com certeza Ada Ida não entenderá, mas comigo é assim, para os meus pensamentos se transformarem em palavras proferidas, eles têm de atravessar um interstício vazio, de onde saem falseados.

— Eu limpo o banheiro diariamente, mais que toda a casa — diz ela —, lavo o chão, deixo tudo brilhando. Na janelinha ponho toda semana uma cortininha, limpa, branca e bordada, e todo ano mando pintar as paredes. Acho que, se um dia tivesse de parar de fazer essa limpeza, seria um mau sinal, e eu me abandonaria, cada vez mais baixo, até o desespero. É um banheirinho escuro, o da minha casa, mas o mantenho como se fosse uma igreja. Sabe-se lá como será o do dono da Fiat. Venha, me acompanhe mais um pouco, até o bonde.

O maravilhoso de Ada Ida é que ela aceita tudo o que a gente diz, não se espanta com coisa alguma, qualquer discurso que você inicia ela o prossegue, como se fosse ela que o tivesse sugerido a você. E quer que eu a acompanhe até o bonde.

— Bem, acompanho — digo. — Então, o dono da Fiat mandou construir seu banheiro como um salão de colunas e tapeçarias e tapetes, e aquários nas paredes. E grandes espelhos ao redor que refletiam mil vezes a imagem dele. E o vaso tinha braços e espaldar, alto como um trono; tinha até baldaquino. E a corrente para puxar a descarga tocava um carrilhão muito suave. Mas o dono da Fiat não conseguia fazer cocô. Sentia-se constrangido no meio daqueles tapetes e aquários. Os espelhos refletiam mil vezes a sua imagem enquanto estava sentado no vaso alto como um trono. E o dono da Fiat tinha saudades da latrina de sua casa de infância, com serragem no chão e pedaços de jornal enfiados num prego. Foi assim que ele morreu: de infecção intestinal depois de meses sem fazer cocô.

— Foi assim que ele morreu — Ada Ida assentiu. — Foi exatamente assim que ele morreu. Você sabe outras histórias iguais a essa? Chegou o meu bonde. Suba comigo no bonde e me conte outra.

— No bonde, e depois onde mais?

— No bonde. Você se chateia?

Subimos no bonde.

— Não posso lhe contar histórias — digo —, por causa do meu interstício. É um precipício vazio entre mim e todos os outros. Mexo os braços ali dentro mas não agarro nada, dou gritos mas ali ninguém escuta: é o vazio absoluto.

— Nesses casos eu canto — diz Ada Ida —, canto mentalmente. Quando a certa altura, falando com alguém, percebo que não sei mais como continuar, tal como se eu tivesse chegado à beira de um rio, e que os pensamentos fogem para se esconder, começo a cantar mentalmente as últimas palavras ditas ou ouvidas, com uma melodia qualquer. E as outras palavras que me vêm ao espírito, sempre a partir dessa melodia, são as palavras dos meus pensamentos. E aí eu falo as palavras.

— Mostre um pouco.

— E aí eu falo as palavras. Como uma vez em que um cara me abordou na rua achando que eu era uma daquelas.

— Mas você não canta.

— Canto mentalmente, depois traduzo. Do contrário você não entenderia. Mesmo naquela vez com aquele homem. Acabei contando a ele que fazia três anos que eu não comia balas. Aí ele me comprou um saquinho. Aí eu realmente não sabia mais o que dizer. Balbuciei alguma coisa e dei no pé, com o saquinho.

— Eu, ao contrário, jamais conseguirei dizer alguma coisa, ao falar — digo —, é por isso que escrevo.

— Faça igual aos mendigos — me diz Ada Ida, apontando um, numa parada.

Turim está cheia de mendigos como uma cidade santa indiana. Até os mendigos têm suas modas, ao pedirem esmola: um começa e depois todos o copiam. De uns tempos para cá é costume de muitos mendigos escreverem na calçada a própria história, em letras grandes, com pedaços de giz colorido: é um bom sistema, pois as pessoas ficam curiosas para ler e depois se sentem obrigadas a jogar umas liras.

— É — digo —, talvez eu também tivesse de escrever a minha história com giz na calçada e me sentar ao lado para ouvir o que as pessoas dizem. Ao menos nos olharíamos um pouco de frente. Mas talvez ninguém prestasse atenção e tudo se apagasse de tanto pisarem em cima.

— O que você escreveria numa calçada se fosse um mendigo? — pergunta Ada Ida.

— Escreveria, tudo em letra de fôrma: *Eu sou um desses que escrevem porque não conseguem falar; desculpem-me, cidadãos. Uma vez um jornal publicou uma coisa que eu havia escrito. É um jornal que sai de manhã cedo; é comprado sobretudo pelos operários indo para o trabalho. Naquela manhã subi com tempo no bonde e vi pessoas lendo as coisas que eu tinha escrito, e eu olhava as caras delas tentando perceber em que linha seus olhos tinham parado. Em cada texto há sempre um ponto do qual nos arrependemos, ou por medo de sermos mal entendidos, ou por vergonha. E no bonde, naquela manhã, eu ia espiando a cara dos homens, até que chegassem àquele ponto, e então gostaria de ter dito: "Olhem, talvez eu não tenha me explicado bem, o que eu pretendia é o seguinte", mas continuava calado e enrubescia.*

Nesse meio-tempo, tínhamos descido num ponto, e Ada Ida esperava outro bonde chegar. Não sei mais que bonde devo pegar e espero junto com ela.

— Eu escreveria assim — diz Ada Ida —, com pedacinhos de giz azul e amarelo: *Senhores, há pessoas para quem o maior gozo é que alguém urine em cima delas. Dizem que D'Annunzio era um desses. Eu acredito. Os senhores deveriam pensar nisso todo dia, e pensar que somos todos da mesma raça, e darem-se menos ares importantes. E tem mais: minha tia teve um filho com corpo de gato. Os senhores deveriam pensar que essas coisas acontecem, nunca se esqueçam. E que em Turim há homens que dormem nas calçadas, em cima dos respiradouros de porões aquecidos. Eu vi. Em todas essas coisas os senhores deveriam pensar, toda noite, em vez de rezarem orações. E tê-las bem presentes durante o dia. Terão menos esquemas na cabeça e serão menos hipócritas.* Assim eu escreveria. Acompanhe-me também neste bonde, seja bonzinho.

Eu continuava a pegar bondes com Ada Ida, sei lá por quê. O bonde andava por uma rua comprida dos bairros pobres. As pessoas no bonde eram cinzentas e enrugadas, como se fossem todas de farinha do mesmo saco.

Ada Ida tem mania de fazer observações: — E olhe o tique nervoso daquele homem. E olhe como aquela velha passou pó de arroz.

Tudo aquilo me dava pena e eu queria que ela parasse. — E daí? E daí? — eu dizia. — Tudo o que é real é racional. — Mas eu não estava totalmente convencido.

Eu também sou real e racional, pensava, eu que não aceito, eu que construo esquemas, eu que farei tudo mudar. Mas para fazer tudo mudar é preciso partir daí, do homem com o tique nervoso, da velha com o pó de arroz, e não dos esquemas. Também de Ada Ida, que continua a dizer: — Acompanhe-me até lá.

— Chegamos — diz Ada Ida, e descemos. — Você me acompanha até lá? Não se importa?

— Tudo o que é real é racional, Ada Ida — digo-lhe. — Outro bonde para pegar?

— Não, moro bem na esquina dessa rua.

Estávamos no fim da cidade. Construções de ferro se erguiam atrás dos muros das fábricas; o vento agitava rastros de fumaça nos para-raios das chaminés. E havia um rio com mato nas margens: o Dora.

Eu me lembrava de uma noite de vento, faz anos, ao longo

do Dora, por onde eu caminhava mordendo a bochecha de uma moça. Tinha os cabelos compridos e finíssimos, que de vez em quando acabavam entre os meus dentes.

— Uma vez — digo —, mordi a bochecha de uma moça, aqui, no vento. E cuspi fios de cabelo. É uma história lindíssima.

— Bem — diz Ada Ida —, cheguei.

— É uma história lindíssima — digo —, longa para contar.

— Cheguei — diz Ada Ida. — Ele já deve estar em casa.

— Ele quem?

— Estou vivendo com um cara que trabalha na Riv. Tem mania de pescar. Encheu-me a casa de linhas de pesca, de moscas artificiais.

— Tudo o que é real é racional — digo. — Era uma história lindíssima. Diga-me que bonde eu pego para voltar.

— O vinte e dois, o dezessete, o dezesseis — diz. — Todo domingo vamos ao Sangone. Anteontem, uma truta assim.

— Você está cantando mentalmente?

— Não. Por quê?

— Por nada. Vinte e dois, vinte e sete, treze?

— Vinte e dois, dezessete, dezesseis. O peixe, ele quer fritar sozinho. Ih, estou sentindo o cheiro. É ele, fritando.

— E o óleo? O do cupom de racionamento é suficiente para vocês? Vinte e seis, dezessete, dezesseis.

— Fazemos umas trocas com um amigo. Vinte e dois, dezessete.

— Vinte e dois, dezessete, onze?

— Não: oito, quinze, quarenta e um.

— É mesmo: sempre esqueço. Tudo é racional. Tchau, Ada Ida.

Chego em casa depois de uma hora de trajeto no vento, errando todos os bondes e discutindo os números com os motorneiros. Volto e encontro ervilhas e cacos de um prato no corredor, a empregada gorda se trancou à chave no seu quarto, e grita.

O REGIMENTO DESAPARECIDO

Um regimento de um poderoso exército devia desfilar pelas ruas da cidade. Desde as primeiras luzes da manhã as tropas estavam enfileiradas no pátio do quartel em formação de parada.

O sol já estava alto no céu, e as sombras se encurtavam ao pé das arvorezinhas mirradas do pátio. Sob os elmos lustrados havia pouco, os soldados e os oficiais pingavam de suor. O coronel, do alto de seu cavalo branco, fez um sinal: rufaram os tambores, toda a fanfarra começou a tocar e o portão do quartel girou lentamente sobre as dobradiças.

Lá fora espraiava-se a vista da cidade, sob um céu claro cruzado de nuvens macias, a cidade com as chaminés que perdiam rastros de fumaça, os terraços com os varais esticados e pregadores para se pendurar a roupa, os reflexos dos raios do sol batendo nos espelhos das cômodas, os cortinados para enxotar as moscas e que se emaranham nos brincos das senhoras que carregam um cesto, a carrocinha do sorveteiro com o toldo e a caixa de vidro para os picolés, e, correndo rente ao chão, uma pipa com a rabiola de papel crepom vermelho que as crianças puxavam por um barbante comprido e que aos poucos subia e se aprumava contra as nuvens macias do céu.

O regimento começara a marchar ao ritmo dos tambores, com o barulho das solas batendo no calçamento e das rodas das carriolas da artilharia; mas ao se ver diante daquela cidade pacata, cordial, concentrada nos seus problemas, cada militar se sentiu indiscreto, inoportuno, e saltou aos olhos de todos que a parada era algo fora do lugar, destoante, algo que realmente podia ser dispensado.

Um tambor, um tal de Prè Gio Batta, fingiu continuar o rufo iniciado, mas na verdade apenas roçou na pele do instrumento. Ouviu-se um tique-taque abafado, mas não só dele: geral; porque no mesmo instante todos os outros tambores tinham feito como Prè. Depois, os corneteiros tocaram um só solfejo de suspiros, pois nenhum deles soprava a fundo. Os soldados e os oficiais, dando olhadas constrangidas ao redor, pararam com uma perna no ar e depois a repousaram devagarinho, retomando a marcha na ponta dos pés.

Assim, sem que fosse dada nenhuma ordem, a coluna longuíssima ia em frente, na ponta dos pés, com movimentos lentos e recolhidos, e um murmurante, abafado tropel. Os encarregados das peças de artilharia, ao se verem ao lado daqueles canhões tão deslocados, foram subitamente invadidos por um sentimento de pudor: uns quiseram ostentar indiferença, andar sem nunca olhar para as peças, como se estivessem passando ali por mero acaso; outros se mantinham encostados nas peças o máximo possível, como para escondê-las, poupando às pessoas aquela visão tão desagradável e pouco civilizada, ou então jogavam cobertores, mantas sobre os canhões, de modo a passarem despercebidos ou pelo menos não chamarem a atenção; outros, enfim, assumiam com os canhões uma postura de afetuosa zombaria, davam tapinhas na carreta, na culatra, apontavam para eles com um meio sorriso: tudo para demonstrar que não tencionavam servir-se deles para fins letais, mas só levá-los para passear como grotescas engenhocas, grandes e raras.

Esse confuso sentimento chegara também à alma do coronel Clelio Leontuomini, que instintivamente abaixara a cabeça à altura da cabeça do cavalo. Este, por sua vez, começara a mexer as pernas vagarosamente, com a cautela das bestas de carga. Mas bastou um momento de reflexão para que o coronel e o cavalo retomassem sua cadência marcial. Dando-se rapidamente conta da situação, Leontuomini lançou uma ordem seca:

— Passo de parada!

Os tambores rufaram, depois começaram a bater em cadência. O regimento se recompusera depressa e agora ia em frente pisando o terreno com agressiva segurança.

— Pronto — pensou o coronel olhando de soslaio para suas fileiras —, é um autêntico regimento em marcha.

Na calçada alguns passantes se detiveram, perfilando-se como a parada, e olharam com jeito de quem gostaria de se interessar e até quem sabe se deliciar com tamanha demonstração de energia, mas sentem dentro de si algo que não entendem bem, uma vaga sensação de alarme, e, de qualquer maneira, há coisas sérias demais ocupando a nossa cabeça para que a gente comece a pensar em espadas e canhões.

Ao se sentirem olhados, a tropa e os oficiais foram de novo tomados por aquele leve, inexplicável constrangimento. Continuaram a marchar empertigados em passo de parada, mas não conseguiam se livrar de uma dúvida que havia em seus corações, que era a de estarem fazendo mal àqueles bravos cidadãos. O infante Marangon Remigio, para não se distrair com a presença deles, mantinha sempre os olhos baixos: quando se marcha em colunas, as únicas preocupações são o alinhamento e o passo; quanto ao resto, o pelotão pensa pela gente. Mas centenas e centenas de outros soldados faziam o mesmo que o infante Marangon; aliás, pode-se dizer que todos eles, oficiais, alferes, coronel, avançavam sem nunca tirar os olhos do chão, seguindo a coluna, confiantes. Assim, viu-se o regimento, em passo de parada, fanfarra à frente, virar para um lado da rua, sair do terreno asfaltado, passar por cima de um canteiro dos jardins públicos e ir adiante decidido, pisoteando ranúnculos e lilases.

Os jardineiros estavam regando o gramado e o que veem? Um regimento que avança de olhos fechados para cima deles, esmagando o capim com as solas dos sapatos. Aqueles pobrezinhos não sabiam mais como segurar as mangueiras, para não dirigir os jatos de água contra os militares. Acabaram segurando-as na vertical, mas os jatos, com um longo esguicho, caíam em locais imprevistos; um deles regou da cabeça aos pés o coronel Clelio Leontuomini, que também prosseguia, empertigado e de olhos fechados.

Com aquela ducha, o coronel levou um susto e deu um grito:

— Inundação! Inundação! Mobilizem-se para os socorros!
— Depois, subitamente compreendeu e retomou o comando do regimento para fazê-lo sair dos jardins públicos.

Mas ficara um pouco decepcionado. O grito "Inundação! Inundação!" traíra uma de suas esperanças secretas, quase inconscientes: a de que de repente ocorresse um cataclismo natural, sem vítimas mas perigoso, e mandasse para os ares a parada, e que desse jeito o regimento se prodigalizasse em obras úteis à população: construção de pontes, salvamentos. Só assim a sua consciência ficaria novamente tranquila.

Saindo do jardim público, o regimento foi parar numa outra zona da cidade, não a das largas avenidas onde estava combinado que ele desfilaria, mas num bairro de ruas menores, mais apertadas e tortuosas. O coronel resolveu que iria cortar caminho por essas ruelas, para chegarem à praça sem mais perda de tempo.

Uma animação insólita reinava no bairro. Eletricistas, no alto de grandes escadas, regulavam as lâmpadas dos postes e levantavam e abaixavam os fios do telefone. Agrimensores da engenharia civil mediam as ruas com as fixas e os metros em rolo. Gasistas, armados de picaretas, abriam grandes buracos no calçamento. Colegiais em fila faziam um passeio. Pedreiros passavam-se tijolos ao voo gritando: "Opa! Opa!". Ciclistas, dando longos assobios, transportavam escadas portáteis nas costas. E, em todas as janelas das casas, empregadas empertigadas em cima dos peitoris torciam panos molhados em grandes baldes e limpavam as vidraças.

Assim, o regimento devia continuar o desfile por aquelas ruas tortuosas, abrindo caminho num emaranhado de fios de telefone, metros em rolo, escadas, buracos no calçamento, grupos de alunas assanhadas, e pegando tijolos no ar, "Opa! Opa! Opa!", e se esquivando de panos molhados e baldes que criadas emocionadas deixavam cair lá embaixo, do quarto andar.

O coronel Clelio Leontuomini teve de reconhecer que errara o caminho. Montado no cavalo, inclinou-se para um passante e perguntou:

— Desculpe, sabe qual é o caminho mais curto até a praça principal?

O passante, um homenzinho de óculos, ficou pensando um pouco:

— É uma volta complicada; mas se o senhor deixar que eu o guie levo-o por um pátio até a outra rua, e o senhor ganha pelo menos quinze minutos.

— Todo o regimento poderá passar por esse pátio? — perguntou o coronel.

O homenzinho deu uma olhada e fez um gesto indeciso:

— Bah! Pode-se tentar. — E os precedeu entrando num portão.

Debruçadas nos parapeitos enferrujados dos corredores externos, todas as famílias daquele prédio se esticavam para olhar no pátio o regimento que tentava entrar com cavalos e artilharia.

— Onde fica o outro portão por onde se sai? — perguntou o coronel ao homenzinho.

— Portão? — perguntou o homenzinho. — Talvez não tenha me explicado bem. É preciso subir até o último andar, e dali se passa para a escada de um prédio vizinho, cujo portão dá justamente para a outra rua.

O coronel queria continuar montado no cavalo mesmo por aquelas escadas estreitas, mas dois patamares mais acima resolveu deixar o cavalo amarrado no corrimão e prosseguir a pé. Resolveram deixar também os canhões no pátio, e um sapateiro prometeu ficar de olho. Os soldados subiam em fila indiana, e a cada andar abriam-se algumas portas, e um menino gritava:

— Mamãe! Venha ver. Os soldados estão passando! Tem um regimento desfilando!

No quinto piso, para passar daquela escada para outra, secundária, que levava ao sótão, tiveram de andar um pouco pelos corredores que davam para o pátio. Cada janelão dava para um cômodo nu com muitos colchões de palha, onde viviam famílias cheias de crianças.

— Entrem, entrem — diziam os papais e as mamães para

os militares. — Descansem um pouco, devem estar cansados! Venham por aqui que o caminho é mais curto! Mas o fuzil, deixem do lado de fora; por causa das crianças, sabem como é...

Assim, o regimento ia minguando enquanto percorria as passagens e os corredores. E naquela confusão mais ninguém conseguiu achar o homenzinho que sabia o caminho.

Anoiteceu, e as companhias e os pelotões ainda continuavam a circular por escadas e corredores. No alto do telhado, empoleirado na cumeeira, estava o coronel Leontuomini. Via estender-se diante de si a cidade espaçosa e transparente, com as ruas formando um tabuleiro de xadrez e a grande praça vazia. Com ele, de gatinhas em cima das telhas, havia um batalhão de soldados, armados de bandeirinhas coloridas, pistolas com foguetes sinalizadores, faixas coloridas para emitir sinais.

— Transmitam — dizia o coronel. — Depressa, transmitam: Zona impraticável... Impossibilitados prosseguir... Aguardamos ordens...

OLHOS INIMIGOS

Pietro andava pela rua naquela manhã, quando teve uma sensação incômoda. Já fazia algum tempo que a sentia, sem se dar muito bem conta: era a sensação de ter alguém atrás de si, alguém que o estivesse olhando, sem ser visto.

Virou a cabeça de repente; estava numa rua meio afastada, com cercas nos muros e estacas de madeira cobertas de cartazes rasgados. Não passava quase ninguém; Pietro ficou aborrecido por ter cedido àquele impulso bobo de se virar; e prosseguiu, decidido a retomar o fio interrompido de seus pensamentos.

Era uma manhã de outono com um pouco de sol; o clima não estava muito propício a alegrias, e tampouco a apertos no coração. Mas, inconscientemente, o mal-estar continuava a pesar sobre ele; às vezes parecia concentrado em sua nuca, nas costas, como um olho que não o perdesse de vista, como uma presença de certa forma hostil que se aproximasse.

Para combater o nervosismo, sentiu necessidade de ficar no meio de gente: andou até uma rua mais movimentada, mas de novo, na esquina, parou para olhar para trás. Passou um ciclista, uma mulher atravessou a rua, mas ele não conseguia descobrir nenhuma ligação entre as pessoas, as coisas ao redor e a aflição que o corroía. Quando se virou, seu olhar encontrou o de outro passante, que também estava virando a cabeça para trás naquele momento. Juntos, logo tiraram os olhos um do outro, como se ambos estivessem procurando outra coisa. Pietro pensou: "Talvez aquele homem tenha se sentido olhado por mim. Talvez esta manhã eu não seja o único a ter essa irritante sensibilidade aguçada; talvez seja o tempo, o dia, que nos deixa nervosos".

Era uma rua de movimento, e com essa ideia na cabeça ele observava as pessoas, e percebia certos pulinhos que davam, mãos que se levantavam quase até o rosto em gestos de enfaro, testas que se franziam como que tomadas por uma preocupação inesperada ou uma recordação desagradável. "Que dia desgraçado!", Pietro repetia, "que dia desgraçado!", e no ponto do bonde, batendo os pés, percebia que os outros que também esperavam com ele batiam os pés, reliam a placa das linhas de bonde como procurando algo que não estava escrito.

No bonde, o trocador errava ao dar o troco e se irritava; o motorneiro tocava a campainha contra os pedestres e as bicicletas, furioso e aflito; e os passageiros apertavam os dedos nas barras como náufragos no mar.

Pietro reconheceu a figura gorda de Corrado, que, sentado, não o estava vendo; olhava absorto para fora, pelo vidro, e escarafunchava uma bochecha com a unha.

— Corrado! — chamou-o por cima de sua cabeça.

O amigo se assustou. — Ah, é você! Não o tinha visto. Estava distraído.

— Estou achando-o nervoso — disse Pietro, e, dando-se conta de que tudo o que queria era identificar nos outros seu próprio estado, acrescentou: — Eu também estou meio nervoso hoje.

— E quem não está? — disse Corrado, e em seu rosto largo passou aquele sorriso paciente e irônico que convencia a todos a lhe darem ouvidos e confiança.

— Sabe qual é a minha impressão? — disse Pietro. — É de sentir uns olhos fixos em cima de mim.

— Olhos como?

— Olhos de alguém que já vi, mas que não lembro. Olhos frios, hostis...

— Olhos que praticamente não o observam, mas que você não consegue ignorar?

— É... olhos como...

— Como os alemães? — disse Corrado.

— Isso, como os olhos de um alemão.

— É, compreendo — disse Corrado, e abriu os jornais que segurava na mão —, com essas notícias... — Apontou as manchetes: "Kesselring anistiado...", "Assembleias de SS...", "Financiamentos americanos para o neonazismo..." — É por isso que estamos sentindo que eles vêm de novo para cima da gente...

— Ah, isso... Você acha que é isso... E por que sentimos só agora?... Kesselring, os SS também já havia antes, há um ano também, há dois anos... Talvez ainda estivessem na prisão, mas nós sabíamos muito bem que eles existiam, nunca nos esquecemos deles...

— O olhar — disse Corrado. — Você me dizia que sentia como um olhar. Até agora, eles não tinham esse olhar: ainda estavam de olhos baixos, e perdemos o hábito... Já eram ex-inimigos, odiávamos o que tinham sido, não o que eram agora. Inversamente, agora voltaram a ter o olhar de antes... o olhar de oito anos atrás, na nossa frente... Nós nos lembramos dele, recomeçamos a senti-lo diante de nós.

Tinham muitas recordações em comum, Pietro e Corrado, daqueles tempos. E em geral não eram recordações alegres.

O irmão de Pietro tinha morrido num *lager*. Pietro vivia com a mãe, na velha casa. Chegou em casa à noitinha. O portão fez o chiado de sempre, o cascalho rangeu sob os seus sapatos como na época em que se apurava o ouvido ao rumor do menor passo.

Por onde caminhava nesse momento o alemão que viera naquela noite? Talvez atravessasse uma ponte, costeasse um canal, uma fila de casas baixas iluminadas, lá na Alemanha cheia de carvão e ruínas; estava vestido à paisana, com um sobretudo preto abotoado até o pescoço, um chapéu verde, os óculos, e olhava, olhava para ele, Pietro.

Abriu a porta. — É você! — disse a voz da mãe. — Ah, até que enfim!

— Você sabia que eu voltaria a essa hora — disse Pietro.

— É, mas não via a hora — disse —, tive palpitação o dia inteiro... Não sei por quê... Essas notícias... Esses generais que voltam a comandar... a dizer que eles é que tinham razão...

— Você também! — disse Pietro. — Sabe o que Corrado

diz? Que todos nós sentimos os olhos daqueles alemães em cima de nós... Por isso estamos todos nervosos... — e riu, como se fossem ideias só de Corrado.

Mas sua mãe estava passando a mão no rosto. — Diga, Pietro, vai haver guerra? Eles voltarão?

— Pois é — pensou Pietro —, até ontem, quando ouvíamos falar do perigo de uma nova guerra, não conseguíamos imaginar nada de específico, pois a velha guerra teve a cara deles, mas esta, sabe-se lá como seria. Agora, ao contrário, sabemos: a guerra reencontrou uma cara: e é de novo a deles.

Depois do jantar Pietro saiu; chovia.

— E então, Pietro — perguntou a mãe.
— O quê?
— Sair com este tempo...
— E daí?
— Nada... Não demore...
— Já faz tempo que eu sou adulto, mamãe...
— Está bem... Até logo...

A mãe fechou a porta, ficou escutando os passos no cascalho, o portão batendo. Ficou ouvindo a chuva que caía. A Alemanha era longe, atrás de todos os Alpes. Lá também chovia, talvez. Kesselring passeava de automóvel salpicando lama; o SS que levara seu filho ia a uma assembleia, com um impermeável preto brilhante, o velho impermeável dos militares. É verdade que naquela noite era bobagem ficar aflita; na noite seguinte também; talvez dali a um ano também. Mas não sabia até quando poderia não ficar aflita; na época da guerra também havia noites em que era possível não se sentir aflita, mas já se sentia aflição na noite seguinte.

Estava sozinha, lá fora havia o barulho da chuva. Através de uma Europa de chuva, os olhos dos antigos inimigos cortavam a noite, até ela.

— Eu vejo os olhos deles — pensou a mãe —, mas eles também verão os nossos. — E ficou parada, olhando fixo no escuro.

UM GENERAL NA BIBLIOTECA

NA PANDURIA, nação ilustre, uma suspeita insinuou-se um dia nas mentes dos oficiais superiores: a de que os livros contivessem opiniões contrárias ao prestígio militar. De fato, a partir de processos e investigações, percebeu-se que esse hábito, agora tão difundido, de considerar os generais como gente que também pode se enganar e organizar desastres, e as guerras como algo às vezes diferente das radiosas cavalgadas para destinos gloriosos, era partilhado por grande quantidade de livros, modernos e antigos, pandurianos e estrangeiros.

O Estado-maior da Panduria se reuniu para fazer um balanço da situação. Mas não se sabia por onde começar, porque em matéria bibliográfica ninguém era muito versado. Foi nomeada uma comissão de inquérito, comandada pelo general Fedina, oficial severo e escrupuloso. A comissão iria examinar todos os livros da maior biblioteca da Panduria.

Ficava essa biblioteca num antigo palácio cheio de escadas e colunas, descascado e desabando aqui e ali. Suas salas frias estavam repletas de livros, abarrotadas, em locais impraticáveis; só os ratos podiam explorar todos os cantinhos. O orçamento do Estado panduriano, onerado por ingentes gastos militares, não podia fornecer nenhuma ajuda.

Os militares tomaram posse da biblioteca numa chuvosa manhã de novembro. O general desceu do cavalo, baixo e gorducho, empertigado, com a larga nuca raspada, o cenho franzido em cima do pincenê; de um automóvel desceram quatro tenentes, uns varapaus, de queixo levantado e pálpebras abaixadas, cada um com sua pasta na mão. Depois chegou um batalhão de soldados que acampou no antigo pátio, com mulas, bolas de feno, barracas, cozinhas, rádio de campanha e faixas coloridas de sinalização.

Puseram sentinelas nas portas, e um cartaz proibindo a entrada, "por causa das grandes manobras, até que as mesmas se concluam". Era um expediente, para que a investigação pudesse ser feita em absoluto sigilo. Os estudiosos que costumavam ir à biblioteca toda manhã, encapotados, com cachecóis e bonés para não congelarem, tiveram de voltar para casa. Perplexos, perguntavam-se: — Mas como, grandes manobras na biblioteca? Será que não vão desarrumar tudo? E a cavalaria? E será que também darão tiros?

Do pessoal da biblioteca ficou apenas um velhinho, o senhor Crispino, recrutado para explicar aos oficiais o lugar dos livros. Era um sujeito baixotinho, com a cabeça careca parecendo um ovo, e olhos como cabeças de alfinete atrás de óculos de hastes.

O general Fedina se preocupou acima de tudo com a organização logística, pois as ordens eram para que a comissão não saísse da biblioteca antes de ter concluído a investigação; era um trabalho que exigia concentração, e não deviam se distrair. Assim, providenciaram o fornecimento de víveres, umas estufas de quartel, uma provisão de lenha à qual foram se juntar algumas coleções de revistas velhas, reputadas pouco interessantes. Nunca fez tanto calor na biblioteca, naquele inverno. Em lugares seguros, cercadas de ratoeiras, foram postas as camas de campanha onde o general e seus oficiais dormiriam.

Depois procedeu-se à divisão de tarefas. A cada tenente foram designados determinados ramos do saber, determinados séculos de história. O general controlaria a classificação dos volumes e aplicaria carimbos diversos, dependendo se o livro fosse declarado adequado para ser lido por oficiais e suboficiais da tropa, ou fosse denunciado ao Tribunal Militar.

E a comissão começou seu trabalho. Toda noite o rádio de campanha transmitia o relatório do general Fedina ao comando supremo. "Examinados um total de tantos volumes. Retidos como suspeitos tantos. Declarados adequados para oficiais e tropa tantos." De vez em quando, aqueles números frios eram acompanhados de alguma comunicação extraordinária: a solicitação de óculos para ler de perto, pois um tenente quebrara os seus, a notícia de que uma mula tinha comido um códice raro de Cícero que não estava em lugar seguro.

Mas fatos de alcance bem maior iam amadurecendo, dos quais o rádio de campanha não transmitia notícias. A floresta dos livros, em vez de ser desbastada, parecia ficar cada vez mais emaranhada e insidiosa. Os oficiais teriam se perdido se não fosse a ajuda do senhor Crispino. Por exemplo, o tenente Abrogati se levantava dando um pulo e jogava em cima da mesa o volume que estava lendo: — Mas é inacreditável! Um livro sobre as guerras púnicas que fala bem dos cartagineses e critica os romanos! Precisamos denunciá-lo imediatamente! — (Diga-se de passagem que os pandurianos, com ou sem razão, consideravam-se descendentes dos romanos.) Com seu passo silencioso dentro das pantufas felpudas, o velho bibliotecário vinha se aproximando dele. — E isso não é nada — dizia —, leia aqui, ainda sobre os romanos, o que está escrito, também se poderá pôr isso no relatório, e isso, e mais isso — e lhe submetia uma pilha de volumes. O tenente começava a folhear os livros, nervoso, depois ia lendo mais interessado, tomava notas. E coçava a testa, resmungando: — Santo Deus! Mas quanta coisa a gente aprende! Quem diria! — O senhor Crispino andava até o tenente Lucchetti, que fechava um tomo com raiva e dizia: — Essa não! Aqui eles têm a coragem de expressar dúvidas sobre a pureza dos ideais das Cruzadas! Sim, senhor, das Cruzadas! — E o senhor Crispino, sorridente: — Ah, deve se fazer um relatório sobre esse tema, e posso lhe sugerir outros livros, nos quais é possível encontrar mais detalhes — e jogava meia prateleira em cima dele. O tenente Lucchetti se metia a lê-los, de cabeça baixa, e por uma semana o ouviam virar as páginas dos livros e murmurar: — Mas essas Cruzadas, quem diria!

No comunicado vespertino da comissão, o número dos livros examinados era cada vez maior, mas já não se relatava nenhum dado sobre veredictos positivos ou negativos. Os carimbos do general Fedina iam ficando ociosos. Se ele, tentando controlar o trabalho dos tenentes, perguntava a um deles: — Mas como é que você deixou passar este romance? Aqui a tropa se sai melhor do que os oficiais! É um autor que não respeita a ordem hierárquica! —, o tenente lhe respondia citando outros autores, e embrenhando-se em raciocínios históricos, filosóficos e econômicos. Daí nasciam discussões genéricas, que prosseguiam horas a fio. O senhor Crispino, silencioso dentro de suas pantufas, quase invisível dentro de seu jaleco cinza, sempre intervinha na hora certa, com um livro que a seu ver continha detalhes interessantes sobre o tema em questão, e cujo efeito era sempre de pôr à prova as convicções do general Fedina.

Enquanto isso os soldados tinham pouco o que fazer e se entediavam. Um deles, Barabasso, o mais instruído, pediu aos oficiais um livro para ler. Na hora, quiseram dar-lhe um daqueles poucos que já tinham sido declarados adequados para a tropa; mas, pensando nos milhares de volumes que ainda restava examinar, o general não gostou que as horas de leitura do soldado Barabasso fossem horas perdidas para o serviço; e deu-lhe um livro ainda a ser examinado, um romance que parecia fácil, recomendado pelo senhor Crispino. Lido o livro, Barabasso devia fazer o relato ao general. Outros soldados também pediram para fazer o mesmo, e conseguiram. O soldado Tommasone lia em voz alta para um companheiro seu, analfabeto, e este dava a sua opinião. Das discussões gerais começaram a participar também os soldados.

Sobre o prosseguimento dos trabalhos da comissão não se conhecem muitos detalhes: o que aconteceu na biblioteca nas longas semanas invernais não foi relatado. Mas o fato é que os boletins radiofônicos do general Fedina passaram a chegar cada vez mais raramente ao Estado-maior da Panduria, até que pararam de vez. O comando supremo começou a se alarmar; transmitiu a ordem de concluírem a investigação o quanto antes e de apresentarem um exaustivo relatório.

A ordem chegou à biblioteca quando o espírito de Fedina e de seus homens se debatia entre sentimentos opostos: por um lado, estavam descobrindo a todo instante novas curiosidades a serem satisfeitas, estavam tomando gosto por aquelas leituras e aqueles estudos como nunca antes teriam imaginado; por outro, não viam a hora de voltar para junto das pessoas, de retomar contato com a vida, que agora lhes parecia muito mais complexa, quase renovada aos olhos deles; e, além disso, a aproximação do dia em que deveriam deixar a biblioteca enchia-os de apreensão, pois teriam de prestar contas de sua missão, e, com todas as ideias que andavam brotando em suas cabeças, não sabiam mais como sair dessa enrascada.

De noite olhavam pelas vidraças os primeiros brotos nos galhos iluminados pelo crepúsculo, e as luzes da cidade acenderem-se, enquanto um deles lia em voz alta os versos de um poeta. Fedina não estava com eles: dera ordens para ser deixado sozinho em sua sala, pois devia redigir o relatório final. Mas de vez em quando se ouvia a campainha tocar e sua voz chamar: "Crispino! Crispino!". Não podia ir adiante sem a ajuda do velho bibliotecário, e acabaram se sentando à mesma mesa e redigiram juntos o relatório.

Finalmente, numa bela manhã a comissão saiu da biblioteca e foi entregar o relatório ao comando supremo; e, diante do Estado-maior reunido, Fedina expôs os resultados da investigação. Seu discurso era uma espécie de compêndio da história da humanidade, das origens aos nossos dias, no qual todas as ideias mais indiscutíveis para os bem-pensantes da Panduria eram criticadas, as classes dirigentes denunciadas como responsáveis pelas desventuras da pátria, o povo exaltado como vítima heroica de guerras e políticas equivocadas. Era uma exposição um pouco confusa, com afirmações muitas vezes simplistas e contraditórias, como costuma acontecer com quem abraçou há pouco novas ideias. Mas sobre o significado geral não podia haver dúvidas. A assembleia dos generais da Panduria empalideceu, arregalou os olhos, reencontrou a voz, gritou. O general nem pôde terminar. Falou-se de degradação, de processo. Depois, temendo-se escândalos mais graves, o general e os quatro tenentes foram mandados para a reserva por motivos de saúde, por causa de "um grave esgotamento nervoso contraído no serviço". Vestidos à paisana, encapotados dentro de sobretudos acolchoados para não congelarem, frequentemente eram vistos entrando na velha biblioteca, onde esperava por eles o senhor Crispino com seus livros.

O COLAR DA RAINHA

PIETRO E TOMMASO VIVIAM BRIGANDO.
Ao amanhecer, o chiado das suas velhas bicicletas e as suas vozes — cavernosa e nasal a de Pietro, rouca e às vezes afônica a de Tommaso — eram os únicos sons pelas ruas vazias. Iam juntos para a fábrica onde eram operários. Por trás das ripas das persianas ainda se sentia o sono e a escuridão pesando nos quartos. As campainhas baixinhas dos despertadores iniciavam de casa em casa um diálogo escasso, que na periferia se adensava, para finalmente transformar-se, à medida que a cidade ia se tornando campo, num diálogo de galos.

Esse primeiro despertar cotidiano dos sons passava despercebido aos dois operários, ocupados como estavam em discutir em voz alta: porque ambos eram surdos; Pietro, já havia alguns anos, meio ruim dos tímpanos; Tommaso, com um assobio contínuo num ouvido, desde a Primeira Guerra Mundial.

— Pois é, assim são as coisas, meu caro — Pietro, homenzarrão na faixa dos sessenta, equilibrado em cima de seu trêmulo veículo, trovejava atrás de Tommaso, mais velho que ele cinco anos, baixo e já um pouco curvado. — A gente não tem mais confiança, meu caro. Eu também sei que, nos dias de hoje, fazer filhos significa fazer famintos, mas amanhã você não sabe, não sabe de que lado vai estar a balança, amanhã fazer filhos pode significar a abundância. É exatamente assim que eu vejo as coisas.

Tommaso, sem levantar os olhos para o interlocutor, arregalava os globos amarelos e dava gritos agudos que subitamente ficavam afônicos: — Siiim! Siiim! É preciso dizer isso para o operário que constitui família: você vai pôr no mundo indivíduos que vão aumentar a miséria e o desemprego! E mais nada! Isso ele tem de saber! Sem a menor dúvida! Eu digo e repito!

A discussão daquela manhã versava sobre um problema geral: se o aumento da população favorecia ou prejudicava os trabalhadores. Pietro era otimista, e Tommaso, pessimista. No fundo dessa divergência de opiniões estava o planejado casamento do filho de Pietro com a filha de Tommaso. Pietro era favorável, e Tommaso era contra.

— E, além do mais, por enquanto eles ainda não tiveram filhos! — Pietro deu um pulo de repente: — E não vão ter tão cedo! Era só o que faltava! Está se discutindo o noivado, não os filhos!

Tommaso berrou: — Quando se casarem, vão ter!

— No campo! Onde você nasceu! — retrucou-lhe Pietro. Por pouco não engatou a roda num trilho de bonde. Xingou.

— Cooomo...? — disse Tommaso, que pedalava na frente.

Pietro sacudiu a cabeça e ficou quieto. Andaram mais um pouco, calados.

— E compreende-se — disse Pietro, concluindo em voz alta um raciocínio interior —, quando isso acontece, acontece!

Tinham deixado a cidade para trás; andavam por uma rua elevada entre campos não cultivados. Havia um fim de neblina. A fábrica aflorava no limitado horizonte cinza.

Um motor roncou atrás deles; tiveram justo o tempo de ir para o acostamento, e um carrão de luxo passou por eles.

A estrada não era asfaltada, a poeira levantada pelo automóvel envolveu os dois ciclistas, e da nuvem espessa ergueu-se a voz de Tommaso: — E é exclusivamente no interesse deee... Ock, ock, ock!... — Teve um acesso de tosse por causa da poeira engolida, e da nuvem emergiu um braço seu, curto, apontando na direção do carro, com certeza para salientar o interesse da classe empresarial. E Pietro, tossindo, congestionado e tentando falar enquanto tossia, disse: — Guack... Nãooo... Guack... maaais... — apontando o carro com amplo gesto negativo para expressar o conceito de que o futuro não estava nas mãos dos usuários dos carros luxuosos.

O automóvel ia embora correndo, quando uma de suas portas se abriu. A porta foi para trás, empurrada pela mão de alguém, e uma sombra de mulher quase se jogou para fora. Mas quem dirigia freou de repente; a mulher desceu, e na neblina da manhã os operários a viram correr e atravessar a estrada. Tinha os cabelos claros, usava um vestido preto comprido e uma capa de pele de raposa azul com uma franja formada pelas caudas.

Do carro desceu um homem de sobretudo, gritando: — Mas você está maluca! Você está maluca! — Ela já ia voando longe da estrada, entre as moitas, e o homem a seguiu até que desapareceram.

Os terrenos abaixo da estrada eram prados onde os arbustos formavam manchas cerradas, e os dois operários viam aquela mulher ora sair dali, ora desaparecer, dando passinhos céleres pelo orvalho. Com uma das mãos segurava a saia levantada, e com movimentos dos ombros se soltava dos galhos que ficavam presos nos rabos de raposa. Aliás, começou a puxar os galhos e largá-los para trás, para cima do homem que a perseguia sem muita pressa e, ao que parece, sem vontade. A senhora bancava a louca pelos campos, e dava risadas altas, e deixava chover sobre seus cabelos a geada dos galhos. Até que ele, sempre calmo, em vez de segui-la, barrou-lhe o caminho e a agarrou pelos cotovelos; e parecia que ela se soltava e o mordia.

Da beira da estrada, os dois operários acompanhavam a caçada, mas não paravam de pedalar e de prestar atenção por onde andavam, calados, de cenho franzido e boca aberta, com uma gravidade mais desconfiada do que curiosa. Assim, estavam quase chegando ao carro parado, abandonado ali com as portas escancaradas, quando o homem de sobretudo voltou, segurando a senhora, que se deixava empurrar e soltava um grito quase de criança. Fecharam-se no carro e partiram; e novamente os ciclistas enfrentaram a poeira.

— Enquanto nós começamos o nosso dia — Tommaso tossiu —, os bêbados acabam o deles.

— Objetivamente — retrucou o amigo, parando para olhar para trás — ele não estava bêbado. Olhe que freada.

Estudaram a marca deixada pelos pneus. — Puxa... Que coisa... com um carro desses... — retrucava Tommaso. — Incrível! Você sabe muito bem que um carro assim bloqueia...

Não terminou a frase; os olhares dos dois, passando pelo chão ali em volta, tinham parado num ponto fora da estrada. Havia algo brilhando num arbusto. Disseram juntos, baixinho: — Ei.

Desceram do selim, encostaram as bicicletas numa guia da estrada. — A galinha botou ovo — disse Pietro, e pulou para o campo numa ligeireza que nunca se esperaria que tivesse. Na moita, havia um colar de pérolas de quatro voltas.

Os dois operários esticaram as mãos e, com delicadeza, como se colhessem uma flor, soltaram do galho o colar. Seguravam-no ambos com as duas mãos, tocando nas pérolas com as pontas dos dedos, mas só um pouquinho, e, assim, as aproximaram dos olhos.

Depois, juntos, como insurgindo-se contra a submissão fascinante que o objeto inspirava, baixaram os punhos, mas nem um nem outro largou o colar. Pietro sentiu que precisava falar, soprou e disse: — Viu só o tipo de gravata que está na moda?...

— É falso! — gritou-lhe Tommaso num ouvido, na mesma hora, como se já há algum tempo morresse de vontade de dizer isso, aliás, como se tivesse sido esse o seu primeiro desejo assim que viu o colar, e como se esperasse apenas um sinal qualquer de satisfação do amigo para poder lhe retrucar desse jeito.

Pietro levantou a mão que segurava o colar e também tirou de cima dele o braço de Tommaso. — O que é que você sabe disso?

— O que eu sei é que você deve acreditar no que lhe digo: as joias de verdade, eles guardam sempre no cofre.

Passavam no colar as mãos grandes, duras e enrugadas, mexiam os dedos entre as voltas, e as unhas pelos interstícios entre as pérolas. As pérolas filtravam uma luz fraca como gotas de geada numa teia de aranha, uma luz de manhã de inverno, que não nos convence da existência das coisas.

— Verdadeiras ou falsas... — disse Pietro —, eu, sabe... — e tentava provocar no amigo uma expectativa hostil diante do que estava prestes a dizer.

Tommaso, que queria ser o primeiro a encaminhar a conversa naquela direção, compreendeu que o outro passara na sua frente e tentou recuperar a vantagem, mostrando que já havia um bom tempo que seguia seu pensamento.

— Ah, sinto muito por você — disse, com ar irritado —, eu, a primeira coisa...

Estava claro que os dois queriam defender a mesma opinião, e no entanto se olhavam cheios de hostilidade. Gritaram os dois, no mesmo momento e o mais rápido possível: — Devolução! —, Pietro levantando o queixo com a solenidade de uma sentença, Tommaso de bochechas vermelhas e olhos arregalados como se todas as suas forças estivessem concentradas em proferir a palavra antes do amigo.

Mas esse gesto deixara-os excitados e cheios de orgulho; como que subitamente serenos, trocaram um olhar satisfeito.

— Nós não somos desses que sujam as mãos! — gritou Tommaso.

— Ah — Pietro riu —, damos a eles uma lição de dignidade!

— Nós — Tommaso proclamou — não recolhemos os restos deles!

— A-rá! Somos pobres — Pietro disse —, mas somos mais dignos que eles!

— E sabe o que também fazemos? — Tommaso se iluminou, feliz de ter finalmente conseguido passar na frente de Pietro. — Recusamos a gorjeta!

Olharam de novo o colar; continuava ali, pendurado nas mãos deles.

— Você não pegou o número daquele carro — disse Pietro.

— Não. Por quê? Você pegou?

— E quem ia pensar nisso?

— Ah! Como vamos fazer?

— Humm: que bela confusão.

Depois, um e outro, juntos, como se de repente uma fogueira de aversão tivesse reacendido entre eles: — O Serviço de Achados e Perdidos. Vamos levá-lo para lá.

O horizonte clareava, e a fábrica já não era apenas uma sombra, mas se revelava colorida por um enganoso tom róseo.

— Que horas serão? — disse Pietro. — Tenho medo que a gente se atrase para bater o ponto.

— Agora de manhã vamos pegar uma multa — disse Tommaso —; é a história de sempre: eles fazem farra e nós pagamos!

Os dois tinham levantado a mão com aquele colar que os unia como dois presos na mesma algema. Avaliavam-no na palma da mão como se ambos estivessem quase dizendo: "Bem, confio-o a você". Nenhum dos dois dizia, porém; tinham uma estima incondicional um pelo outro, mas estavam muito acostumados a brigar para que um pudesse conceder ao outro um ponto de vantagem que fosse.

Tinham de pegar depressa as bicicletas, e ainda não haviam enfrentado a pergunta: qual dos dois ficaria com o colar, até entregá-lo ou tomarem uma decisão? Continuaram parados e quietos, olhando o colar como se dele pudesse vir a resposta. De fato, veio: durante a briga ou quando o colar caiu, o ganchinho que prendia as quatro fileiras de pérolas ficara meio avariado. Bastou torcê-lo um pouco para que se quebrasse de vez.

Pietro pegou duas voltas e Tommaso outras duas, com a intenção de combinarem previamente qualquer decisão a respeito. Juntaram as preciosas bugigangas, escondendo-as nas roupas, sentaram de novo nas bicicletas, calados, sem se olharem, e recomeçaram o chiante pedalar até a fábrica, sob o céu que ia se enchendo de nuvens brancas e fumaça preta.

Mal tinham se afastado um pouco quando, atrás de um painel publicitário num dos lados da estrada, apareceu um homem. Era seco, alto e malvestido; havia uns minutos que, de longe, escrutava os dois operários. Era o desempregado Fiorenzo, que passava os dias procurando objetos utilizáveis no lixo da periferia. Nessa categoria de homens sempre se esconde, tenaz e corrosiva como uma doença profissional, a esperança de encontrar um tesouro. Tendo ido àqueles campos durante a sua volta matutina de praxe, Fiorenzo avistara o carro indo embora, os operários correndo pela ladeira e apanhando o objeto. E de repente se deu conta de que aquela ocasião tão rara, dessas que só se apresentam uma vez na vida de um homem, ele a perdera por menos de um minuto.

Tommaso também fazia parte da comissão interna que deveria ser recebida pelo doutor Starna. Surdo, teimoso, mentalidade antiga, espírito de contradição, tudo o que se queira: mas nas votações internas da fábrica Tommaso sempre conseguia ser eleito. Era um dos operários mais antigos da empresa, conhecido de todos, uma bandeira; e mesmo se os seus companheiros da comissão já andavam pensando que no seu lugar seria melhor ter, nas discussões, alguém mais hábil, mais equilibrado e esperto, também reconheciam que Tommaso tinha a seu favor o prestígio da tradição e, como tal, repetiam no seu ouvido sem assobio as frases mais importantes das negociações.

Na véspera, uma irmã de Tommaso, que morava no campo e ia encontrá-lo de vez em quando, trouxera-lhe um coelho de presente de aniversário, que na verdade tinha sido um mês antes. Um coelho morto, naturalmente, para se pôr logo na panela. Seria ótimo esperar até domingo para cozinhá-lo e servi-lo na hora do almoço, com toda a família reunida em volta da mesa, mas talvez o coelho não se conservasse, pois as filhas de Tommaso logo o prepararam num ensopado, e a sua parte ele levou para a fábrica, dentro de um filão.

Qualquer que fosse a comida do almoço — tripa, bacalhau, omelete —, as filhas de Tommaso (ele era viúvo) cortavam um filão no meio e a socavam ali dentro; ele enfiava o pão em sua pasta, pendurava a pasta no quadro da bicicleta e partia, de manhã cedinho, para o seu dia de trabalho. Mas naquele dia, o pão recheado de coelho, que teria sido o consolo de um dia de preocupações, ele não conseguiu nem sequer levá-lo à boca. Pois tivera a má ideia, ao trocar de roupa, e não sabendo onde esconder aquele bendito colar, de amassá-lo dentro do pão, no meio da carne do coelho ensopado.

Às onze horas tinham ido avisar a ele, e também a Fantino, Criscuolo, Zappo, Ortica e todos os outros, que o doutor Starna aceitava conversar e os esperava. Lavam-se, trocam-se na maior pressa, e rápido para o elevador. No quinto andar, dá-lhe de esperar: chegou a hora da pausa para o almoço, e o doutor Starna ainda não os havia recebido. Finalmente, a secretária, uma loura de belo corpo e feia cara de campeã ciclista, veio dizer que o doutor agora não pode, voltem para as suas oficinas, junto com os outros, e que assim que ele se liberar ela manda chamá-los.

No refeitório, todos os companheiros os esperavam prendendo a respiração: — E aí? E aí? — Mas era proibido falar de assuntos sindicais à mesa. — Nada, de tarde voltaremos lá. — E já é hora de retomar o trabalho: os da comissão mal se sentaram às mesas de zinco para comerem alguma coisa, na pressa, pois no turno da tarde os minutos de atraso lhes seriam descontados. — Mas para amanhã, o que é que fica decidido? — perguntavam os outros, saindo do refeitório. — Assim que tivermos a conversa, relataremos a vocês e decidiremos o que fazer.

Tommaso tirou da pasta um pedaço de couve-flor cozida, um garfo, uma garrafinha de azeite, do qual derramou um pouco num prato de alumínio, e comeu a couve-flor, enquanto acariciava, no bolso do paletó, o pão barrigudo cheio de carne de coelho e de pérolas, que a presença dos companheiros o impedia de pegar. E num acesso de gulodice para comer o coelho, maldizia aquelas pérolas que o acorrentavam a uma dieta de couve-flor durante o dia inteiro e que o afastavam da total confiança que o ligava aos companheiros, impondo-lhe um segredo que, naquele instante, não passava de uma amolação.

De repente, viu na sua frente, em pé, do outro lado da mesa, Pietro, que antes de voltar para o seu setor queria cumprimentá-lo. Estava diante dele, alto, gordo, com um palito rolando na boca, e um olho fechado numa ostentatória piscada. Ao ver Pietro ali, de barriga cheia e despreocupado — pelo menos assim lhe parecia —, enquanto ele mandava para dentro garfadas quase impalpáveis de couve-flor cozida, Tommaso sentiu tamanha raiva que o prato de alumínio começou a tremer em cima da mesa de zinco como se ali estivessem os espíritos. Pietro encolheu os ombros e foi embora. Até os últimos operários já tinham saído do refeitório, apressados, e Tommaso, com os lábios gordurosos grudados numa garrafinha de água mineral gasosa cheia de vinho, também foi embora correndo.

A atitude dos operários em relação ao cão dinamarquês que entrara na sala de espera da diretoria — todos se viraram de súbito para a porta, pensando que fosse finalmente o doutor Gigi Starna — foi carinhosa por parte de alguns e hostil por parte de outros. Os primeiros viam no dinamarquês um animal fraterno, uma vigorosa criatura livre que era mantida em cativeiro, um companheiro de servidão; os segundos, somente uma alma danada da classe dirigente, um de seus instrumentos ou de seus penduricalhos, um de seus luxos. As mesmas opiniões divergentes, em suma, que às vezes os operários manifestam a respeito da raça dos intelectuais.

O comportamento de Guderian foi, ao contrário, reservado e indiferente, fosse para quem lhe dizia: — Que gracinha! Vem cá! Dá aqui a pata! —, fosse para quem lhe dizia: — Passa fora! Com um leve ar de desafio que se manifestava em focinhadas olfativas superficiais e num abanar de rabo uniforme e lento, circulou por todos eles: não se dignou a dar nem uma olhada para o sardento e encaracolado Ortica — aquele que entendia de tudo e que, mal entrou, plantou os cotovelos em cima da mesa para folhear umas revistas publicitárias que ali estavam, e, vendo o cachorro, examinou-o de cima a baixo e disse tudo sobre a raça, a idade, os dentes e o pelo —, e muito menos para o glabro Criscuolo, de olhos perdidos e distantes, que, chupando um cigarro apagado, tentou tascar-lhe um pontapé. Fantino, que tirara do bolso o seu jornal amarfanhado, um jornal proibido na fábrica — e que ele, se sentindo naquele momento protegido por uma espécie de imunidade diplomática, aproveitava para ler durante o tempo de espera, já que de noite, em casa, o sono o pegava depressa —, viu o focinho cor de defumado do cachorro de olhos vermelhos e brilhantes aparecer por cima de seu ombro, e instintivamente, ele, homem não habituado a se deixar amedrontar, resolveu dobrar a página para esconder a manchete. Chegando a Tommaso, Guderian parou, sentou-se sobre as patas traseiras e ficou de orelhas em pé e fuça levantada.

Tommaso, que não era do tipo de se meter a brincar com bichos, e nem mesmo com pessoas, por uma certa submissão ao se encontrar naquele local imponente e reluzente achou-se no dever de manifestar ao cachorro algum gesto de gentil cordialidade, como um estalo de língua, ou um leve assobio, que de repente, devido às suas descontroladas reações de surdo, acabou saindo extremamente agudo. Em suma, tentou restabelecer essa confiança espontânea entre homem e cachorro que o transportava à sua juventude no campo, aos cães camponeses, sabujos mansos e orelhudos, ou peludos e rosnantes cãezinhos de galinheiro. Mas a disparidade social entre aqueles seus cachorros e este, tão lustroso, bem tosado e patronal, logo lhe saltou aos olhos, e ele ficou como que intimidado. Sentado com as mãos nos joelhos, mexia a cabeça em tremores laterais, de boca aberta, como num latido mudo, para convidar o cão a se decidir, a se mexer, a sair dali. Mas, em vez disso, Guderian ficava na frente dele, imóvel e ofegante, e finalmente esticou o focinho para uma aba do paletó do velho.

— Você tinha um amigo na direção, Tommaso, e nunca nos disse! — brincavam os companheiros.

Mas Tommaso empalidecia: compreendera naquele instante que o cachorro farejava o cheiro do coelho ensopado.

Guderian passou ao ataque. Pôs uma pata no peito de Tommaso e quase o derrubou junto com a cadeira, deu-lhe uma lambida no rosto molhando-o de saliva, e o velho, para mandá-lo embora, fazia o gesto de quem lança uma pedra, de quem olha para um tordo, de quem pula um fosso, mas o cachorro não entendia a mímica ou não caía nas ciladas, e não o largava; muito pelo contrário, pois, tomado como por um imprevisto acesso de alegria, saltava levantando as patas traseiras até os ombros do operário, voltando sempre a meter o focinho perto do bolso do paletó.

— Passa, totó, anda, vai embora! Sai, totó, santo Deus! — resmungava Tommaso, com os olhos injetados de sangue, e no meio de suas festas Guderian sentiu chegar um pontapé seco em seu flanco. Lançou-se para cima dele, na altura de seu rosto, arreganhando os dentes, e depois, de repente, mordeu a aba do paletó e puxou. Tommaso só teve tempo de puxar o filão, para que ele não lhe arrancasse o bolso.

— Ora vejam, um sanduíche! — disseram os companheiros. — Claro, você está com a refeição no bolso, é natural que os cachorros saiam atrás de você! Que desse para nós, quando sobrasse!

Tommaso, levantando o mais possível seu braço curto, tentava salvar o pão dos ataques do dinamarquês. — Largue-o e dê para o cachorro! Do contrário, você não vai mais se livrar dele! Dê o pão para ele! — diziam os companheiros.

— Passe! Passe para mim! Por que não passa? — dizia Criscuolo, batendo as mãos, pronto para pegá-lo no voo como um jogador de basquete.

Mas Tommaso não passou. Guderian deu um pulo mais alto ainda e foi se agachar num canto com o pedaço de pão entre os dentes.

— Deixe-o para lá, Tommaso, o que é que você quer fazer agora? Vai acabar sendo mordido! — diziam os companheiros, mas tudo indica que o velho, de cócoras ao lado do dinamarquês, tentava argumentar com ele.

— Mas o que é que ele quer agora? Pegar um pão já comido pela metade? — perguntavam os companheiros, e nisso a porta se abriu e apareceu a secretária: — Queiram entrar, por favor.
— E todos se apressaram em segui-la.

Tommaso fez menção de ir atrás deles, mas, realmente, não se conformava em jogar fora assim o colar. Tentou fazer com que o cachorro viesse atrás dele, mas depois pensou que, se aparecesse diante do doutor Starna com o colar na boca, seria pior, e mais uma vez se abaixou para sussurrar-lhe (tentando imprimir em sua cara furiosa um inútil e grotesco sorriso): — Dá aqui, totó, dá aqui, seu bicho desgraçado!

A porta se fechara. Na sala de espera não havia mais ninguém. O cachorro transportou sua presa para um cantinho, atrás de uma poltrona. Tommaso torceu as mãos, seu sofrimento, mais que pela perda do colar (não dissera sempre que não lhe atribuía nenhum valor?), era por ficar em falta com Pietro, por ter de lhe contar o que havia acontecido, justificar-se... e era também por já não saber como cair fora dali, e pela perda de tempo naquela situação tão estúpida e incompreensível para os outros...

— Vou arrancar dele! — resolveu. — Se me morder, peço uma indenização. — E também se pôs de gatinhas, atrás da poltrona, e esticou a mão para a boca do cachorro. Mas o cachorro, copiosamente alimentado, e educado na escola contemporizadora de seu dono, não comia o pão, limitando-se a mordiscá-lo de um lado, nem reagia com aquela fúria cega característica do carnívoro de quem se quer arrancar a comida: pelo contrário, brincava com ela, manifestando certa inclinação felina, o que num cachorrão adulto e taurino como ele era um sinal bastante grave de decadência.

Os outros da comissão não tinham percebido que Tommaso não os acompanhara. Fantino estava fazendo o seu discurso e, chegando ao ponto em que dizia: — ... E estão aqui presentes entre nós homens de cabelos brancos que deram à empresa mais de trinta anos de suas vidas... —, quis apontar Tommaso, e primeiro apontou para a direita, depois para a esquerda, e todos se deram conta de que Tommaso não estava. Teria passado mal? Criscuolo se virou na ponta dos pés e foi procurá-lo na sala onde estavam antes. Não viu ninguém: — Deve ter se sentido cansado, pobre velho — pensou — e ido para casa. Paciência! É tão surdo! Mas podia ter avisado! — E voltou para junto da comissão, sem pensar em olhar atrás da poltrona.

Agachados lá no fundo, o velho e o cachorro brincavam: Tommaso, com lágrimas nos olhos, e Guderian, arreganhando os dentes num riso canino. A obstinação de Tommaso tinha um fundamento preciso: estava convencido de que Guderian era estúpido e que seria uma vergonha ceder a ele. De fato, quando, aproveitando-se de suas condescendências felinas, conseguiu dar um tabefe no pão, de modo a fazer com que a parte de cima voasse, o cachorro pulou para a meia bisnaga que tinha voado, e na mão de Tommaso ficou a outra metade, a das pérolas e do coelho. Apropriou-se do colar, tirou os pedaços de coelho grudados no meio das pérolas, meteu-o no bolso, e enfiou a carne na boca, depois de ter refletido rapidamente que as mordidas do cachorro no pão só tinham sido marginais e não haviam chegado ao recheio.

Em seguida, na ponta dos pés, fez sua entrada no escritório do doutor Starna, bochechas roxas, boca cheia, assobio furioso no ouvido, e se juntou ao grupo dos companheiros que lhe lançaram olhares enviesados e interrogativos. Gigi Starna, que durante a exposição de Fantino não levantara os olhos das tabelas que estavam em cima de sua mesa, como se concentrado nos números, ouviu um barulho de alguém comendo perto dele. Ergueu os olhos e viu na sua frente um rosto a mais, que antes não tinha visto: enrugado, cianótico, com dois globos oculares amarelos e venosos esbugalhados, irado, insensível, e que se mexia mastigando sem parar com um ruído furioso de maxilares. E ficou tão perturbado que novamente baixou os olhos para seus números e não ousou mais levantá-los, e não entendia por que aquele homem tinha ido comer ali na sua presença, e tentava tirá-lo da cabeça enquanto se preparava para contra-atacar com energia e astúcia o discurso de Fantino, mas já percebendo que boa parte de sua segurança tinha se esvanecido.

Toda noite, antes de se deitar, a senhora Umberta lambuzava o rosto com creme de pepino, vitaminado. Ter sido posta na cama naquela manhã, não se lembrava bem como, depois de uma noite em claro, sem creme de pepino, sem massagens, sem ginástica contra as dobras do ventre, em suma, sem todo o ritual estético de costume, causava-lhe necessariamente um sono irrequieto. Ao fato de ter negligenciado tais operações, e não à quantidade de álcool ingerido, ela atribuía a agitação, a dor de cabeça, a boca amarga que perturbaram suas poucas horas de sono. Só o costume de dormir deitada de costas, por observância a uma regra de beleza que se tornara uma postura diante da vida, fazia com que a agitação de seu repouso se manifestasse em formas harmoniosas e, de certo modo, sempre atraentes — ela tinha total consciência — para um observador imaginário, tal como apareciam atrás das contorcidas volutas do lençol.

Durante esse despertar e essa sensação de desconforto, e também de coisas esquecidas, invadiu-a um sobressalto difuso. Quer dizer que voltara para casa, jogara a capa de raposa em cima de uma poltrona, tirara o vestido a rigor... mas entre as lacunas da memória havia esta, que lhe aborrecia: o colar, aquele colar que ela devia considerar mais precioso que o próprio pescoço macio e liso, de fato não se lembrava de tê-lo tirado, e menos ainda de tê-lo guardado na gaveta secreta da penteadeira.

Levantou-se da cama, num voo de lençóis, saias de organza e cabelos despenteados, atravessou o quarto, deu uma olhada no gavetão, no toucador, em todos os lugares onde poderia ter deixado o colar, olhou-se rapidamente no espelho com uma careta de desaprovação pelo aspecto abatido, abriu duas gavetas, olhou-se de novo no espelho esperando desmentir a primeira impressão, entrou no banheiro e procurou em cima das bancadas, vestiu uma *liseuse*, olhou-se como estava no espelho da pia e depois no da penteadeira, abriu a gaveta secreta, fechou-a, penteou os cabelos, primeiro transtornada, depois com certa condescendência. Perdera o colar de pérolas de quatro voltas. Foi ao telefone.

— Passe-me o arquiteto... Enrico, é, já estou de pé... Sim, estou bem, mas olhe, o colar, o colar de pérolas... Eu estava com ele quando saímos de lá, tenho certeza de que estava... E não o encontro mais... Não sei... Claro que procurei bem... Você não se lembra?...

Enrico, que chegara tarde ao escritório, caindo de sono (dormira duas horas), nervoso, entediado, e, apesar do jovem desenhista que, fingindo lucidar um projeto, estava ali todo ouvidos, com a fumaça do cigarro que lhe irritava os olhos, disse: — Bem, você vai pedir outro de presente...

Ela lhe respondeu com um grito no telefone que fez até o desenhista se assustar: — Mas você está looouco! Mas é aquele que o meu marido me proibiu de usar, enteeende! Mas é aquele que custa... não, não posso dizer por telefooone! Paaare! Só de saber que eu o exibi por aí ele me expulsa de casa! Mas se além do mais souber que o perdi... me mata!

— Deve estar no carro, sabe — disse Enrico, e como por encanto ela se acalmou.

— Você acha?

— Acho.

— Mas você se lembra se eu estava com ele?... Mas você se lembra que descemos, num certo lugar... onde era?

— E você quer que eu me lembre... — dizia Enrico, passando a mão no rosto e, com um tédio profundo, repensando naquele lugar onde ela saíra correndo entre as moitas, e onde tinham brigado um pouco, e refletia que o colar podia muitíssimo bem ter caído ali, e já sentia a amolação de ter de ir buscá-lo, e explorar palmo a palmo aquela zona baldia. Sentiu uma ponta de enjoo. — Fique tranquila: é tão grande, a gente vai achar... Olhe no carro... O homem da garagem é de confiança? (O carro era o dela. A garagem também.)

— É. É Leone, está conosco há muitos anos.

— Então telefone-lhe já, para que ele olhe.

— E se não estiver?

— Ligue para mim de novo. Irei procurá-lo por lá...

— Querido, amor...

— Sim.

Desligou. O colar. Fez um gesto com os lábios. Vá saber quantos muitos milhões valia. E o marido de Umberta tinha promissórias sendo protestadas! Uma bela história. Daí podia nascer uma belíssima história. Desenhou no papel um colar de quatro voltas e o retocou minuciosamente, pérola por pérola. Tinha de ficar de olhos bem abertos. No desenho transformou as pérolas em olhos, cada um com sua íris, sua pupila, seus cílios. Não havia tempo a perder. Devia ir procurá-lo por aqueles campos. Umberta podia lhe telefonar a qualquer momento. Imaginemos que estivesse no carro.

— Você continuará em casa esse trabalho — disse ao desenhista —, preciso sair de novo.

— Vai ver o empreiteiro? Lembre-se daquela documentação...

— Não, não, vou ao campo. Para os morangos. — E encheu com o lápis o colar transformando-o em um enorme morango, com as sépalas e o pedúnculo. — Veja, um morango.

— Sempre as mulheres, engenheiro — disse o rapaz piscando o olho.

— Safado — disse Enrico. Tocou o telefone. — Ah, sei, não havia nada. Fique calma. Vou lá agora mesmo. Você recomendou ao garagista não dizer nada? Mas a ele, diabos, ao fulano, à sua majestade! Bem. Claro que me lembro do lugar... Depois ligo para você... tchau, fique sossegada... — Desligou, assobiou, vestiu o sobretudo, saiu, pulou no *scooter*.

A cidade abriu-se como uma ostra, como um mar transparente. Quando uma pessoa é jovem e anda por uma cidade, mais ainda se estiver com pressa, acontece de vê-la abrir-se toda de repente diante de si, mesmo se, agora, ela é conhecida e fechada e tão lisa que parece invisível. É o sabor da aventura: a única coisa de sua juventude que Enrico, arquiteto cético antes do tempo, ainda conservava.

Eis que sair à cata de colares perdidos revelava-se divertido, e nada maçante como ele de início pensara. Talvez fosse justamente por estar pouco ligando para o colar. Se o encontrasse, muito bem, se não, paciência: os dramas de Umberta eram dramas de ricos, que quanto maior é a soma envolvida mais nos parecem leves.

E, além do mais, o que afinal podia interessar a Enrico? Nada neste mundo. Mas essa cidade por onde agora corria despreocupado e aventuroso também havia sido para ele uma espécie de leito de faquir, que, para onde quer que ele olhasse, era um grito, um pulo, um prego pontudo. Casas velhas, casas novas, prédios populares ou palacetes aristocráticos, escombros ou andaimes de canteiros de obras, a cidade foi para ele, em determinada época, uma floresta de problemas: o Estilo, a Função, a Sociedade, a Medida Humana, a Especulação Imobiliária... Agora o seu olhar passava com a mesma condescendente ironia histórica pelo estilo neoclássico, pelo *liberty*, pelo estilo século XX, e com a objetividade de quem constata fenômenos naturais ele passava em revista os velhos conjuntos habitacionais insalubres, os novos arranha-céus, os escritórios racionais, as rosáceas de mofo nas paredes sem janelas; e não mais ouvia aquele toque como das trombetas de Jericó que no passado acompanhavam seus passos, os passos dele, que na cidade monstruosa iria atacar os erros da burguesia, dele, que iria destruir e reedificar para uma humanidade nova. Naquele tempo, quando uma passeata de operários com cartazes e o séquito das bicicletas puxadas pela mão enchiam as ruas que iam dar na prefeitura, Enrico se unia a eles, e sobre aquela multidão modesta lhe parecia que pairava, geométrica nuvem, a imagem da Cidade Futura, branca e verde, que ele iria construir para eles.

Tinha sido um revolucionário, naqueles tempos, Enrico: esperava que o proletariado tomasse o poder e lhe confiasse a construção da Cidade. Mas o proletariado custava a vencer, e além do mais parecia não compartilhar a paixão exclusiva de Enrico pelos muros nus e os telhados planos. Começou para o jovem arquiteto a época amarga e arriscada em que todos os entusiasmos baixam a guarda. Para expressar seu rigor estilístico, descobriu outro caminho: aplicá-lo em projetos de vilas à beira-mar, que ele propunha, honra imerecida, aos milionários filisteus. Essa também era uma batalha: um cerco ao inimigo, por caminhos internos. Para reforçar suas posições precisava tentar se tornar o arquiteto da moda; Enrico teve de começar a pensar seriamente no problema de seu "nível de vida": como era possível que ainda andasse de *scooter*? Agora não pensava em mais nada senão em açambarcar trabalhos rentáveis, quaisquer que fossem. As plantas para a Cidade Futura amarelavam, enroladas nos cantos de seu escritório, e de vez em quando uma delas lhe caía na mão, quando procurava um pedaço qualquer de papel de desenho para rabiscar, no verso, o primeiro esboço de um projeto de sobrelevação de um edifício.

Passando de *scooter* naquele dia pelos bairros da periferia, Enrico não pensava em um novo fôlego para as suas antigas reflexões sobre a desolação dos prédios operários, mas farejava no vento, como um cervo em busca de mato verde, o cheiro das áreas onde se poderia construir.

Era justamente uma área dessas que ele queria ir ver, naquela manhã bem cedinho, com o carro de Umberta. Saíam de uma festa, ela estava bêbada e não queria voltar para casa. Leve-me para cá, leve-me para lá. Já havia um bom tempo que ele repisava essa ideia: se era para circular, por que não ir dar uma espiada num lugar que ele conhecia, numa hora em que não havia ninguém, para estudar bem as possibilidades? Era uma área de propriedade do marido de Umberta, os terrenos em torno de sua fábrica. Enrico esperava, graças ao apoio dela, conseguir a autorização para um grande empreendimento imobiliário. Foi quando estava indo para lá que Umberta quase pulou do carro correndo. Estavam brigando; ela fingia estar mais bêbada do que estava. — E agora para onde você vai me levar? — choramingava. E Enrico: — Para o seu marido. Estou cheio de você. Vou levá-la para perto dele, na fábrica. Não está vendo que estamos indo justamente para lá? — Ela cantarola sabe-se lá o quê, depois abre a porta do carro. Ele freia de repente e ela pula para fora. Assim perdeu o colar. Agora, encontrá-lo: era fácil dizer.

A seus pés estendia-se um declive inculto e coberto de arbustos. Sabia estar no local exato daquela manhã só porque a estrada poeirenta e pouco movimentada conservara as marcas da freada do carro: aliás, toda a paisagem ao redor era disforme, e nunca a expressão cadastral "terreno baldio" tivera na mente de Enrico um significado tão preciso e sutilmente angustiante. Deu uns passos ao redor, cravando os olhos no terreno coberto de crostas, entre os gravetos dos arbustos: em contato com esse solo miserável e vil, surdo às pegadas, semeado de refugos, fugidio e irreconhecível, com estrias luzidias como baba de lesma, fraquejava o gosto da aventura, assim como a disposição para o amor se contrai e reflui quando somos invadidos por uma sensação de frio ou de feiura ou de desconforto. O enjoo, que desde que ele acordara o acompanhava por ondas, agora voltava.

Começou seu exame atento já convencido de que não iria encontrar nada. Talvez devesse primeiro estabelecer um método preciso: delimitar o espaço em que era provável que Umberta tivesse se movido, subdividi-lo em setores e explorá-los palmo a palmo. Mas tudo parecia tão inútil e incerto, que Enrico continuava a caminhar desordenadamente, mal separando os galhinhos. Ao erguer os olhos, viu um homem.

Estava de mãos nos bolsos, no meio do campo, com as moitas chegando à altura de seus joelhos. Devia ter se aproximado em silêncio, não se sabia de onde. Era comprido, delgado como uma cegonha; usava um velho quepe militar enfiado na cabeça com as abas do boné balançando nas orelhas de cão de caça, e uma jaqueta também militar, com as dragonas esfarrapadas. Estava parado como se o esperasse, na tocaia.

Na verdade, fazia várias horas que o esperava: desde antes mesmo de Enrico saber que teria de ir lá. Era o desempregado Fiorenzo. Depois de arrefecido seu primeiro ímpeto de despeito por ter visto escapar bem nas suas barbas o provável tesouro que os dois operários haviam apanhado, ele pensara que devia ficar ali, sem se mexer. Ainda não podia dar a batalha por perdida: se o colar era realmente precioso, mais cedo ou mais tarde quem o perdera voltaria para procurá-lo; e no rastro de um tesouro há sempre a esperança de recolher alguma sobra.

O arquiteto, ao ver o desconhecido lá longe, imóvel, redobrou a atenção. Parou, acendeu um cigarro. Enrico recomeçava a se interessar por aquela história. Era um desses sujeitos, Enrico, que acreditam se basear em coisas e ideias, mas que, ao contrário, não têm outra razão de viver além das instáveis, intricadas relações com o próximo; postos diante da vasta natureza, ou do mundo seguro dos objetos, ou da ordem das coisas pensadas, eles se perdem; e só recuperam a confiança quando podem pressentir as manobras de um possível adversário ou amigo; assim, entre tantos projetos, o arquiteto não construía nada para os outros nem para si mesmo.

Ao avistar Fiorenzo, para melhor estudar as suas manobras, Enrico continuou procurando, debruçado, mexendo-se numa linha reta que o aproximava dele, mas que não o encontraria. Algum tempo depois o homem também se moveu, de modo a cruzar o caminho de Enrico.

Pararam a um passo de distância. O desempregado tinha uma cara descarnada de pássaro, escurecida pela barba por fazer. Foi ele que falou primeiro.

— Está procurando alguma coisa? — disse.

Enrico levou o cigarro aos lábios. Fiorenzo fumava o próprio bafo, uma nuvenzinha densa no ar frio.

— Estava olhando — disse Enrico vagamente, fazendo um gesto circular. Esperava que o outro se revelasse. Pensou: "Se encontrou o colar, sondará o terreno para saber quanto vale".

— Perdeu-a aqui? — disse Fiorenzo.

E Enrico, rápido:

— O quê?

O outro deu um tempo de pausa e depois:

— Aquela coisa que está procurando.

— Como o senhor sabe que estou procurando uma coisa? — disse Enrico, brusco. Ficara um instante a refletir se convinha apostrofá-lo com o "você" intimidatório, que a polícia emprega com as pessoas malvestidas, ou com o "senhor" da urbanidade citadina formal e igualitária; resolvera que o "senhor" transmitia melhor aquele tom entre o de pressão e o de negociações com o qual queria marcar as relações entre eles.

O homem refletiu um pouco, soltou outro bafo, virou-se e resolveu ir embora.

"Considera-se o mais forte — pensou Enrico —, será que realmente o encontrou?"

É verdade que agora o desconhecido estava em posição de vantagem: cabia a Enrico ir atrás dele. Chamou: — Ei! — e estendeu o maço de cigarros. O homem se virou. — Fuma? —

perguntou Enrico, com o maço estendido, mas sem se mexer. O homem recuou uns passos, pegou um cigarro no maço e, no esforço de puxá-lo com as unhas, resmungou alguma coisa que também podia ser um "muito obrigado". Enrico recolocou o maço no bolso, tirou o isqueiro, testou-o, acendeu lentamente o cigarro do homem.

— Diga-me primeiro o que o senhor está procurando — disse — e depois eu lhe responderei.

— Capim — disse o homem, e apontou um cestinho na beira da estrada.

— Para os coelhos?

Tinham subido de novo o barranco. O homem pegou o cestinho.

— Para nós comermos — disse, e se dirigiu para a estrada. Enrico subiu no *scooter*, ligou o motor, lentamente, e se colocou ao lado dele.

— Quer dizer que o senhor dá a sua volta toda manhã por estes lados em busca de capim, não é? — e queria chegar a dizer "Este aqui é um pouco o seu reino, não é? São lugares onde não pode cair uma folha sem que você perceba!", mas Fiorenzo o preveniu:

— São lugares que pertencem a todo mundo — disse.

Era evidente que havia entendido a sua manobra e, tivesse ou não encontrado o colar, não faria confidências. Enrico resolveu abrir o jogo:

— Hoje de manhã perdeu-se um objeto bem ali — disse, parando. — O senhor o encontrou? — e calou-se, esperando que o outro perguntasse: "Que objeto?". Perguntou, de fato, mas antes ficara pensando um pouco sobre o assunto; um pouco demais.

— Um colar — disse Enrico, torcendo a boca com jeito de quem se refere a coisas pouco importantes; e ao mesmo tempo fazendo um gesto como quem estica entre as mãos um cordão, um cadarcinho, uma correntinha de criança. — É uma recordação, somos muito apegados a ele. Portanto, se o senhor me der eu lhe pago — e fez menção de pôr a mão na carteira.

O desempregado Fiorenzo avançou uma das mãos, como para dizer: "Não está comigo"; mas evitou dizer e ficou com a mão estendida, falando, em vez disso:

— É um trabalho duro, procurar alguma coisa ali no meio... vai precisar de vários dias. O campo é grande. Enquanto isso, podemos começar a ver...

Enrico apoiou de novo as mãos no guidom.

— Achei que o senhor já tivesse encontrado. Pena. Paciência. Sinto muito, sobretudo pelo senhor.

O desocupado jogou fora a guimba.

— Meu nome é Fiorenzo — disse —, podemos fazer um acordo.

— Sou o arquiteto Enrico Pré. Tinha certeza de que íamos começar a falar sério.

— Podemos fazer um acordo — repetiu Fiorenzo —, tanto por dia; e depois, tanto na entrega do objeto, quando eu o achar.

Enrico virou o tronco quase num pulo e, ainda se mexendo, não sabia se o agarraria pelo casaco ou se apenas queria testar mais uma vez suas reações. O fato é que Fiorenzo parou sem fazer menção de se defender, esticando com um irônico ar de desafio o seu rosto de pássaro depenado. E Enrico achou impossível que nos bolsos daquela jaqueta apertada e molenga pudessem estar as quatro voltas de pérolas: se o homem sabia alguma coisa sobre o colar, era difícil imaginar onde o teria escondido.

— E quanto você quer para rastrear este campo? — perguntou. Passara ao "você".

— E quem lhe disse que ele ainda está no campo? — retrucou Fiorenzo.

— Se não está no campo está na sua casa.

— A minha casa é aquela — disse o homem, e apontou para fora da estrada. — Venha.

Onde os primeiros e esparsos prédios da periferia dão as costas para os campos nevoentos, ali era o limite dos pastos de Fiorenzo. E próximo dessa fronteira, como em geral se situam as capitais dos reinos mais distantes, ficava a sua casa. Muitos episódios e cataclismos históricos haviam contribuído para a sua construção: as paredes baixas de pedras meio desmoronadas eram de uma antiga cavalariça militar, fechada mais tarde pelo declínio da arma equestre; o banheiro à turca e uma indelével pichação mural provinham de sua constante utilização como depósito de armas para a instrução dos cadetes; uma janela de grades derivava do uso sinistro como prisão a que fora destinada na época da guerra civil; e para desentocar dali o último pelotão de armíferos ocorrera aquele incêndio que quase a destruíra; o soalho e os encanamentos eram da época em que tinha sido acampamento, primeiro de sinistrados, e depois de refugiados; em seguida, uma prolongada pilhagem invernal de lenha para queimar, telhas e tijolos a desmantelara de novo; até que lá chegou, com os colchões e os móveis, despejada do último alojamento, a família de Fiorenzo. Metade do telhado, enfim, fora substituído por uma velha porta metálica, entortada numa explosão, encontrada ali nas redondezas. Assim, Fiorenzo, sua mulher, Ines, e os quatro filhos vivos recuperaram uma casa onde pendurar nas paredes os retratos dos parentes e os recibos da taxa familiar, e esperaram o nascimento do quinto filho com alguma esperança de que sobrevivesse.

Se não se podia dizer que o aspecto da casa tivesse melhorado muito desde o dia em que a família ali se instalou, era porque Fiorenzo, quando foi habitá-la, parecia mais próximo do espírito de um primitivo que se entoca numa gruta natural do que de um engenhoso náufrago ou pioneiro, que se esforça em fazer reviver ao seu redor algo da civilização deixada na terra natal. Em matéria de civilização Fiorenzo tinha ao seu redor toda a que podia desejar, mas esta lhe era inimiga e proibida. Depois de ser demitido, tendo logo desaprendido o pouco do ofício em que de certo modo conseguira se qualificar — o de polidor de canos de cobre —, ficando com a mão pesada depois de um emprego como servente de pedreiro que também durou pouco, podado da noite para o dia — com a família nos braços — do grande movimento da circulação do dinheiro, muito depressa ele remontara o curso da história: agora, perdida a ideia de que as coisas necessárias se constroem, se cultivam, se fazem, ele só cuidava do que se pode colher ou caçar.

A cidade se tornara para Fiorenzo um mundo do qual ele não podia fazer parte, tal como o caçador não pensa em se tornar floresta, mas apenas em lhe arrancar uma presa selvagem, uma baga madura, um abrigo contra a chuva. Assim, para o desempregado a riqueza da cidade estava nos talos de repolho que ficam nas calçadas das feiras dos bairros quando se desmontam as barracas; no capim comestível que cresce entre os trilhos dos bondes interurbanos; na madeira dos bancos públicos que podem ser ceifados, pedaço por pedaço, para se queimar na estufa; estava nos gatos que de noite, apaixonados, entravam nos terrenos dominiais e de lá não retornavam. Existia para ele toda uma cidade jogada fora, de segunda ou terceira mão, semienterrada, excrementícia, feita de sapatos arrebentados, de pontas de cigarro, de varetas de guarda-chuva. E mesmo lá embaixo, no nível dessas riquezas empoeiradas, ainda se encontra um mercado, com as demandas e as ofertas, as especulações, os atravessadores. Fiorenzo vendia garrafas vazias, trapos, peles de gato, e assim ainda conseguia dar uma bicada fugaz no circuito monetário. A atividade mais cansativa, porém mais rentável, era a dos descobridores de minas, que escavavam a terra de um barranco debaixo de uma fábrica procurando ferro-velho no meio do lixo, e às vezes desenterravam num dia alguns quilos de ferro por trezentas liras. A cidade tinha temporadas e vindimas irregulares: depois das eleições havia todos os muros cobertos de cartazes rasgados a serem retirados tira por tira graças à diligente e furiosa raspagem de uma velha faca; as crianças também ajudavam e enchiam os sacos com os pedacinhos multicoloridos que eram pesados pelas avaras romanas dos negociantes de papel velho.

Nessa e em outras expedições acompanhavam Fiorenzo os dois filhos mais velhos. Tendo crescido naquela vida, não imaginavam outras possíveis, e corriam pela periferia, selvagens e vorazes, irmãos dos ratos com quem repartiam comida e jogos.

Ines, ao contrário, desenvolvera uma mentalidade de leoa; não se mexia da toca, lambia o recém-nascido, perdera o hábito doméstico de arrumar e manter as coisas limpas, jogava-se avidamente sobre o botim que levavam para casa o marido e os filhos, às vezes ajudava a torná-lo comercializável descosturando os pedaços da frente do sapato para serem vendidos aos sapateiros como remendos, ou esfarelando o fumo das guimbas; mesmo na fome, tornara-se gorda e robusta e, a seu modo, tranquila. O outro mundo, o das meias e dos cinemas, já não a atraía, com seus grandes cartazes que agora para ela não representavam mais nada de inteligível, mas apenas enormes rébus indecifráveis. A fotografia dela com Fiorenzo, vestida de véu e grinalda no dia do casamento, e de cujo vidro todo dia ela ainda tirava a poeira, Ines já não sabia se era dela mesma ou de sua bisavó. Os reumatismos levaram-na a se habituar a ficar sempre deitada mesmo quando não sentia dor. Na cama em pleno dia naquela casa desconjuntada, com a criança ao lado, olhava o céu denso e nublado e começava a cantar um velho tango. Assim, Enrico, aproximando-se do casebre, ouviu cantar: entendia cada vez menos.

Com olho de especialista observou a inclinação do teto ondulado, as quinas irregulares das paredes jaspeadas pelas marcas do incêndio. Certas ideias, numa vila à beira-mar, teriam criado um bom efeito. Devia ter isso em mente. Lembrou-se do discurso que fez um dia, num congresso de urbanismo: — Não é do palacete mas do casebre, colegas, que sairemos para traçar o nosso caminho...

A GRANDE BONANÇA DAS ANTILHAS

Vocês deviam ouvir meu tio Donald, que tinha navegado com o almirante Drake, quando se metia a contar uma de suas aventuras.
— Tio Donald! Tio Donald! — nós gritávamos em seus ouvidos, quando víamos aparecer entre suas pálpebras eternamente semicerradas o lampejo de um olhar —, conte-nos como foi aquela vez da grande bonança das Antilhas!
— Hein? Ah, bonança, sim, sim, a grande bonança... — ele começava, com voz fraca. — Estávamos ao largo das Antilhas, avançávamos a passo de lesma, no mar liso como óleo, com todas as velas desfraldadas para agarrar um raro sopro de vento. E eis que nos encontramos a um tiro de canhão de um galeão espanhol. O galeão estava parado, nós também paramos, e ali, no meio da grande bonança, fomos ficando um de frente para o outro. Nós não podíamos passar, eles não podiam passar. Mas eles, a bem da verdade, não tinham a menor intenção de ir adiante: estavam ali justamente para não nos deixar passar. Nós, ao contrário, a frota de Drake, já tínhamos andado um bom percurso, exatamente para não dar trégua à frota espanhola e tirar daquelas mãos de papistas o tesouro da Grande Armada, e entregá-lo às de Sua Graciosa Majestade Britânica, a rainha Elizabeth. Mas agora, diante dos canhões daquele galeão, com as nossas poucas colubrinas não conseguiríamos aguentar, e assim evitávamos que fosse dado um tiro. Pois é, meninos, eram essas as relações de força, imaginem vocês. Aqueles danados do galeão tinham provisões de água, frutas das Antilhas, abastecimentos fáceis em seus portos, podiam ficar ali o quanto quisessem: mas também se continham para não atirar, porque para os almirantes de Sua Majestade Católica aquela guerrinha com os

ingleses, tal como estava sendo feita, era justamente o que queriam, e se as coisas enveredassem por outro caminho, para uma batalha naval vencida ou perdida, todo o equilíbrio ia para os ares, certamente haveria mudanças, e mudanças era o que eles não queriam. Assim passavam-se os dias, a bonança continuava, nós continuávamos ali e eles lá, imóveis ao largo das Antilhas...

— E como terminou? Conte-nos, tio Donald! — nós dizíamos, vendo que o velho lobo do mar já encostava o queixo no peito e recomeçava a cochilar.

— Ah? Sim, sim, a grande bonança! Semanas, ela durou. Nós os víamos com as lunetas, aqueles papistas molengões, aqueles marinheiros de araque, debaixo de suas sombrinhas com franjas, o lencinho entre o crânio e a peruca para enxugar o suor, e tomando sorvete de abacaxi. E nós, que éramos os mais valentes marinheiros de todos os oceanos, nós, cujo destino era conquistar para a Cristandade todas as terras que viviam no erro, devíamos ficar ali de braços cruzados, encostados nos bordos, pescando com linha e mascando fumo. Havia meses que estávamos em rota para o Atlântico, nossas provisões estavam reduzidas ao extremo e avariadas; todo dia o escorbuto levava algum de nós, que desabava no mar dentro de um saco enquanto o timoneiro murmurava às pressas dois versículos da Bíblia. Lá longe, no galeão, os inimigos espiavam com lunetas cada saco que afundava no mar e faziam sinais com os dedos como se estivessem ocupados em contar as nossas perdas. Praguejávamos contra eles: seria preciso mais que isso até que dessem todos como mortos, nós, que tínhamos passado por tantas tempestades, muito diferentes daquela bonança das Antilhas...

— Mas uma saída, como o senhor a encontrou, tio Donald?

— O que é que vocês disseram? Uma saída? Bah, nós nos perguntávamos continuamente, durante todos os meses que durou a bonança... Muitos dos nossos, especialmente entre os mais velhos e os mais tatuados, diziam que sempre tínhamos sido um navio de corrida, bom para ações rápidas, e recordavam os tempos em que as nossas colubrinas desguarneciam os mastros dos mais poderosos navios espanhóis, abriam brechas em seus costados, duelavam com viradas bruscas... É isso mesmo, na marinha de corrida, sem a menor dúvida tínhamos sido ótimos, mas naquela época havia o vento, andava-se velozmente... Agora, naquela grande bonança, esses comentários sobre salvas e abordagens eram apenas um modo de nos divertirmos esperando sabe-se lá o quê; a chegada de um vento de sudoeste, uma tempestade, quem sabe até um tufão... Por isso as ordens eram de que não devíamos nem sequer pensar nisso, e o capitão havia explicado que a verdadeira batalha naval consistia em ficarmos ali parados, olhando-nos, mantendo-nos prontos, reestudando os planos das grandes batalhas navais de Sua Majestade Britânica, e as regras do manejo das velas e o manual do perfeito timoneiro, porque as regras da frota do almirante Drake eram as regras da frota do almirante Drake, pouco importando o que acontecesse: se começássemos a mudá-las não se sabia mais onde...

— E depois, tio Donald? Ei, tio Donald! Como vocês conseguiram se mover?

— Humm... Humm... o que eu estava dizendo? Ah, sim, ai de nós se não mantivéssemos a mais rígida disciplina e obediência às regras náuticas. Em outros navios da frota de Drake ocorreram mudanças oficiais e também motins, revoltas: agora todos queriam singrar os mares de outra maneira, havia homens simples da churma, marinheiros de quarto e até mesmo grumetes que haviam se tornado especialistas e tinham o que dizer a respeito da navegação... Isso, a maioria dos oficiais e dos quartéis-mestres considerava o perigo mais grave, e ai de nós se eles ouvissem comentários de quem queria reexaminar desde o início o regulamento naval de Sua Majestade Elizabeth. Nada disso, devíamos continuar a limpar as espingardas, lavar a ponte, verificar o funcionamento das velas, que pendiam frouxas no ar sem vento, e nas horas de folga de nossas longas jornadas na tolda o passatempo considerado o mais saudável eram as costumeiras tatuagens no peito e nos braços, que exaltavam nossa frota dominadora dos mares. E, quanto aos discursos, acabava-se fechando os olhos para aqueles cuja única esperança era uma ajuda do céu, como uma tempestade que talvez tivesse mandado nós todos a pique, amigos e inimigos, mais do que para aqueles que queriam encontrar uma maneira de fazer o navio se mover naquelas condições... Ocorre que um gaveiro, um tal de Slim John, não sei se o sol na cabeça tinha lhe feito mal ou se foi outra coisa, o fato é que ele começou a se divertir com uma cafeteira. Se o vapor levanta a tampa da cafeteira — dizia esse Slim John —, então também o nosso navio, se fosse como uma cafeteira, poderia andar sem velas... Era um discurso meio sem nexo, é bom que se diga, mas, estudando-o um pouco mais, talvez se pudesse tirar algum proveito. Pois sim! Jogaram a cafeteira no mar e faltou pouco para que o jogassem também. Essas histórias de cafeteiras, começaram a dizer, eram nada mais nada menos do que ideias dos papistas... é na Espanha que se tem o hábito do café e das cafeteiras, não entre nós... Bah, eu não entendia nada, mas contanto que a gente se mexesse, com aquele escorbuto que continuava a ceifar as pessoas...

— E aí, tio Donald — nós exclamamos, com os olhos brilhando de impaciência, pegando-o pelos pulsos e sacudindo-o —, sabemos que vocês se salvaram, que acabaram sendo os vencedores contra o galeão espanhol, mas explique-nos como aconteceu, tio Donald!

— Ah, sim, lá no galeão também, eles não eram todos da mesma opinião, nem sonhando! Observando-os de luneta, via-se que ali também havia os que queriam se mexer, uns contra nós, a canhonadas, e outros que compreendiam que não havia outro jeito senão ficarem do nosso lado, pois a supremacia da frota de Elizabeth faria refloresir os tráfegos que havia tempos languesciam... Mas ali também os oficiais do almirantado espanhol não queriam que nada mudasse, por favor! Sobre esse ponto, os chefes do nosso navio e os do navio inimigo, mesmo se odiando mortalmente, estavam perfeitamente de acordo. Portanto, como a bonança não dava sinal de terminar, começaram a se enviar mensagens, com as bandeirolas, de um navio para outro, como se quisessem iniciar um diálogo. Mas não se ia mais longe do que um: Bom dia! Boa noite! Pois é, o tempo está bom!, e assim por diante...

— Tio Donald! Tio Donald! Não pegue no sono de novo, por favor! Diga-nos como o navio de Drake conseguiu se mexer!

— Ei, ei, não sou surdo, ora essa! Entendam, foi uma bonança que ninguém esperava que durasse tanto, talvez até anos, ali ao largo das Antilhas, e com um calor sufocante, e um céu pesado, baixo, que parecia prestes a explodir numa tempestade. Suávamos em bica, todos nus, trepados nas enxárcias, buscando um pouco de sombra debaixo das velas enroladas. Tudo estava tão imóvel que, mesmo os que entre nós andavam mais impacientes querendo mudanças e novidades, também ficavam imóveis, um no alto do joanete, outro na vela grande, um terceiro montado na verga, empoleirados lá no alto folheando atlas e cartas náuticas...

— E então, tio Donald! — caímos de joelhos aos pés dele, suplicávamos de mãos postas, sacudíamos o seu ombro, berrando.

— Diga-nos como foi que acabou, pelo amor de Deus! Não aguentamos mais esperar! Continue, tio Donald!

Nota de 1979

Reli "A grande bonança das Antilhas". Talvez fosse a primeira vez que eu relia esse meu relato, desde então. Não acho que envelheceu, e não só porque se sustenta como um relato em si, independentemente da alegoria política, mas também porque o contraste paradoxal entre luta feroz e imobilidade forçada é uma situação típica, tanto político-militar como épico-narrativa, pelo menos tão antiga quanto a *Ilíada*, e é natural referi-la à sua própria experiência histórica. Como alegoria política italiana, se pensarmos que se passaram vinte e dois anos e que os dois galeões continuam aí se defrontando, a imagem se torna ainda mais angustiante. É verdade que esses vinte e dois anos não foram propriamente de imobilismo para a sociedade italiana, que se transformou mais do que nos cem anos anteriores. E a época em que vivemos não pode certamente ser definida como de "bonança". Nesse sentido, não se pode dizer propriamente que a metáfora ainda corresponda à situação; mas — atenção! —, mesmo naquela época, só forçando um pouco as coisas é que se poderia falar de bonança: eram anos de uma tensão social dura, de lutas arriscadas, de discriminações, de dramas coletivos e individuais. A palavra "bonança" tem um som bonachão que não tem nada a ver com o clima de então nem com o de agora; mas tem a ver a atmosfera pesada, ameaçadora, enervante das bonanças oceânicas para os navios a vela, como os representam os romances de Conrad e Melville, de quem evidentemente deriva o meu relato. Portanto, a sorte que teve a minha metáfora na propagandística política italiana se explica pelo fato de que ela exprime algo mais do que um termo qualquer da linguagem política, "imobilismo", por exemplo. É o impasse numa situação de luta, de antagonismo inconciliável, ao qual corresponde um imobilismo dentro dos dois campos: imobilismo inato do campo "espanhol", nisso coincidindo com os seus programas e os seus fins; ao passo que no campo "pirata" há a contradição entre a vocação para a "guerra de corrida", com uma relativa ideologia ("as regras da frota do almirante Drake"), e uma situação em que recorrer a canhoneios e abordagens, além de impossível, seria contraproducente, suicida... No relato eu não propunha soluções — assim como não saberia propô-las agora —, mas traçava uma espécie de catálogo das atitudes possíveis. Havia dois estados-maiores antagônicos, tendo em comum a vontade de manterem a situação com o mínimo possível de mudanças (por motivos opostos, mas longe de serem infundados), dentro, sobretudo, dos respectivos navios, e fora, no equilíbrio das forças. (Sobre esse ponto, é verdade, não se pode negar que houve mudanças, especialmente no PC e na esquerda em geral, mas também na DC, quando nada por seu amadurecimento.) Depois havia os partidários do combate, de um lado e outro, impelidos por motivações mais de temperamento que de estratégia; e os partidários do diálogo, de um lado e outro. (O desenvolvimento dessas duas polaridades corresponde ao que se verificou na realidade, seja como política dos grandes entendimentos seja como pressão revolucionária, sempre sem se mudar muito a situação mas mesmo assim dando a ilusão de atividade.) Há também a perspectiva apocalíptica ("uma tempestade que talvez tivesse mandado nós todos a pique"), alusão às discussões sobre a perspectiva de uma guerra atômica, que justamente na época separavam os soviéticos — que a apresentavam como o fim da civilização — dos chineses, que tendiam a minimizar seus perigos. Também característico do momento em que o conto foi escrito é o apelo ao desenvolvimento tecnológico do qual, na época, se esperava que viesse uma solução (falava-se muito de "automação" como de algo que mudaria radicalmente os dados do problema). Mas a invenção da máquina a vapor que eu evocava talvez tenha ficado no estágio do pirata que brinca com a cafeteira.

Alguns esclarecimentos "históricos": não posso estabelecer agora a data exata em que escrevi o relato; lembro-me de que o número de *Città aperta* demorou muito a sair, portanto o relato data de alguns meses antes, quando eu ainda estava no auge das discussões internas pela renovação do PCI. Dentro do mundo engajado nesse debate, o meu relato logo encontrou um consenso entre os favoráveis de um revisionismo tanto de direita como de esquerda: fossem "revolucionários" fossem "reformistas", nele viam suas próprias razões; mas é preciso dizer que na época nem sempre os dois campos estavam claramente definidos. Quando o número de *Città aperta* saiu, o meu relato foi republicado pelo *Espresso* e teve ampla divulgação. O *Avanti* lhe dedicou um artigo de fundo. Em seguida, um jornal de extrema-esquerda, o *Azione comunista*, publicou uma paródia do conto, ligando-o a situações e pessoas específicas. A essa paródia, e no mesmo tom de polêmicas pessoais, respondeu com outra paródia Maurizio Ferrara no *Rinascita*, assinando-se "Little Bald". Mas ao mesmo tempo, no verão de 1957, tinha havido a minha demissão do PC, e "A grande bonança" foi considerada uma espécie de mensagem que acompanhava a minha demissão, o que não era, já que datava de uma fase anterior.

A TRIBO COM OS OLHOS PARA O CÉU

As NOITES SÃO BELAS e o céu de verão é cruzado pelos mísseis.

Nossa tribo vive em cabanas de palha e barro. De noite, ao voltarmos da colheita de cocos, exaustos, sentamos na soleira, uns sobre os calcanhares, outros sobre uma esteira, tendo ao redor as crianças de buchos redondos como bolas, brincando no chão, e contemplamos o céu. Há muito tempo, talvez desde sempre, os olhos de nossa tribo, esses nossos pobres olhos inflamados pelo tracoma, estão apontados para o céu: mas especialmente desde que, pela abóbada estrelada acima de nossa aldeia, passam novos corpos celestes: aviões a jato com um rastro esbranquiçado, discos voadores, foguetes, e agora esses mísseis atômicos telecomandados, tão altos e velozes que nem os ouvimos ou vemos, mas, prestando muita atenção, podemos perceber no brilho do Cruzeiro do Sul algo como um arrepio, um soluço, e então os mais entendidos dizem: "Olhe lá um míssil passando a vinte mil quilômetros por hora; um pouco mais lento, se não me engano, do que o que passou na quinta-feira".

Ora, desde que esse míssil está no ar, muitos de nós foram tomados por uma estranha euforia. Na verdade, alguns bruxos da aldeia deram a entender, em meias palavras, que esse bólido que brotou do lado de lá do Kilimanjaro é o anunciado sinal da Grande Profecia, e por isso a hora prometida pelos Deuses está se aproximando, e depois de séculos de servidão e miséria nossa tribo reinará em todo o vale do Grande Rio, e a savana inculta dará sorgo e milho. Portanto — esses bruxos parecem subentender — não fiquemos matutando sobre novos meios para sairmos de nossa situação; confiemos na Grande Profecia, unamo-nos em torno dos seus únicos e justos intérpretes, sem pedir mais nada.

Diga-se que, mesmo sendo uma pobre tribo de apanhadores de cocos, estamos bem informados sobre tudo o que acontece: um míssil atômico, sabemos o que é, como funciona, quanto custa; sabemos que não serão apenas as cidades dos *sahibs* brancos que serão ceifadas como campos de sorgo, mas que basta que eles comecem a disparar de verdade e toda a crosta da Terra ficará rachada e esponjosa como um cupinzeiro. Que o míssil seja uma arma diabólica, nunca ninguém esquece, nem aqueles bruxos; ao contrário, continuam, segundo o ensinamento dos Deuses, a lançar maldições contra ele. Mas isso não impede que também se possa considerá-lo, comodamente, de um ângulo positivo, tal como o bólido da profecia; talvez sem nos determos demais nesse pensamento, mas deixando no cérebro um respiradouro aberto a essa possibilidade, mesmo porque é daí que saem todas as outras preocupações.

O problema é que — já o vimos diversas vezes — algum tempo depois que no céu da nossa aldeia apareceu uma diabrura qualquer vinda do lado de lá do Kilimanjaro, como diz a profecia, eis que apareceu uma outra do lado oposto, ainda pior, e fugiu para longe, e foi desaparecer mais para lá da crista do Kilimanjaro: sinal infausto, portanto, e as esperanças de aproximação da Grande Hora se desfazem. Assim, com sentimentos dúbios, escrutamos o céu cada vez mais armado e mortal, como outrora líamos o destino no curso sereno dos astros e cometas errantes.

Na nossa tribo agora só se discutem os foguetes teleguiados, e ao mesmo tempo continuamos a andar armados de machados grosseiros e lanças e zarabatanas. Por que preocuparmo-nos com isso? Somos a última aldeia nas margens da selva. Aqui, entre nós, jamais as coisas mudarão até que soe a Grande Hora dos profetas.

E no entanto aqui também não estamos mais na época em que, de vez em quando, chegava de piroga um comerciante branco para comprar cocos, e às vezes nos tapeava no preço —

às vezes éramos nós que o passávamos para trás; agora existe a Cocobelo Corporation, que compra toda a colheita, em bloco, e impõe os preços, e somos obrigados a apanhar cocos num ritmo acelerado, com equipes que se revezam dia e noite, para alcançarmos a produção prevista no contrato.

Apesar disso, há entre nós quem diga que os tempos prometidos pela Grande Profecia estão mais próximos do que nunca, e não por causa dos presságios celestes, mas porque os milagres anunciados pelos Deuses agora são problemas técnicos que só nós poderemos resolver, e não a Cocobelo Corporation. Pois é: como se fosse pouco! Enquanto isso, o negócio é ir tocando a Cocobelo Corporation! Seus agentes, nos escritórios das docas à beira do Grande Rio, com as pernas em cima da mesa e o copo de uísque na mão, parecem só ter medo de que esse novo míssil seja maior que o outro — em suma, também não falam de outra coisa. Há nisso uma coincidência entre o que eles dizem e o que dizem os bruxos: é na potência dos bólidos celestes que reside todo o nosso destino!

Eu também, sentado na entrada da cabana, olho as estrelas e os foguetes aparecerem e desaparecerem, penso nas explosões que envenenam os peixes no mar e nas reverências que trocam, entre duas explosões, aqueles que as decidem. Gostaria de entender mais: é verdade que as vontades dos Deuses se manifestam nesses sinais, e aí estão também encerradas a ruína ou a fortuna de nossa tribo... Mas tenho uma ideia na cabeça que ninguém me tira: que uma tribo que se confia apenas à vontade dos bólidos celestes, no melhor dos casos, continuará sempre a vender os seus cocos abaixo do preço.

MONÓLOGO NOTURNO
DE UM NOBRE ESCOCÊS

A VELA AMEAÇA APAGAR continuamente com o sopro de ar que passa pela janela. Mas não posso deixar que a escuridão e o sono invadam o aposento, e devo manter a janela aberta para vigiar o brejo que nesta noite sem lua é uma extensão disforme de sombras. Não há nenhuma luz de tochas ou lanternas, pelo menos em duas milhas, com toda certeza, nem se ouve outro barulho além do canto do galo-de-campina e dos passos da sentinela em cima das muralhas do nosso castelo. Uma noite como tantas outras, mas o ataque dos Mac Dickinson poderia nos surpreender antes dos clarões da aurora. Devo passar a noite vigiando e refletindo sobre a situação em que nos encontramos. Há pouco subiu até minha casa Dugald, o mais velho e fiel dos meus homens, e me expôs o seu caso de consciência: ele é membro da Igreja episcopal, como grande parte dos camponeses desta região, e o seu bispo impôs a todos os fiéis ficarem ao lado da família Mac Dickinson, proibindo-os de empunharem as armas para qualquer outro clã. Nós, os Mac Ferguson, pertencemos à Igreja presbiteriana, mas por velha tradição de tolerância não fazemos questão que a nossa gente tenha religião. Respondi a Dugald que ele era livre para agir segundo sua consciência e sua fé, mas não pude deixar de lembrar-lhe o quanto ele e os seus devem à nossa família. Vi afastar-se o rude soldado de bigodes brancos banhados em lágrimas. Ainda não sei o que ele decidiu. É inútil esconder: a contenda secular entre a nossa família Mac Ferguson e o clã dos Mac Dickinson está prestes a desembocar numa guerra de religião.

Desde que o mundo é mundo os clãs do altiplano acertavam as contas entre si respeitando os velhos e bons costumes escoceses: toda vez que nos é possível vingamos o assassinato de nossos parentes assassinando membros das famílias rivais e tentamos, alternadamente, ocupar ou devastar territórios e castelos dos outros, mas a fúria das guerras de religião até agora poupara este canto da Escócia. Sim, é verdade que todos sabemos que a Igreja episcopal sempre apoiou abertamente a família Mac Dickinson, e, se hoje estas pobres terras do altiplano são assoladas pelas pilhagens dos Mac Dickinson mais que pelo granizo, devemo-lo ao fato de que aqui o clero episcopal sempre mandou e desmandou. Mas todos nós, dos clãs inimigos dos Mac Dickinson, preferimos fechar os olhos, até o dia em que o maior inimigo dos Mac Dickinson e do Episcopado passaram a ser os Mac Connolly, que, sendo seguidores da perniciosa seita metodista, acham que se deve perdoar os camponeses que não pagam os arrendamentos e que, ainda pelo mesmo princípio, deve-se distribuir terras e bens aos pobres. De todos os púlpitos episcopais, durante o serviço religioso os ministros prometiam o inferno para os Mac Connolly e para qualquer um que tivesse portado as armas deles ou apenas servido em suas casas, e nós, Mac Ferguson, ou Mac Stewart, ou Mac Burtun, boas famílias presbiterianas, deixávamos que isso acontecesse. É verdade que os Mac Connolly tinham sua parte de responsabilidade nesse estado de coisas. Por acaso não foram eles, quando seu clã era bem mais forte que agora, os que reconheceram ao clero episcopal os velhos privilégios dos dízimos sobre os nossos territórios? Por que o fizeram? Porque — disseram eles —, segundo sua religião, as coisas importantes não eram aquelas (formalidades ou algo assim), mas outras, mais substanciais; ou porque — dizemos nós — acreditavam saber mais que o diabo, esses metodistas danados, e poder tapear todo mundo. O fato é que ao fim de poucos anos muito se arrependeram. Nós, de nosso lado, não podemos levantar a voz, é verdade. Na época, éramos os aliados dos Mac Dickinson, tratávamos de reforçar o poderio do clã deles, pois eram os únicos capazes de enfrentar os Mac Connolly e suas famigeradas ideias sobre os tributos das colheitas de aveia. E, quando víamos, no meio de uma praça de aldeia, um homem dos Mac Connolly condenado pelos episcopais ao enforcamento por ser criatura do diabo, não dávamos meia-volta com nossos cavalos porque eram assuntos que não nos diziam respeito.

Agora, que os homens dos Mac Dickinson agem como se fossem os donos da casa, em cada aldeia e em cada hospedaria, com sua prepotência e seus abusos, e que já ninguém pode andar pelas estradas principais da Escócia se não tiver no *kilt* as listras com suas cores, eis que a Igreja episcopal começa a lançar anátemas contra nós, famílias de estrita fé presbiteriana, e a açular contra nós os nossos camponeses e até as nossas cozinheiras. Sabe-se o que estão pretendendo: aliarem-se talvez com os clãs dos Macduff ou dos Mac Cockburn, velhos partidários do rei James Stuart, papistas ou quase, tirando-os de seus castelos na montanha, onde estes tinham se refugiado no meio das cabras, vivendo agora como bandidos.

Haverá uma guerra de religião? Mas não há ninguém, nem mesmo os episcopais mais carolas, que acredite que lutar por esses bichos-papões dos Mac Dickinson, capazes de beber barris de cerveja mesmo no domingo, equivaleria a lutar pela fé. Como eles veem as coisas, então? Talvez pensem que isso faça parte dos desígnios de Deus, tal como o cativeiro no Egito. Mas aos descendentes de Isaac não se pediu que lutassem pelos faraós, mesmo se Deus queria que sofressem longamente sob o mando deles! Se houver guerra de religião, nós, os Mac Ferguson, a aceitaremos como uma prova para reforçar a nossa fé. Mas sabemos que neste litoral os fiéis da justa Igreja da Escócia são uma minoria de eleitos, que poderiam ser escolhidos por Deus — que Ele não queira! — para o martírio. Retomei a Bíblia nas mãos, que nestes meses de frequentes incursões inimigas eu havia deixado um pouco de lado, e vou folheando-a à luz da vela, sem perder de vista, lá longe, o brejo por onde agora passa o sussurro do vento, como sempre, desde um pouco antes da aurora. Não, não compreendo; se Deus se meter nas nossas questões familiares escocesas — e, em caso de guerra de religião, é disso que de fato deverá se tratar —, sabe-se lá o que pode acontecer; cada um de nós tem seus interesses e pecados, os Mac Dickinson mais que todos, e a Bíblia está aí para nos explicar que Deus tem sempre um outro objetivo a alcançar que não aquele que os homens esperam.

Talvez tenhamos pecado justamente nisso, pois sempre nos negamos a considerar nossas guerras como guerras de religião, iludindo-nos que assim poderíamos nos arranjar melhor para fazermos alianças quando fosse conveniente. Há demasiado espírito de acomodação nesta parte da Escócia, não há clã que não lute sem segundas intenções. Que o nosso culto seja ministrado pela hierarquia desta ou daquela igreja, na comunidade dos fiéis ou no fundo de nossas consciências, nunca teve muita importância para nós.

Eis que vejo lá longe, na fronteira do brejo, uma massa compacta de tochas. Até as nossas sentinelas as perceberam: ouço o pífaro tocar as notas do alerta, do outro lado da torre. Como será a batalha? Talvez estejamos todos prestes a expiar nosso pecado: não tivemos coragem suficiente de sermos nós mesmos. A verdade é que, entre todos nós, presbiterianos, episcopais, metodistas, não há ninguém nesta parte da Escócia que creia em Deus: nenhum, digo eu, nobres ou religiosos ou arrendatários ou servos, que creia realmente nesse Deus cujo nome tem sempre nos lábios. Eis que as nuvens empalidecem a oriente. Ei, vocês, acordem! Rápido, e selem o meu cavalo!

UM BELO DIA DE MARÇO

A COISA QUE MAIS ME PERTURBA nessa espera — agora estamos todos aqui, sob os pórticos do Senado, cada um no seu lugar, Metelo Cimbro com a súplica que deve lhe entregar, atrás dele Casca, que dará o primeiro golpe, Bruto lá longe sob a estátua de Pompeu, e é quase a quinta hora, ele não deve mais tardar —, a coisa que mais me perturba não é esse punhal frio que escondo aqui embaixo da toga, ou a angústia de como será, do imprevisto que poderia frustrar nossos planos, não é o temor de uma delação nem a incerteza do que virá depois: é simplesmente ver que é um belo dia de março, um dia de festa como todos os outros, e que as pessoas vão se divertir, não dão a menor importância para a república e para os poderes de César, as famílias vão para o campo, a juventude está nas corridas de carros, as moças usam esses vestidos que caem retinhos, uma nova moda para que as formas sejam adivinhadas com mais malícia. Nós aqui, entre essas colinas, assobiando, fingindo conversar com desenvoltura, temos um ar mais suspeito do que nunca, é o que eu acho; mas a quem isso poderia vir ao espírito? Todos os que passam pela rua estão a mil milhas de pensar nessas coisas, é um belo dia, tudo está calmo.

Quando, depois de mostrarmos os punhais, nós nos jogarmos ali, sobre o usurpador das liberdades republicanas, nossos atos deverão ser rápidos como raios, secos e ao mesmo tempo furiosos. Mas conseguiremos? Tudo nesses dias tomou um aspecto tão lento, esticado, aproximativo, flácido, o Senado que, todo dia, renuncia um pouco às suas prerrogativas, César que parece sempre prestes a pôr na cabeça a coroa mas não tem pressa, a hora decisiva que parece estar para soar a qualquer momento, mas em vez disso há sempre um adiamento, uma outra esperança ou uma outra ameaça. Estamos todos enviscados nesse lamaçal, nós inclusive: por que esperamos até os idos para pôr em prática o nosso plano? Não podíamos ter agido nas calendas de março? E, já que é assim, por que não esperar as calendas de abril? Ah, não era assim, não era assim que imaginávamos a luta contra o tirano, nós, jovens educados nas virtudes republicanas: lembro-me de certas noites com alguns dos que agora estão comigo sob este pórtico, Trebônio, Ligário, Décio, quando estudávamos juntos, e líamos as histórias dos gregos, e nos víamos libertando a nossa cidade da tirania: pois é, eram sonhos de dias dramáticos, tensos, sob céus fulgurantes, de tumultos inflamados, de lutas mortais, de um lado ou de outro, pela liberdade ou pelo tirano; e nós, os heróis, teríamos o povo do nosso lado, a nos apoiar e, depois de batalhas muito rápidas, a saudar-nos como os vencedores. Em vez disso, nada: talvez os futuros historiadores descubram, como de costume, sabe-se lá que presságios nos céus de tempestade ou nas vísceras dos pássaros; mas nós sabemos que é um mês de março ameno, com pancadas de chuva de vez em quando, na noite passada um pouco de vento que arrancou alguns tetos de palha nos subúrbios. Quem diria que nesta manhã mataremos César (ou César a nós, que os deuses nos livrem!)? Quem acreditaria que a história de Roma está prestes a mudar (para melhor ou para pior, o punhal decidirá) num dia preguiçoso como este?

O temor que me invade é que, apontados os punhais contra o peito de César, nós também comecemos a postergar, a avaliar os prós e os contras, a esperar para ver o que ele vai responder, a decidir o que contrapropor, e enquanto isso as lâminas dos punhais comecem a pender moles como línguas de cachorro, derretendo como manteiga ao sol contra o peito estufado de César.

Mas por que para nós também acaba parecendo tão estranho o fato de estarmos aqui fazendo o que devemos fazer? Não ouvimos repetir durante a vida toda que as liberdades da república são a coisa mais sagrada? Toda a nossa vida civil não estava orientada para vigiar quem quisesse usurpar os poderes do Senado e dos cônsules? E, agora que estamos perto do desfecho, eis que, ao contrário, todos, os próprios senadores, os tribunos e também os amigos de Pompeu, e os sábios que mais venerávamos, como o próprio Marco Túlio, põem-se a fazer distinções, a dizer que sim, César altera as regras republicanas, fortalece-se com a prepotência dos veteranos, gaba-se dos dignitários divinos que lhe caberiam, mas também é homem de passado glorioso e, para fazer a paz com os bárbaros, tem mais autoridade que qualquer outro, e que a crise da república só ele pode resolvê-la, e que, em suma, entre tantos males César é o mal menor. E além do mais, imaginem vocês, para as pessoas César é ótimo, ou, em todo caso, elas estão pouco ligando, pois é o primeiro dia de festa em que o lindo tempo primaveril leva as famílias para os campos com as cestas de piquenique, o ar está ameno. Talvez não haja mais tempo para nós, amigos de Cássio e de Bruto; acreditávamos passar para a história como heróis da liberdade, imaginávamo-nos com o braço levantado em gestos estatuários, mas não há mais gestos possíveis, nossos braços ficarão retesados, as mãos se abrirão um pouco em movimentos precavidos, diplomáticos. Tudo se prolonga além do necessário: mesmo César está demorando a chegar, ninguém tem vontade de fazer nada, nesta manhã, essa é a verdade. O céu está apenas riscado de tênues flocos de nuvens, e as primeiras andorinhas se lançam, em torno dos pinheiros. Nas ruas estreitas há o chiado das rodas que batem no calçamento e rangem nas curvas.

Mas o que está acontecendo na porta de lá? Quem é aquele grupo de pessoas? Pois é, eu me distraí com os meus pensamentos e César chegou! Eis Cimbro que lhe puxa pela toga, e Casca, Casca já retira o punhal vermelho de sangue, todos estão em cima dele, ah, eis Bruto, que até então ficara afastado, como que absorto, jogando-se também para a frente, agora parece que todos desabam pelos degraus, certamente César caiu, a multidão me empurra, eis que também levanto o punhal, golpeio, e embaixo vejo Roma abrir-se com os seus muros vermelhos no sol de março, as árvores, os carros que passam velozes sem saber de nada, e uma voz de mulher que canta numa janela, um cartaz que anuncia o espetáculo do circo, e, retirando o punhal, sou tomado como por uma vertigem, uma sensação de vazio, de estar só, não aqui em Roma, hoje, mas de permanecer só depois, nos séculos vindouros, o medo de que não entendam o que agora fizemos, que não saibamos repeti-lo, que fiquem indiferentes e distantes como este belo e calmo dia de março.

CONTOS E DIÁLOGOS
1968-1984

A MEMÓRIA DO MUNDO

FOI POR ISSO QUE O MANDEI CHAMAR, Müller. Agora que a minha demissão foi aceita, você será o meu sucessor: sua nomeação como diretor é iminente. Não finja que está caindo das nuvens: faz tempo que o rumor circula entre nós, e com certeza também terá chegado ao seu ouvido. Aliás, não há dúvida de que, entre os jovens executivos de nossa organização, você, Müller, é o mais preparado, aquele que conhece — pode-se dizer — todos os segredos do nosso trabalho. Pelo menos assim parece. Deixe-me dizer: não lhe falo por iniciativa minha, mas a mando de nossos superiores. De algumas questões, porém, você ainda não está a par, e chegou a hora de conhecê-las, Müller. Você acredita, como todos, aliás, que a nossa organização está há muitos anos preparando o maior centro de documentação já projetado, um fichário que reúne e ordena tudo o que se sabe de cada pessoa e animal e coisa, em vista de um inventário geral não só do presente mas também do passado, de tudo o que houve desde as origens, em suma, uma história geral de tudo, simultaneamente, ou melhor, um catálogo de tudo, momento por momento. De fato, é nisso que trabalhamos, e podemos dizer que estamos bem adiantados: não só o conteúdo das mais importantes bibliotecas do mundo, dos arquivos e dos museus, das coleções anuais dos jornais de cada país já está nas nossas fichas perfuradas, mas também uma documentação recolhida *ad hoc*, pessoa por pessoa, lugar por lugar. E todo esse material passa por um processo de redução ao essencial, condensação, miniaturização, que ainda não sabemos até onde irá; assim como todas as imagens existentes e possíveis são arquivadas em minúsculas bobinas de microfilme e em microscópicos rolos de fitas magnéticas contendo todos os sons registrados e registráveis. É uma memória centralizada do gênero humano, a que temos intenção de construir, tentando armazená-la no espaço mais restrito possível, baseado no modelo das memórias individuais dos nossos cérebros.

Mas é inútil que eu repita essas coisas justamente para você, que entrou para cá ao vencer o concurso de admissão com o projeto "Todo o British Museum numa castanha". Você está conosco há relativamente poucos anos, mas agora conhece o funcionamento de nossos laboratórios tanto quanto eu, que ocupei o posto de diretor da fundação. Nunca eu teria deixado esse posto, garanto-lhe, se minhas forças não me tivessem faltado. Mas, depois da misteriosa morte de minha mulher, mergulhei numa crise de depressão da qual não consigo me recuperar. É justo que os nossos superiores — aceitando, aliás, o que também é meu desejo — tenham pensado em me substituir. Portanto, cabe a mim pô-lo a par dos segredos de ofício dos quais até agora não lhe falamos.

O que você não sabe é o verdadeiro objetivo do nosso trabalho. É para o fim do mundo, Müller. Trabalhamos em vista de um fim próximo da vida na Terra. É para que tudo não tenha sido inútil, para transmitir tudo o que sabemos a outros que não sabemos quem são nem o que sabem.

Posso oferecer-lhe um charuto? A previsão de que a Terra não continuará habitável por mais muito tempo — ao menos para o gênero humano — não chega realmente a nos impressionar. Todos já sabíamos que o Sol chegou à metade de sua vida: na melhor das hipóteses, daqui a quatro ou cinco bilhões de anos tudo estaria terminado. Em suma, daqui a algum tempo o problema se colocaria de um jeito ou de outro; a novidade é que a data de expiração desse prazo está muito mais perto, e que, em resumo, não temos tempo a perder. A extinção da nossa espécie é, sem dúvida, uma triste perspectiva, mas chorar por isso não passa de um consolo bem inútil, seria como recriminar a morte de um indivíduo. (É sempre no desaparecimento de minha Angela que penso, desculpe a minha comoção.) Em milhões de planetas desconhecidos certamente vivem criaturas semelhantes a nós; pouco importa se forem os descendentes deles, e não os nossos, que nos recordarão e garantirão nossa continuidade. O importante é comunicar a eles a nossa memória, a memória geral estabelecida pela organização da qual você, Müller, está para ser nomeado diretor.

Não se apavore; o campo de ação do seu trabalho continuará a ser o que foi até agora. Para comunicar nossa memória aos outros planetas, o sistema é estudado por outro departamento da organização; nós já temos o nosso trabalho, e tampouco nos diz respeito se serão escolhidos como sendo mais apropriados os meios óticos ou os acústicos. Pode inclusive acontecer que não se trate de transmitir as mensagens, mas de depositá-las em lugar seguro, sob a crosta terrestre: os destroços do nosso planeta errante pelo espaço poderiam um dia ser alcançados e explorados por arqueólogos extragalácticos. Nem o código ou os códigos que serão selecionados é problema nosso: há também um departamento que estuda só isso, a forma de tornar inteligível o nosso estoque de informações, seja qual for o sistema linguístico que os outros utilizarem. Para você, agora que sabe disso, nada mudou, garanto, a não ser a responsabilidade que o espera. É sobre isso que gostaria de conversar um pouco.

O que será o gênero humano no momento de sua extinção? Uma certa quantidade de informações sobre si mesmo e sobre o mundo, uma quantidade finita, dado que não poderá mais se renovar e aumentar. Durante algum tempo o universo teve uma oportunidade especial de colher e elaborar informações; e de criá-las, de extrair informações dali onde não haveria nada a informar sobre nada: isso foi a vida na Terra, e sobretudo o gênero humano, sua memória, suas invenções para comunicar e recordar. A nossa organização garante que essa massa de informações não se disperse, independentemente do fato de ser ou não recebida por outros. Caberá ao diretor fazer com que, escrupulosamente, nada fique de fora, pois o que ficar de fora será como se nunca tivesse existido. E ao mesmo tempo será sua tarefa agir, escrupulosamente, como se nunca tivesse existido tudo aquilo que acabaria atrapalhando ou pondo na sombra outras coisas mais essenciais, isto é, tudo aquilo que, em vez de aumentar a informação, criaria uma desordem e um ruído inúteis. O importante é o modelo geral formado pelo conjunto das informações, do qual poderão ser extraídas outras informações que não fornecemos e que talvez não tenhamos. Em suma, não dando certas informações damos mais do que daríamos dando-as. O resultado final do nosso trabalho será um modelo em que tudo conta como informação, mesmo o que não é. Só então se poderá saber, de tudo o que foi, o que é que contava verdadeiramente, ou seja, o que é que existiu verdadeiramente, porque o resultado final da nossa documentação será ao mesmo tempo o que é, foi e será, e todo o resto não será nada.

É verdade que há momentos no nosso trabalho — até você os terá tido, Müller — em que somos tentados a pensar que só o que escapa aos nossos registros é importante, que só o que passa sem deixar vestígio existe verdadeiramente, enquanto tudo o que os nossos fichários retêm é a parte morta, as aparas, as escórias. Vem um momento em que um bocejo, uma mosca que voa, uma coceira nos parecem o único tesouro, justamente porque são absolutamente inutilizáveis, dados definitivos e logo esquecidos, subtraídos do destino monótono do armazenamento na memória do mundo. Quem pode negar que o universo consiste na rede descontínua dos instantes não registráveis, e que dele a nossa organização não controla nada mais do que o molde, a moldura de vazio e insignificância?

Mas é essa a nossa deformação profissional: mal nos fixamos em alguma coisa, logo gostaríamos de incluí-la nos nossos fichários; e assim, aconteceu-me frequentemente, confesso, catalogar bocejos, furúnculos, associações de ideias inconvenientes, assobios, e escondê-los no lote das informações mais qualificadas. Porque o posto de diretor para o qual você está prestes a ser nomeado tem esse privilégio: poder dar uma marca pessoal à memória do mundo. Entenda-me, Müller: não estou falando de arbítrio e de abuso de poder, mas de um componente indispensável ao nosso trabalho. Uma massa de informações friamente objetivas, incontestáveis, traria o risco de fornecer uma imagem distante da verdade, de falsear o que é mais específico em cada situação. Suponhamos que nos chegue de outro planeta uma mensagem de dados puros, de uma clareza simplesmente óbvia: não prestaríamos atenção a eles, nem sequer os perceberíamos; só uma mensagem que contivesse algo de implícito, de duvidoso, de parcialmente indecifrável forçaria a porta de nossa consciência, se imporia para ser recebida e interpretada. Devemos ter isso em conta: é tarefa do diretor dar ao conjunto dos dados colhidos e selecionados por nossos escritórios essa leve marca subjetiva, essa dose de opinável, de arriscado, do qual precisam para ser verdadeiros. Era disso que eu queria adverti-lo, antes de fazer algumas recomendações: no material até agora recolhido nota-se aqui e ali a intervenção de minha mão — de uma extrema delicadeza, entendamo-nos —; aí estão espalhadas opiniões, reticências, até mesmo mentiras.

A mentira só exclui a verdade aparentemente; você sabe que em muitos casos as mentiras — por exemplo, para o psicanalista, as do paciente — são tão ou mais indicativas do que a verdade; e assim será para os que tiverem de interpretar a nossa mensagem. Müller, dizendo-lhe o que digo agora não falo mais a mando de nossos superiores, mas com base em minha experiência pessoal, de colega para colega, de homem para homem. Ouça: a mentira é a verdadeira informação que temos de transmitir. Por isso não quis me proibir um uso discreto da mentira, quando ela não complicava a mensagem, mas, ao contrário, a simplificava. Em especial nas notícias sobre mim mesmo, acreditei-me autorizado a ser pródigo em detalhes não verdadeiros (não creio que isso possa atrapalhar alguém). Por exemplo, minha vida com Angela: eu a descrevi como gostaria que fosse, uma grande história de amor, em que Angela e eu aparecemos como dois eternos namorados, felizes em meio a adversidades de todo tipo, apaixonados, fiéis. Não foi exatamente assim, Müller: Angela casou-se comigo por interesse e logo se arrependeu, nossa vida foi uma série de mesquinharias e subterfúgios. Mas qual a importância do que aconteceu dia após dia? Na memória do mundo a imagem de Angela é definitiva, perfeita, nada pode arranhá-la, e eu serei sempre o marido mais invejável que já existiu.

No início eu só precisava fazer um embelezamento dos dados que nossa vida cotidiana me fornecia. A certa altura, esses dados que eu tinha diante dos olhos ao observar Angela dia após dia (e depois ao espioná-la, e ao segui-la pela rua, no final) começaram a se tornar cada vez mais contraditórios, ambíguos, a ponto de justificar suspeitas infamantes. O que eu devia fazer, Müller? Confundir, tornar ininteligível aquela imagem de Angela tão clara e transmissível, tão amada e amável, ofuscar a mensagem mais esplendorosa de todos os nossos fichários? Eu eliminava esses dados dia após dia, sem hesitar. Mas sempre temia que, em torno dessa imagem definitiva de Angela, restasse algum indício, algum subentendido, um vestígio do qual se pudesse deduzir o que ela — o que Angela na vida efêmera — era e fazia. Eu passava os dias no laboratório a selecionar, apagar, omitir. Eu tinha ciúme, Müller: não ciúme da Angela efêmera — para mim, agora essa era uma batalha perdida —, mas ciúme da Angela-informação que teria sobrevivido por toda a duração do universo.

A primeira condição para que a Angela-informação não fosse atingida por qualquer mácula era que a Angela viva não continuasse a se sobrepor à sua imagem. Foi então que Angela desapareceu, e todas as investigações para encontrá-la foram em vão. Seria inútil que eu lhe contasse agora, Müller, como consegui me desfazer do cadáver pedaço por pedaço. Portanto, fique calmo, esses detalhes não têm nenhuma importância para os objetivos do nosso trabalho, pois na memória do mundo eu continuo a ser o marido feliz e depois o viúvo inconsolável que todos vocês conhecem. Mas não encontrei a paz: a Angela-informação ainda continuava a ser parte de um sistema de informações, algumas das quais podiam se prestar a ser interpretadas — por distúrbios na transmissão, ou por maldade do decodificador — como suposições equívocas, insinuações, ilações. Resolvi destruir nos nossos fichários qualquer presença de pessoas com quem Angela podia ter tido relações íntimas. Foi muito desagradável para mim, já que de alguns de nossos colegas não restará traço na memória do mundo, como se nunca tivessem existido.

Você acha que estou lhe dizendo essas coisas para pedir a sua cumplicidade, Müller. Não, não é essa a questão. Devo informá-lo sobre as medidas extremas que sou obrigado a tomar para fazer com que a informação de cada possível amante de minha mulher permaneça excluída dos fichários. Não me preocupo com as consequências para mim; os anos que me restam de vida são poucos em relação à eternidade em que estou habituado a contar; e já estabeleci de uma vez por todas e passei para as fichas perfuradas o que fui verdadeiramente.

Se na memória do mundo não há nada a corrigir, a única coisa que resta fazer é corrigir a realidade ali onde ela não coincide com a memória do mundo. Assim como apaguei a existência do amante de minha mulher das fichas perfuradas, assim também devo apagá-lo do mundo das pessoas vivas. É por isso que agora puxo o revólver, aponto-o contra você, Müller, aperto o gatilho, mato-o.

A DECAPITAÇÃO DOS CHEFES

1

No dia em que cheguei à capital devia ser a véspera de uma festa. Nas praças estavam construindo palanques, içando bandeiras, fitas, palmas. Ouviam-se marteladas por todo lado.

— A festa nacional? — perguntei ao homem do bar.

Ele apontou a fila dos retratos às suas costas. — Os nossos chefes — respondeu. — É a festa dos chefes.

Pensei que fosse uma proclamação dos novos eleitos. — Novos? — perguntei.

Entre as marteladas, os alto-falantes que eram testados, os chiados das gruas que levantavam catafalcos, eu devia, para me fazer entender, lançar frases breves, quase berrando.

O homem do bar fez um sinal negativo: não se tratava de novos chefes, já o eram havia algum tempo.

Perguntei:

— Aniversário de quando chegaram ao poder?

— Uma coisa assim — explicou um freguês ao meu lado. — Periodicamente, é o dia da festa, e é a vez deles.

— É a vez deles, de quê?

— De subir no palanque.

— Que palanque? Eu vi muitos, um em cada cruzamento.

— Cada um tem um palanque. Os nossos chefes são muitos.

— E o que fazem? Discursos?

— Não, discursos não.

— Sobem, e fazem o quê?

— O que quer que eles façam? Esperam um pouco, enquanto duram os preparativos, depois a cerimônia se encerra em dois minutos.

— E vocês?

125

— Olhamos.

No bar, era um entra e sai: carpinteiros, operários que descarregavam dos caminhões objetos para a decoração dos palanques — machados, toras, cestos — e paravam para tomar cerveja. Eu dirigia minhas perguntas a um e era sempre outro que respondia.

— É uma espécie de reeleição, em suma? Uma reconfirmação dos cargos, digamos, dos mandatos?

— Não, não — me corrigiram —, o senhor não entendeu! É o vencimento do prazo. O tempo deles acabou.

— E aí?

— E aí deixam de ser chefes, de estarem lá em cima: caem.

— E por que sobem nos palanques?

— Nos palanques a gente pode ver perfeitamente como o chefe cai, o pulo que dá, cortado de uma vez só, e como vai terminar na cesta.

Eu começava a entender, mas não tinha muita certeza. — A cabeça dos chefes, o senhor quer dizer? Na cesta?

Faziam sinal afirmativo. — É isso. A decapitação. Ela mesma. A decapitação dos chefes.

Havia pouco tempo que eu chegara ali, não sabia nada, não tinha lido nada nos jornais.

— Então, amanhã, de repente?

— Quando chega a hora, chega a hora — diziam. — Desta vez cai no meio da semana. Faz-se festa. Tudo fechado.

O velho acrescentou, sentencioso: — Quando a fruta está madura é colhida, o chefe é decapitado. O senhor deixaria as frutas apodrecerem nos galhos?

Os carpinteiros estavam com o trabalho bem adiantado: em certos palanques instalavam as armações das pesadas guilhotinas; em outros prendiam solidamente as toras para a degolação com a lâmina, encostadas em confortáveis genuflexórios (um dos ajudantes fazia o teste de se abaixar ali e pôr o pescoço em cima da tora, para testar se estava na altura certa); em outros lugares, enfim, aprontavam como que umas bancadas de açougueiro, com a ranhura para deixar o sangue escorrer. No soalho dos palanques estendiam um pano encerado, e já estavam preparadas as esponjas para limpá-lo dos respingos. Todos trabalhavam com entusiasmo; ouviam-se seus risos, assobios.

— Então, vocês estão contentes? Vocês os odiavam? Eram maus chefes?

— Não, quem disse isso? — olharam-se entre si, surpresos. — Bons. Em suma, nem melhores nem piores do que tantos outros. Bem, a gente sabe como eles são: chefes, dirigentes, comandantes... Se alguém chega a um desses postos...

— Mas — disse um deles — desses eu gostava.

— Eu também. Eu também — outros fizeram eco. — Nunca tive nada contra eles.

— E não ficam tristes quando os matam? — disse eu.

— O que fazer? Se alguém aceita ser chefe já sabe como acaba. Nunca pretenderá morrer na cama!

Os outros riram.

— Seria fácil! A pessoa dirige, dirige, depois, como se nada houvesse, para e volta para casa.

Um disse:

— Nesse caso, vou lhes dizer, todos quereriam ser chefes! Eu também, sabem, estaria disposto, olhem-me aqui!

— Eu também, eu também — disseram muitos, rindo.

— Eu, de jeito nenhum — disse um de óculos —, assim não: que sentido teria?

— É verdade. Que prazer haveria em ser chefe dessa maneira? — intervieram várias vozes. — Uma coisa é fazer esse trabalho sabendo o que nos espera, outra é... mas se não for assim, como seria possível fazê-lo?

O homem de óculos, que devia ser o mais culto, explicou:

— A autoridade sobre os outros é uma coisa que só existe junto com o direito que os outros têm de fazer você subir num palanque para ser morto, um dia não muito distante... Que autoridade teria um chefe se não vivesse cercado por essa expectativa? E se não a lêssemos nos olhos dele, essa expectativa, o tempo todo em que dura o seu mandato, segundo após segundo? As instituições civis repousam sobre esse duplo aspecto da autoridade; nunca se viu civilização que adotasse outro sistema.

— E no entanto — objetei — eu poderia lhe citar casos...

— Digo: verdadeira civilização — insistiu o homem de óculos —, não falo dos intervalos de barbárie que duraram mais ou menos longamente na história dos povos...

O velho sentencioso, que antes tinha falado das frutas nos galhos, resmungava alguma coisa para si mesmo. Exclamou: — O chefe comanda enquanto está amarrado ao seu pescoço.

— O que o senhor quer dizer? — perguntaram-lhe os outros. — Quer dizer que, se por hipótese, um chefe ultrapassa seu prazo, digamos, e não lhe cortam a cabeça, ele fica ali dirigindo, a vida toda?

— Assim eram as coisas — o velho assentiu — nos tempos em que não estava claro que quem escolhe ser chefe escolhe ser decapitado a curto prazo. Quem tinha o poder o guardava bem guardado...

Aqui eu poderia ter intervindo, citado exemplos, mas ninguém prestava atenção em mim.

— E então? Como faziam? — perguntavam ao velho.

— Deviam decapitar os chefes à força, contra a vontade deles! E não em datas estabelecidas, mas só quando realmente não aguentavam mais! Isso acontecia antes que as coisas estivessem combinadas, antes que os chefes aceitassem...

— Ah, gostaríamos de ver se eles não aceitassem! — disseram os outros. — Bem que gostaríamos de ver!

— As coisas não se passam assim como vocês dizem — interveio o homem de óculos. — Não é verdade que os chefes sejam obrigados a se submeter às execuções. Se dizemos isso perdemos o sentido verdadeiro dos nossos regulamentos, a verdadeira relação que liga os chefes ao resto da população. Só os chefes podem ser decapitados, por isso não se pode querer ser chefe sem querer ao mesmo tempo o corte do machado. Só quem sente essa vocação pode se tornar um chefe, só quem já se sente decapitado desde o primeiro momento em que se senta num posto de comando.

Pouco a pouco os fregueses do bar tinham se dispersado, cada um voltara para o seu trabalho. Percebi que o homem de óculos se dirigia só a mim.

— Isso é o poder — continuou —, essa espera. Toda a autoridade de que se usufrui é apenas o prenúncio da lâmina que assobia no ar, e se abate com um corte seco, todos os aplausos são apenas o início daquele aplauso final que acolhe a cabeça rolando pelo oleado do palanque.

Tirou os óculos para limpá-los com o lenço. Percebi que estava com os olhos rasos de lágrimas. Pagou a cerveja e foi embora.

O homem do bar se inclinou perto do meu ouvido.

— É um deles — disse. — Está vendo? — E pegou debaixo do balcão uma pilha de retratos. — Amanhã tenho de tirar os outros e pendurar estes aqui. — O retrato no alto era o do homem de óculos, uma ampliação ruim de uma fotografia de identidade. — Foi eleito para suceder aos que deixam o cargo. Amanhã assumirá suas funções. Agora é a vez dele. A meu ver fazem mal em dizer-lhe isso na véspera. Viu em que tom ele julga as coisas? Amanhã assistirá às execuções como se já fossem a sua. Todos fazem assim, nos primeiros dias; impressionam-se, exaltam-se, acreditam sabe-se lá em quê. A "vocação": a palavra pomposa que ele desencavou!

— E depois?

— Cairá na realidade, como todos. Eles têm tantas coisas para fazer, não pensam mais nisso, até que chega o dia da festa, para eles também. Em suma: quem pode ler no coração dos chefes? Fingem não pensar nisso. Mais uma cerveja?

2

A televisão mudou muitas coisas. Antigamente, o poder ficava longe, figuras distantes, empertigadas em cima de um palanque, ou retratos numa atitude e com expressões de altivez convencional, símbolos de uma autoridade que dificilmente se conseguia atribuir a indivíduos de carne e osso. Agora, com a televisão, a presença física dos homens políticos é algo próximo e familiar; seus rostos, ampliados no vídeo, visitam cotidianamente as casas dos cidadãos privados; cada um de nós pode, acomodado tranquilamente em sua poltrona, relaxado, observar o menor movimento das feições, a vibração irritada das pálpebras diante da luz dos refletores, o nervoso lamber dos lábios entre uma palavra e outra... Especialmente nas convulsões da agonia, o rosto, já bem conhecido por ter sido enquadrado tantas vezes em ocasiões solenes ou festivas, em poses oratórias ou de parada, exprime tudo de si mesmo: é nesse momento, mais que em qualquer outro, que o simples cidadão sente o governante como seu, como algo que lhe pertence para sempre. Mas já antes, durante todos os meses anteriores, sempre que ele o via aparecer na telinha e avançar na realização de suas tarefas — por exemplo, inaugurando escavações arqueológicas, espetando medalhas no peito dos merecedores, ou apenas descendo escadinhas de aviões e acenando a mão aberta —, já estudava nesse rosto as possíveis contrações dolorosas, tentava imaginar os espasmos que precederiam o *rigor mortis*, distinguir na pronunciação dos discursos e brindes as inflexões que caracterizariam o estertor extremo. Nisso consiste justamente a ascendência do homem público sobre a massa: ele é o homem que terá uma morte pública, o homem a cuja morte temos certeza de assistir, todos juntos, e que por isso é cercado em vida de nosso interesse ansioso, antecipador. Já não conseguimos imaginar como eram as coisas antes, no tempo em que os homens públicos morriam escondidos; hoje achamos graça ao ouvir que eles chamavam de democracia certas regras daquela época; para nós a democracia só começa a partir do momento em que temos certeza de que, no dia estabelecido, as câmeras de televisão enquadrarão a agonia de nossa classe dirigente, de forma cabal, e de que, no fim do mesmo programa (mas nesse momento muitos telespectadores desligam o aparelho), haverá a posse da nova equipe, que ficará no cargo (e em vida) por período equivalente. Sabemos que também em outras épocas o mecanismo do poder se baseava em assassinatos, em hecatombes ora lentas ora imprevistas, mas os assassinados eram, salvo raras exceções, pessoas obscuras, subalternas, mal identificáveis; volta e meia os massacres eram silenciados, oficialmente ignorados ou justificados com motivos enganosos. Só essa conquista agora definitiva, só a unificação dos papéis de carrasco e vítima, num rodízio contínuo, permitiu extinguir dos espíritos todo resquício de ódio e piedade. O *close-up* na tensão dos maxilares escancarados, a carótida saltada que se debate dentro do colarinho engomado, a mão que se levanta contraída e rasga o peito cintilante de condecorações são contemplados por milhões de espectadores com sereno recolhimento, como quem observa os movimentos dos corpos celestes em sua repetição cíclica, espetáculo que, quanto mais estranho, mais nos tranquiliza.

3

Mas, afinal, vocês não querem nos matar desde já?

Essa frase, pronunciada por Virghilij Ossipovitch com um leve tremor que contrastava com o tom quase protocolar, embora carregado dos ásperos acentos polêmicos em que se desenvolvera a discussão até o momento, quebrou a tensão na assembleia do movimento "Volja i Raviopravie". Virghilij era o mais jovem membro do comitê diretor; um leve buço escurecia seu lábio proeminente; cachos de cabelos louros caíam sobre seus olhos cinzas e amendoados; aquelas mãos de articulações avermelhadas, cujos pulsos saíam sempre de mangas curtas demais, não haviam tremido ao armarem a bomba debaixo da carruagem do czar.

Os militantes de base ocupavam todos os lugares ao redor, na sala baixa e enfumaçada do subsolo; a maior parte deles, sentados em bancos e tamboretes, alguns de cócoras no chão, outros em pé, de braços cruzados, encostados nas paredes. O comitê diretor ficava instalado no meio, oito rapazes curvados em volta da mesa abarrotada de papéis, como um grupo de colegas de escola fazendo um esforço concentrado antes dos exames de fim de ano. Às interrupções dos militantes, que choviam em cima deles dos quatro cantos da sala, respondiam sem se virar e sem levantar a cabeça. De vez em quando, uma onda de protestos ou aprovações subia da assembleia e — já que muitos se levantavam e davam um passo à frente — parecia convergir das paredes para a mesa, submergindo as costas do comitê diretor.

Liborij Serapionovitch, o secretário hirsuto, várias vezes já havia proferido a máxima lapidar a que se recorria frequentemente para acalmar as divergências irredutíveis: "Se o companheiro se separa do companheiro, o inimigo se une com o inimigo", e a assembleia retrucara escandindo em coro: "A cabeça que está na cabeça até mais além da vitória cairá no dia seguinte, vitoriosa e honrada", admoestação ritual que os militantes do "Volja i Raviopravie" não deixavam de endereçar a seus dirigentes toda vez que lhe dirigiam a palavra, e que os próprios dirigentes trocavam entre si como expressão de saudação.

O movimento lutava para instaurar, sobre as ruínas da autocracia e da Duma, uma sociedade igualitária em que o poder fosse regulado pelo assassinato periódico dos chefes eletivos. A disciplina do movimento, tão mais necessária na medida em que a polícia imperial exacerbava a repressão, exigia que todos os militantes fossem obrigados a seguir sem discussão as decisões do comitê diretor; ao mesmo tempo, a teoria recordava em todos os seus textos que cada função de comando só era admissível se exercida por quem já tivesse renunciado a gozar dos privilégios do poder e virtualmente não pudesse mais ser incluído entre os vivos.

Os jovens chefes do movimento nunca pensavam na sorte que lhes reservava um futuro ainda utópico: por ora, era a repressão czarista que promovia a renovação dos quadros, infelizmente cada vez mais rápida; o perigo das detenções e das forcas era demasiado real e cotidiano para que as conjecturas da teoria tomassem forma nas fantasias deles. Um ar juvenilmente irônico, desdenhoso, servia para remover de suas consciências o que, afinal, era o aspecto que sobressaía na doutrina deles. Os militantes de base sabiam de tudo isso e, assim como compartilhavam com os membros do comitê diretor riscos e necessidades, assim também compreendiam o espírito deles; e no entanto conservavam o significado obscuro desse destino de justiceiros, a ser exercido não só sobre os poderes constituídos mas também sobre os poderes futuros. Não podendo expressá-lo de outra maneira, ostentavam nas assembleias uma atitude insolente, que, mesmo se limitando a um modo formal de comportamento, não deixava de pairar sobre os chefes como uma ameaça.

— Enquanto o inimigo a enfrentar for o czar — dissera Virghilij Ossipovitch —, é louco quem procura o czar no seu companheiro — afirmação talvez inoportuna, e sem dúvida mal recebida pela assembleia ruidosa.

Virghilij sentiu a mão de alguém apertando a sua; sentada no chão, a seus pés, estava Evguenija Ephraïmovna, os joelhos encolhidos debaixo da saia pregueada, os cabelos presos na nuca e caindo dos dois lados do rosto como os fios de um novelo fulvo. Uma das mãos de Evguenija subira pelas botas de Virghilij até encontrar a mão do jovem, de punho cerrado, roçara seu dorso numa carícia de consolo e depois cravara suas unhas pontudas, arranhando-o lentamente até sair sangue. Virghilij compreendeu que, naquele dia, circulava pela assembleia uma determinação obstinada e precisa, algo que dizia respeito diretamente a eles, os dirigentes, e que se revelaria dali a pouco.

— Nenhum de nós jamais esquece, companheiros — interveio para acalmar os ânimos Ignatij Apollonovitch, o mais antigo do comitê e considerado o espírito mais conciliador —, aquilo que não deve esquecer... Seja como for, é justo que vocês nos recordem isso, de vez em quando... se bem que — acrescentou, debochando com sua barba — o conde Galitzin e os cascos de seus cavalos já pensem suficientemente em nos recordar... — Fazia alusão ao comandante da guarda imperial que, com uma carga de cavalaria, tinha recentemente destroçado um de seus cortejos de protesto, na ponte do Picadeiro.

Uma voz, sabe-se lá de onde, o interrompeu:

— Idealista! — e Ignatij Apollonovitch perdeu o fio. — E por quê? — perguntou, desconcertado.

— Acha que basta guardar na memória as palavras da nossa doutrina? — disse, do outro canto da sala, um magricela que se fizera notar entre os mais agitados dos últimos convocados. — Sabe por que a nossa doutrina não pode ser confundida com as de todos os outros movimentos?

— Claro que sabemos. Porque é a única doutrina que, quando tiver conquistado o poder, não poderá ser corrompida pelo poder! — resmungou, inclinada sobre os papéis, a cabeça raspada de Femja, que entre eles era o chamado "ideólogo".

— E por que esperar, para pô-la em prática — insistiu o magricela —, o dia em que tivermos conquistado o poder, meus pombinhos?

— Agora! Aqui! — ouviu-se gritar de vários cantos. As irmãs Marianzev, chamadas "as três Marias", adiantaram-se entre os bancos gorjeando "Pardon! Pardon!" e se atrapalhando com suas tranças compridas. Carregavam toalhas, dobradas nos braços, cantarolando e empurrando os jovens, como se fossem pôr a mesa para refrescos na varanda da casa delas em Izmailovo.

— O que nossa doutrina tem de diferente — o magricela continuava sua pregação — é que só se pode escrever na pessoa física dos nossos amados dirigentes com o corte de uma lâmina afiada!

Houve uns movimentos e quedas de bancos porque muitos da assembleia tinham se levantado e ido para a frente. As que mais empurravam e levantavam a voz eram as mulheres: — Sentados, meus irmãozinhos! Queremos ver! Que prepotência, mãe do céu! Daqui não se vê rigorosamente nada! — e metiam, entre as costas dos homens, seus rostos de professorinhas, cujos cabelos curtos debaixo das boinas com viseira conferiam-lhes um ar resoluto.

Só uma coisa podia abalar a coragem de Virghilij, e era um sinal qualquer de hostilidade vindo de uma mulher. Levantou-se, chupando o sangue das unhadas de Evguenija no dorso de sua mão, e, mal lhe saíra da boca a frase: "Mas, afinal, vocês não querem nos matar desde já?", a porta se abriu e entrou o cortejo de aventais brancos empurrando os carrinhos carregados de ferros cirúrgicos cintilantes. A partir daí algo mudou na atitude da assembleia. Começaram a chover frases, copiosamente: "Mas não... quem falou em matá-los?... vocês, os nossos dirigentes... com o afeto que temos por vocês e tudo mais... que faremos sem vocês?... o caminho ainda é longo... estaremos sempre aqui perto de vocês...", e o magricela, as moças, todos os que antes pareciam formar a oposição se desdobravam em esforços para encorajar os chefes, num tom tranquilizador, quase protetor. "É uma coisinha à toa, leve, de grande significado mas nada grave em si mesma, ai ai ai, um pouco dolorosa, é verdade, mas é para que vocês possam ser reconhecidos como os verdadeiros chefes, nossos chefes bem-amados, é só isso, quando for feita estará feita, uma pequena mutilação de vez em quando, vocês não vão se zangar conosco por tão pouco? É isso que distingue os chefes do nosso movimento, o que mais poderia ser, senão?"

Os membros do comitê diretor já estavam imobilizados por dezenas de braços fortes. Em cima da mesa iam sendo postas as gazes, as bacias com o algodão, as facas de serrinha. O cheiro de éter impregnava o ambiente. As moças arrumavam rapidamente, diligentes, como se desde muito tempo cada uma delas tivesse se preparado para sua tarefa.

— Agora, o doutor lhes explicará tudo direitinho. Ande, Tòlja!

Anatòl Spiridionivitch, que abandonara o curso de medicina ao ser reprovado, avançou, mantendo levantadas sobre o estômago já obeso as mãos com luvas de borracha vermelha. Era um sujeito estranho, Tòlja, que talvez para mascarar a timidez se apresentava com uma careta cômica e infantil e uma série de gracejos.

— A mão... Ei, a mãozinha... a mão é um órgão preênsil... ah, ah... muito útil... por isso temos duas... e os dedos, geralmente, são dez... cada dedo se compõe de três segmentos ósseos

chamados falanges... pelo menos, nos nossos países são chamados assim... falange, falanginha, falangeta...
— Pare! Você está nos aborrecendo! Não venha nos dar uma aula! — a assembleia protestava. (No fundo, ninguém achava simpático esse Tòlja.) — Vamos aos fatos! Ande! Comecemos!

Primeiro trouxeram Virghilij. Quando compreendeu que iam lhe amputar só a primeira falange do anular, encheu-se de coragem e suportou a dor com uma altivez digna de si. Outros, ao contrário, gritaram; precisava-se de muita gente para segurá-los; felizmente, a certa altura a maioria desmaiava. Dependendo da pessoa, as amputações eram de dedos diferentes, mas em geral não mais que duas falanges para os dirigentes mais importantes (as outras iriam ser cortadas em seguida, uma de cada vez; convém saber que essas cerimônias iriam se repetir muitas vezes nos anos seguintes). Eles perdiam mais sangue do que o previsto; as moças enxugavam com cuidado.

Os dedos amputados, enfileirados sobre a toalha, pareciam pequenos peixes trucidados pela isca e atirados na praia. Ressecavam e enegreciam depressa e, depois de uma rápida discussão sobre a oportunidade de conservá-los num estojo, foram jogados no lixo.

O método da podadura dos chefes foi um sucesso. Com um dano físico relativamente modesto obtinham-se resultados morais de relevo. A ascendência dos chefes crescia com as mutilações periódicas. Quando a mão dos dedos decepados se levantava nas barricadas, os manifestantes faziam bloco, e os ulanos a cavalo não conseguiam dispersar a multidão aos berros que os esmagava. Os cantos, os barulhos surdos, os relinchos, os gritos "Volja i Raviopravie!", "Morte ao czar!", "A cabeça cairá no dia seguinte, vitoriosa e honrada!" corriam pelo ar gelado, sobrevoavam a fortaleza de Pedro e Paulo, eram ouvidos até nas celas mais profundas onde os companheiros presos batiam em cadência as correntes e estendiam seus cotos pelas grades.

4

Os jovens dirigentes, toda vez que esticavam a mão para assinar um documento ou sublinhar com um gesto seco uma frase num relatório, viam diante de seus olhos os dedos decepados, e isso tinha uma eficácia mnemônica imediata, estabelecendo a associação de ideias entre o órgão do comando e o tempo que se encurtava. Além do mais, era um sistema prático: as amputações podiam ser executadas por simples estudantes e enfermeiros, em salas de cirurgia improvisadas, com um equipamento precário; se descobertos e presos pela polícia, que vivia atrás deles, as penas previstas por uma simples mutilação eram leves, ou, de qualquer maneira, sem comparação com as que lhes seriam imputadas caso seguissem literalmente as prescrições da teoria. Ainda eram os tempos em que o assassinato puro e simples dos chefes não seria compreendido nem pelas autoridades nem pela opinião pública; os executores seriam condenados como assassinos, o motivo seria procurado em alguma rivalidade ou vingança.

Em cada organização local e em cada instância do movimento, um grupo de militantes, diferente do grupo dirigente, e cujos membros mudavam continuamente, se encarregava das amputações; fixava os prazos, as partes do corpo, a compra dos antissépticos e, valendo-se do conselho de alguns especialistas, metia a mão na massa, pessoalmente. Era uma espécie de comissão de mediadores, que não influía nas decisões políticas, rigidamente centralizadas pelo comitê diretor.

Quando começaram a faltar dedos de chefes, estudou-se o modo de introduzir algumas variantes anatômicas. Primeiro, foi a língua que chamou a atenção; não só se prestava às ablações sucessivas de pequenas fatias ou fibras, mas, como valor simbólico e mnemônico, era o que havia de mais indicado: cada cortezinho incidia diretamente na fala e nas virtudes oratórias. Mas as dificuldades técnicas inerentes à delicadeza do órgão eram superiores ao previsto. Depois de uma primeira série de intervenções, as línguas foram deixadas de lado, e eles se concentraram em mutilações mais vistosas embora menos comprometedoras: orelhas, nariz, alguns dentes. (Quanto ao corte dos testículos, mesmo sem excluí-lo de vez, foi quase sempre evitado, pois se prestava a alusões sexuais.)

O caminho é longo. A hora da revolução ainda não soou. Os dirigentes do movimento continuam a se submeter ao bisturi. Quando chegarão ao poder? Por mais tarde que seja, serão os primeiros chefes que não frustrarão as esperanças depositadas neles. Já os vemos desfilarem pelas ruas embandeiradas no dia da posse: avançando com a perna de pau quem ainda tiver uma perna inteira; ou empurrando a carriola com um braço quem ainda tiver um braço para empurrá-la, os rostos encobertos por máscaras de plumas para esconder as escarificações mais repugnantes, alguns arvorando seu próprio escalpo como uma relíquia. Nesse momento ficará claro que só naquele mínimo de carne que lhes resta poderá encarnar-se o poder, se ainda for preciso existir um poder.

O INCÊNDIO DA CASA ABOMINÁVEL

DAQUI A POUCAS HORAS o corretor de seguros Skiller virá me pedir os resultados do computador, e ainda não inseri os dados nos circuitos eletrônicos que deverão triturar numa poeira de bits os segredos da viúva Roessler e de sua pensão pouco recomendável. Ali onde se erguia a casa — sobre uma daquelas dunas dos terrenos baldios entre os entroncamentos ferroviários e os depósitos de ferro-velho que a periferia da nossa cidade deixa atrás de si como montinhos de lixo que escapam da vassoura — agora só restam alguns escombros fuliginosos. Pode ter sido, originalmente, um charmoso palacete, ou não ter tido outro aspecto além do de casebre espectral: os relatórios da companhia de seguros não dizem; agora está queimada, do teto inclinado à adega, e nos cadáveres incinerados de seus quatro moradores não se encontrou nenhum vestígio que sirva para reconstituir os precedentes dessa carnificina perpetrada na solidão.

Mais que os corpos, há um caderno que fala, encontrado entre os escombros, inteiramente queimado, exceto a capa, protegida por um plástico. Na folha de rosto, está escrito RELAÇÃO SOBRE OS ATOS ABOMINÁVEIS COMETIDOS NESTA CASA e, no verso, um índice analítico com doze verbetes em ordem alfabética: Amarrar e amordaçar, Ameaçar com revólver, Chantagear, Difamar, Drogar, Esfaquear, Espionar, Estrangular, Induzir ao suicídio, Prostituir, Seduzir, Violentar.

Não se sabe qual morador da casa redigiu esse sinistro resumo, nem que objetivos se propunha: de denúncia, confissão, autodefesa, contemplação fascinada do mal? Tudo o que nos resta é esse índice que não fornece os nomes dos responsáveis nem os das vítimas das doze ações — dolosas ou apenas culposas — e nem sequer revela a ordem em que foram cometidas, o que já ajudaria a reconstituir uma história: os verbetes em ordem alfabética remetem a números de páginas riscados por um traço preto. Para completar a lista falta um verbo, "Incendiar", sem dúvida o ato final dessa obscura peripécia: cometido por quem? Para esconder, para destruir?

Mesmo admitindo que nenhuma das doze ações tenha sido realizada por só uma pessoa contra só uma outra, reconstituir os acontecimentos é tarefa árdua: se os personagens em questão são quatro, tomados dois a dois podem configurar doze relações diferentes para cada um dos doze tipos de relações listadas. As soluções possíveis são, portanto, doze à décima segunda potência, isto é, tem de se escolher entre um número de soluções que se eleva a oito trilhões, oitocentos e setenta e quatro bilhões, duzentos e noventa e seis milhões, seiscentos e setenta e dois mil, duzentos e cinquenta e seis. Não espanta que a nossa polícia, demasiado ocupada, tenha preferido arquivar o inquérito, com a boa razão de que, para que tantos crimes possam ter sido cometidos, os culpados certamente morreram junto com as vítimas.

Só a companhia de seguros tem urgência em conhecer a verdade: sobretudo por causa de uma apólice de "incêndio" assinada pelo dono da casa. O fato de que na época até o jovem Inigo tenha morrido nas chamas apenas torna a questão mais espinhosa: sua poderosa família, que no entanto deserdara e despossuíra esse filho degenerado, é notoriamente pouco propensa a renunciar a qualquer coisa que caiba a ele. As piores ilações (mais ou menos incluídas no índice abominável) podem ser atribuídas a um jovem que, membro hereditário da Câmara dos Pares, arrastava um título ilustre pelos degraus das praças que servem de sofá para uma juventude nômade e contemplativa, e ensaboava os longos cabelos sob o jato das fontes municipais. A casinha alugada à velha senhora que mantinha a pensão era o único imóvel de que ainda era proprietário, e ali era recebido como subinquilino de sua inquilina, em troca de um desconto no valor já modesto do aluguel. Se o incendiário foi ele, Inigo, responsável e vítima de um plano criminoso executado com a imprecisão e o descuido que, pelo visto, eram próprios de seu comportamento, as provas do dolo eximiriam a companhia do pagamento das indenizações.

Mas essa não é a única apólice que a companhia é obrigada a honrar depois da catástrofe: a própria viúva Roessler renovava todo ano um seguro de vida em favor da filha adotiva, manequim muito conhecida de qualquer um que folheie as revistas de alta-costura. Ora, Ogiva também morreu, queimada junto com a coleção de perucas que transformavam seu rosto, de um charme assustador — como definir de outro modo uma jovem bela e delicada com a cabeça totalmente calva? —, no de centenas de personagens diferentes e deliciosamente assimétricos. Mas ocorre que Ogiva tinha um filho de três anos, entregue a parentes da África do Sul que não tardarão a reclamar os frutos do seguro, a não ser que se prove que foi ela que acabou por matar (*Esfaquear*? *Estrangular*?) a viúva Roessler. Aliás, como a própria Ogiva se preocupara em fazer um seguro de sua coleção de perucas, os tutores do menino também podem pretender essa indenização, a não ser que ela tenha responsabilidade na catástrofe.

Do quarto personagem desaparecido no incêndio, o gigantesco Belindo Kid, usbeque lutador de vale-tudo, sabe-se que ele descobrira na viúva Roessler não só uma senhoria sagaz (ele era o único inquilino pagante da pensão) mas também uma precavida empresária. Na verdade, nos últimos meses a velha se convencera a financiar a turnê da temporada do ex-campeão dos meios-pesados, mas fazendo um seguro para se garantir contra o risco de doença, incapacidade ou acidente que o impedissem de honrar seus contratos. Agora, um consórcio de organizadores de lutas de vale-tudo exige o pagamento dos riscos cobertos pela companhia de seguros; mas se a velha *induziu ao suicídio* Belindo, talvez até *difamando-o* ou *chantageando-o* ou *drogando-o* (o gigante era conhecido nos ringues internacionais por seu temperamento influenciável), a companhia poderá facilmente silenciá-los.

Não posso impedir que os lentos tentáculos de minha mente

avancem uma hipótese de cada vez, explorem labirintos de consequências percorridas pelas memórias magnéticas num nanossegundo. É do meu computador que Skiller espera uma resposta, não de mim.

É verdade que cada um dos quatro catastróficos personagens demonstra ser mais apto a assumir o papel de sujeito de certos verbos contidos na lista e o papel de objeto de outros verbos. Mas quem pode negar que os casos aparentemente mais improváveis sejam os únicos que se deva reter? Tomemos o que, entre os doze verbetes, parece o mais inocente, *seduzir*. Quem seduziu quem? Por mais que eu me concentre em minhas fórmulas, um fluxo de imagens continua a rodopiar em meu espírito, a desabar e a se recompor como num caleidoscópio. Vejo os dedos compridos da manequim, com unhas pintadas de verde e roxo, roçarem o queixo mole, o buço cerrado do jovem senhor mendigo, ou fazerem cócegas na nuca coriácea e ávida do campeão usbeque, que, experimentando uma longínqua sensação agradável, arqueia seus deltoides como os gatos que ronronam. Mas, de repente, vejo também a Ogiva lunar deixando-se seduzir, enfeitiçada pelos afagos taurinos do meio-pesado ou pela devoradora introversão do rapaz à deriva. E vejo também a velha viúva visitada por apetites que a idade pode desestimular mas não extinguir, maquiando-se e embonecando-se para seduzir uma ou outra presa masculina (ou ambas) e vencer resistências de peso diferenciado, mas, em matéria de vontade, igualmente fracas. Ou então vejo-a, ela mesma, como objeto de perversa sedução, seja pela disponibilidade dos desejos juvenis que leva a confundir as estações, seja por um cálculo suspeito. E eis que, completando o desenho, intervém a sombra de Sodoma e Gomorra e desencadeia-se o torneio dos amores entre sexos não opostos.

Será que o leque dos casos possíveis pode se restringir aos verbos mais criminosos? Nada garante: qualquer um pode *esfaquear* qualquer um. Eis Belindo Kid trespassado como traidor por uma lâmina de punhal na nuca que mutila a sua medula espinhal como a do touro na arena. Vibrando com a exatidão da facada pode estar tanto o pulso fino, de pulseiras tilintantes, de Ogiva, num frio arroubo sanguinário, quanto os dedos distraídos de Inigo, que balançam o punhal pela lâmina, o lançam no ar com inspirado abandono, numa trajetória que atinge o alvo quase por acaso; ou também as garras da nossa senhoria lady Macbeth, que, de noite, afasta as cortinas dos quartos e paira sobre a respiração de quem dorme. Não são só essas as imagens que se amontoam em minha mente: Ogiva ou a velha Roessler degolam Inigo como um cordeiro, cortando-lhe o pescoço; Inigo ou Ogiva arrancam da mão da viúva o facão com que ela fatia o bacon e a esquartejam na cozinha; a velha Roessler ou Inigo secionam, como cirurgiões, o corpo nu de Ogiva, que se contorce (*amarrada* e *amordaçada*?). Quanto a Belindo, se o facão tinha ido parar na sua mão, se naquele momento ele havia perdido a paciência, se alguém talvez o tivesse intrigado com outro, não faltaria muito para que ele esquartejasse todo mundo. Mas que necessidade ele, Belindo Kid, tinha de *esfaquear*, quando havia à sua disposição, escrito no índice do caderno e nos seus circuitos sensório-motores, um verbo como *estrangular*, tão mais de acordo com suas aptidões físicas e seu treinamento técnico? Além disso, um verbo do qual ele podia ser só o sujeito e não o objeto: eu gostaria de ver os outros três tentando estrangular o meio-pesado do vale-tudo, com seus dedinhos que nem conseguem agarrar aquele pescoço igual a um tronco de árvore!

Portanto, este é um dado que o programa deve ter em conta: Belindo não *esfaqueia*, mas, de preferência, *estrangula*; e não pode ser *estrangulado*; só se for *ameaçado com revólver* pode ser *amarrado e amordaçado*; uma vez *amarrado e amordaçado*, pode lhe acontecer qualquer coisa, inclusive ser *violentado* pela ávida velha, ou pela manequim impassível, ou pelo jovem excêntrico.

Comecemos a estabelecer prioridades e exclusões. Alguém pode primeiro *ameaçar com revólver* outra pessoa e depois *amarrá-la e amordaçá-la*; evidentemente, seria supérfluo *amarrar* primeiro e *ameaçar* depois. Quem, ao contrário, *esfaqueia* e *estrangula*, se nesse meio-tempo *ameaçasse com revólver* cometeria um ato incômodo e redundante, imperdoável. Quem conquista o objeto de seus desejos *seduzindo-o* não precisa *violentá-lo*; e vice--versa. Quem *prostitui* outra pessoa pode tê-la anteriormente *seduzido* ou *violentado*; fazer isso depois seria uma inútil perda de tempo e de energias. Pode-se *espionar* uma pessoa para *chantageá-la*, mas se ela já foi *difamada* a revelação escandalosa não poderá mais apavorá-la; portanto, quem *difama* não tem interesse em *espionar*, nem tem mais argumentos para *chantagear*. Não se exclui que quem *esfaqueia* uma vítima *estrangule* outra, ou que a *induza ao suicídio*, mas é improvável que as três ações letais se exerçam na mesma pessoa.

Seguindo esse método é que posso elaborar o meu organograma: estabelecer um sistema de exclusões com base no qual o computador seja capaz de descartar bilhões de sequências incongruentes, reduzir o número das concatenações plausíveis, aproximar-se da escolha da solução que se impõe como verdadeira.

Mas será mesmo possível? Ora eu me concentro em construir modelos algébricos em que fatores e funções sejam anônimos e intercambiáveis, afastando de meu espírito os rostos, os gestos daqueles quatro fantasmas; ora me identifico nos personagens, evoco as cenas num cinematógrafo mental todo feito de decomposições e metamorfoses. Em torno do verbo *drogar* talvez gire a roda dentada que engrena em todas as outras rodas: de repente o espírito associa a esse verbo o rosto leitoso do último Inigo de uma estirpe ilustre. A forma reflexiva *drogar-se* não criaria nenhum problema: é altamente provável que o jovem se drogasse, fato que não me diz respeito; mas a forma transitiva *drogar* pressupõe um drogador e um drogado, tendo este último dado o seu consentimento, inconsciente ou forçado.

É igualmente provável que Inigo tanto se deixasse drogar como tentasse fazer seguidores, conquistando-os para os entorpecentes; imagino cigarros filiformes que passam de sua mão para as de Ogiva ou da velha Roessler. É o jovem nobre que transforma a pensão desolada num antro povoado de alucinações cambiantes? Ou foi a senhoria que o atraiu, para explorar sua propensão ao êxtase? Talvez seja Ogiva que consiga a droga para a velha opiômana, e Inigo, *espionando-a*, tenha descoberto o esconderijo, e tenha irrompido *ameaçando-a com revólver* ou *chantageando*; Roessler pede socorro a Belindo e *difama* Inigo, acusando-o de ter *seduzido* e *prostituído* Ogiva, casta paixão do usbeque, que se vinga *estrangulando-o*; para sair dessa enrascada só resta à senhoria *induzir ao suicídio* o lutador, tanto mais que a companhia de seguros paga as indenizações, mas Belindo, perdido por perdido, *violenta* Ogiva, *amarra e amordaça* e atiça o fogo na fogueira exterminadora.

Vamos com calma: não posso ter a pretensão de derrotar o computador em velocidade. A droga também poderia estar relacionada com Belindo: velho lutador sem fôlego, agora ele só sobe ao ringue se estiver entupido de estimulantes. É a velha Roessler que os ministra, dando-lhe comida na boca com uma colher de sopa. Inigo *espiona* pelo buraco da fechadura: ávido pelos psicotrópicos, ele se precipita e tenta receber uma dose. Diante da recusa, *chantageia* o lutador, ameaçando-o de desqualificá-lo no campeonato; Belindo o *amarra e amordaça*, depois *prostitui* Ogiva por poucas guinés, ela que havia tempos se enrabichara pelo aristocrata fugidio; Inigo, indiferente a Eros, só pode estar em condição de fazer amor se estiver prestes a ser *estrangulado*; Ogiva lhe aperta a carótida com as pontas de seus dedos afuselados; talvez Belindo lhe dê uma mão; bastam dois dedos seus e o pequeno lorde revira os olhos e bate as botas; que fazer com o cadáver? Para simular um suicídio, eles o *esfaqueiam*... Pare! Toda a programação precisa ser refeita: preciso apagar da memória central a instrução agora armazenada, pois quem é *estrangulado* não pode ser *esfaqueado*. Os anéis de ferrita se desmagnetizam e remagnetizam; eu transpiro.

Recomecemos do início. Qual é a operação que o cliente espera de mim? Arrumar numa ordem lógica um certo número de dados. São informações que estou manipulando, e não vidas humanas, com seu bem e seu mal. Por uma razão qualquer que não me diz respeito, os dados de que disponho só se referem ao mal, e o computador deve pô-lo em ordem. Não o mal, que talvez não possa ser posto em ordem, mas a informação sobre o mal. Com base nesses dados, contidos no índice analítico dos *Atos abomináveis*, preciso reconstituir a *Relação* perdida, seja ela verdadeira ou falsa.

A *Relação* pressupõe alguém que a tenha escrito. Só reconstituindo-a saberemos quem é: mas já podemos estabelecer alguns dados de sua ficha. O autor da *Relação* não pode ter morrido esfaqueado nem estrangulado, pois não poderia ter inserido no relato a própria morte; quanto ao suicídio, poderia ter sido decidido antes da redação do caderno-testamento, e cometido depois; mas quem se convence de ser induzido ao suicídio por vontade alheia não se suicida; toda e qualquer exclusão do autor do caderno desse papel de vítima aumenta automaticamente a probabilidade de que se possam atribuir-lhe papéis de culpado; portanto, ele poderia ser ao mesmo tempo o autor do mal e da informação sobre o mal. Isso não cria nenhum problema para o meu trabalho: o mal e a informação sobre o mal coincidem, tanto no livro queimado como no fichário eletrônico.

A memória armazenou outra série de dados que devem ser postos em relação com a primeira: são as quatro apólices de seguro feitas com Skiller, uma por Inigo, outra por Ogiva e duas pela viúva, sendo uma para si e outra para Belindo. Um fio obscuro talvez ligue as apólices aos *Atos abomináveis*, e as células fotoelétricas devem percorrê-lo de novo num vertiginoso cabra-cega, procurando seu caminho pelos minúsculos orifícios das fichas. Os dados das apólices, agora traduzidos em código binário, também têm o poder de evocar imagens em minha mente: é noite, há neblina; Skiller bate à porta da casa no alto da duna; a dona da pensão o recebe como um novo inquilino; ele tira da pasta os formulários para os seguros; está sentado no salão; toma chá; não é decerto numa só visita que consegue que sejam assinados os quatro contratos; é uma familiaridade assídua que ele estabelece com a casa e seus quatro moradores. Vejo Skiller ajudando Ogiva a escovar as perucas da coleção (e de passagem roçando com os lábios o crânio nu da modelo); vejo-o quando, num gesto firme como um médico e pressuroso como um filho, mede a pressão arterial da viúva apertando-lhe o braço mole e branco com o esfigmomanômetro; ei-lo tentando interessar Inigo na conservação da casa, assinalando-lhe estragos nos encanamentos, vigas de sustentação que estão cedendo, e, paternalmente, impedindo-o de roer as unhas; ei-lo lendo com Belindo os jornais esportivos, comentando com tapas nas costas a confirmação de seus prognósticos.

Positivamente, não acho esse Skiller nada simpático: devo reconhecer. Uma teia de aranha de cumplicidades se estende para onde quer que ele jogue seus fios; se de fato ele tinha tanto poder na pensão Roessler, se era o factótum, o *deus ex machina*, se nada do que acontecia entre aquelas paredes lhe era estranho, por que veio pedir a mim a solução do mistério? Por que me apresentou o caderno queimado? Foi ele que encontrou o caderno entre os escombros? Ou foi ele que o pôs ali? Foi ele que levou essa quantidade de informação negativa, de entropia irreversível, que a introduziu na casa, como agora nos circuitos do computador?

A carnificina da pensão Roessler não tem quatro personagens: tem cinco. Traduzo em orifícios punctiformes os dados do corretor de seguros Skiller e os acrescento aos outros. As ações abomináveis podem ser de sua autoria como de cada um dos outros: ele pode ter Esfaqueado, Difamado, Drogado etc., ou, melhor ainda, pode ter mandado Prostituir, Estrangular e tudo o mais. Os bilhões de combinações aumentam, mas talvez comecem a tomar forma. Exclusivamente como hipótese eu poderia construir um modelo em que todo o mal seja obra de Skiller, e em que, antes de sua chegada, a pensão pairasse na inocência mais lirial: a velha Roessler toca um *lied* no piano Bechstein que o bom gigante transporta de um aposento a outro para que os inquilinos possam ouvir melhor, Ogiva rega as petúnias, Inigo pinta petúnias na cabeça de Ogiva. Toca a campainha: é Skiller. Está procurando um *bed and breakfast*? Não, quer propor seguros vantajosos: vida, acidente, incêndios, patrimônios mobiliários e imobiliários. As condições são boas;

Skiller os convida a refletir; refletem; pensam em coisas em que jamais tinham pensado; são tentados; a tentação inicia o seu caminho de impulsos eletrônicos pelos canais cerebrais... Percebo que estou influenciando a objetividade das operações com antipatias subjetivas. No fundo, o que é que eu sei sobre esse Skiller? Talvez a sua alma seja pura, talvez ele seja o único inocente desta história, ao passo que todas as investigações definem Roessler como uma avara sórdida, Ogiva como uma narcisista impiedosa, Inigo perdido na sua introversão sonhadora, Belindo condenado à brutalidade muscular por falta de modelos alternativos... Foram eles que chamaram Skiller, cada um com um sórdido plano contra os outros três e a companhia de seguros. Skiller é como uma pomba num ninho de cobras.

A máquina para. Há um erro, e a memória central percebeu; apaga tudo. Não há inocentes a salvar nesta história. Recomecemos.

Não, não era Skiller que tinha tocado a campainha. Lá fora chuvisca, tem neblina, não se distingue a fisionomia do visitante. Ele entra no hall, tira o chapéu molhado, desfaz-se do cachecol de lã. Sou eu. Apresento-me. Waldemar, programador-analista de sistemas. Sabe que a estou achando muito bem, senhora Roessler? Não, nunca tínhamos nos visto antes, mas tenho presentes os dados do conversor analógico-digital e reconheço perfeitamente vocês quatro. Não se esconda, senhor Inigo! Sempre em plena forma, nosso Belindo Kid! É a senhorita Ogiva aquela cabeleira violeta que vejo aparecer na escada? Eis todos vocês reunidos; muito bem: o objetivo de minha visita é o seguinte. Preciso de vocês, de vocês exatamente como são, para um projeto que há anos me mantém preso ao suporte de programação. Os trabalhos ocasionais que faço para terceiros ocupam minhas horas de expediente, mas à noite, fechado em meu laboratório, dedico-me a estudar um organograma que transformará as paixões individuais — agressividade, interesses, egoísmos, vícios — em elementos necessários ao bem universal. O acidental, o negativo, o anormal, numa palavra, o humano poderão se desenvolver sem provocar a destruição geral, integrando-se num projeto harmonioso... Esta casa é o campo ideal para verificar se estou no caminho certo. Por isso, peço-lhes que me recebam entre vocês como inquilino, como amigo...

A casa queimou, todos morreram, mas na memória do computador eu posso arrumar os fatos segundo uma lógica diferente, entrar eu mesmo na máquina, inserir um Waldemar-programa, elevar a seis o número de personagens, expandir novas galáxias de combinações e permutações. Eis que a casa ressurge das cinzas, todos os moradores retornam à vida, eu me apresento com a minha mala de fole, com os meus tacos de golfe, peço para alugar um quarto...

A senhora Roessler e os outros me ouvem calados. Desconfiam. Suspeitam de que eu trabalhe para a companhia de seguros, que tenha sido mandado por Skiller...

Não se pode negar que as suspeitas têm fundamento. Sem a menor dúvida, é para Skiller que eu trabalho. Pode ter sido ele que tenha me pedido para ganhar a confiança deles, estudar seus comportamentos, prever as consequências de suas más intenções, classificar estímulos, impulsos, gratificações, quantificá-los, armazená-los no computador...

Mas se esse Waldemar-programa não passa de uma réplica do Skiller-programa, inseri-lo nos circuitos é uma operação inútil. Skiller e Waldemar precisam ser antagônicos, o mistério se resolve numa luta entre nós dois.

Na noite chuvosa duas sombras se roçam na passarela enferrujada que leva àquilo que outrora deve ter sido um bairro residencial de subúrbio e do qual agora só resta uma pequena vila troncha no alto de uma duna entre os cemitérios de automóveis; as janelas acesas da pensão Roessler afloram na neblina como na retina de um míope. Skiller e Waldemar ainda não se conhecem. Sem que um e outro saibam, eles rodam em volta da casa. De quem deve ser o primeiro gesto? É incontestável que o corretor tem um direito de precedência.

Skiller bate à porta. "Queira me desculpar, estou fazendo uma pesquisa para a minha companhia sobre as incidências do meio ambiente nas catástrofes. Esta casa foi escolhida como amostra representativa. Com a sua licença, gostaria de ter sob observação o comportamento de vocês. Espero não incomodá-los demais: terei de preencher alguns formulários de vez em quando. Como compensação, a companhia lhes oferece a possibilidade de fazerem em condições especiais seguros de vários tipos: de vida, de imóveis..."

Os quatro escutam calados; cada um deles já está pensando em como tirar partido da situação, está tramando um plano...

Mas Skiller mente. O seu programa já previu o que cada morador da casa fará. Skiller tem um caderno em que listou uma série de atos violentos ou de prevaricação a respeito dos quais só resta verificar a probabilidade. Já sabe que se produzirá uma série de sinistros fraudulentos, mas que a companhia não deverá pagar nenhuma indenização, pois os beneficiários se destruirão mutuamente. Todas essas previsões lhe foram fornecidas por um computador: não pelo meu; devo aventar a hipótese da existência de um outro programador, cúmplice de Skiller numa maquinação criminosa. A maquinação é concebida assim: um banco de dados reúne os nomes dos nossos compatriotas movidos por impulsos destrutivos e fraudulentos; são várias centenas de milhares; um sistema de condicionamentos e controles os levará a se tornarem clientes da companhia, a fazerem seguro de tudo o que for assegurável, a produzirem sinistros dolosos e a assassinarem-se mutuamente. A companhia terá preparado o registro das provas de modo que estas lhe sejam favoráveis, e, como quem faz o mal é sempre levado a exagerar, a quantidade de informações comportará um forte percentual de dados inúteis, cortina de fumaça para as responsabilidades da companhia. Aliás, esse coeficiente de entropia já foi programado: nem todos os *Atos abomináveis* do índice têm uma função na história; alguns criam simplesmente um efeito de "ruído". A operação da pensão Roessler é a primeira experiência prática tentada pelo diabólico corretor de seguros. Uma vez ocorrida a catástrofe, Skiller recorrerá a outro computador, cujo programador ignora todos os antecedentes da história, a fim de verificar se, a partir das consequências, é possível recuar até as causas. Skiller fornecerá a esse segundo programador todos os dados necessários, junto com uma quantidade tão grande de "ruído" que ela produzirá congestionamento nos canais e degradará a informação: o dolo dos assegurados ficará suficientemente provado, mas não o do corretor de seguros.

O segundo programador sou eu. Skiller jogou bem. Todos os cálculos estão corretos. O programa fora escolhido previamente, e a casa, o caderno, o meu organograma e o meu computador não deviam fazer nada além de executá-lo. Aqui estou, preso, entrando-saindo dados de uma história que não posso mudar. É inútil que eu mesmo me jogue no computador: Waldemar não subirá até a casa no alto da duna, não conhecerá seus quatro misteriosos moradores, não será o sujeito (como tinha esperado) do verbo *seduzir* (objeto: Ogiva). Aliás, até Skiller talvez seja apenas um canal de input-output: o verdadeiro computador está em outro lugar.

Mas a partida que se joga entre dois computadores não é vencida por quem joga melhor que o outro, e sim por quem compreende como o adversário faz para jogar melhor que ele. Agora, o meu computador armazenou o jogo do adversário vencedor: quer dizer que ele venceu?

Batem à porta. Antes de ir abrir preciso calcular depressa quais serão as reações de Skiller quando souber que o seu plano foi descoberto. Eu também tinha sido convencido por Skiller a assinar um contrato de seguro contra incêndio. Skiller já previu me matar e atear fogo no laboratório: destruirá as fichas que o acusam e demonstrará que perdi a vida tentando provocar um incêndio doloso. Ouço a sirene dos bombeiros se aproximando: chamei-os a tempo. Destravo o revólver. Agora posso abrir.

A BOMBA DE GASOLINA

EU DEVERIA TER PENSADO ANTES, agora é tarde. Passou do meio-dia e meia e não me lembrei de pôr gasolina; os postos estão fechados até as três. Todo ano dois milhões de toneladas de petróleo bruto são extraídos da crosta terrestre, que as conservava por milhões de séculos nas dobras das rochas soterradas entre estratos de areia e argila. Se eu sair agora corro o risco de ficar enguiçado no caminho; já há algum tempo o ponteiro do nível do combustível me avisa que estou na reserva. Já há algum tempo me avisaram que as reservas mundiais do subsolo só poderão durar uns vinte anos. Tive todo o tempo para pensar nisso, sou o típico irresponsável: quando a luzinha vermelha no painel começa a piscar, não dou bola, ou fico protelando, penso que ainda há toda a reserva para ser usada, e depois isso me sai da cabeça. Não, talvez fosse em outros tempos que isso me acontecia, não dar bola, esquecer: quando a gasolina ainda parecia um bem ilimitado como o ar. Agora, o aviso luminoso me comunica uma sensação de alerta, de ameaça, indefinida, iminente; é essa a mensagem que recebo, que registro entre os tantos sinais de angústia que se depositam nas dobras de minha consciência e se diluem num estado de espírito que continuo a carregar comigo, sem dele tirar nenhuma consequência prática precisa, como seria encher o tanque na primeira bomba que encontro. Ou então é um instinto de poupar que me invade, um reflexo de avareza: como sei que o meu tanque está quase vazio, sinto então que diminuem as reservas nas refinarias, o fluxo dos oleodutos, a carga dos petroleiros que sulcam os mares; as sondas exploram as profundezas da terra e extraem apenas água suja; o meu pé no acelerador se conscientiza de que à mais leve pressão os últimos jorros da energia acumulada por nosso planeta vão sendo queimados; minha atenção se concentra em saborear as ondas subsistentes de combustível; aperto o pedal como se o reservatório fosse um limão a ser espremido sem desperdiçar uma gota; diminuo a marcha; não: acelero, a reação instintiva é que, quanto mais eu correr, mais economizarei quilômetros nesse impulso que poderia ser o último.

Não tenho confiança em sair da cidade sem ter enchido o tanque. Terei de encontrar um posto aberto. Começo a explorar as avenidas, ao longo das calçadas e dos canteiros centrais, onde florescem as tabuletas coloridas das marcas de gasolina, agora menos agressivas que antes, nos tempos em que tigres e outros animais míticos sopravam chamas nos motores. Toda vez deixo-me iludir com o cartaz "Aberto", que serve apenas para avisar que aquele posto hoje está aberto nas horas de serviço e que, consequentemente, está fechado nas horas de fechamento. Às vezes há um empregado do posto sentado numa cadeira dobrável, comendo um sanduíche ou cochilando: ele abre os braços, o regulamento é igual para todos, meus gestos interrogativos são inúteis, eu já sabia disso antes. Foi-se o tempo em que tudo parecia fácil, o tempo em que se podia acreditar que as energias humanas estavam a nosso serviço de forma ilimitada, assim como as energias naturais: quando os postos de gasolina desabrochavam em nosso caminho, convidativos, um atrás do outro, em fila, com o homem de uniforme verde ou azul ou listrado, com a esponja pingando pronta para purificar o vidro contaminado pelo massacre dos enxames de mosquitos.

Ou, melhor dizendo: entre o fim dos tempos em que em certas profissões se trabalhava sem horário e o fim dos tempos em que se tinha a ilusão de que certos produtos de consumo nunca se consumiriam, há, bem no meio, uma era histórica inteira cuja duração varia de acordo com os países e as experiências individuais. Direi então que estou vivendo neste exato momento, simultaneamente, a ascensão, o apogeu, o declínio das sociedades ditas opulentas, assim como uma sonda rotativa passa através de milênios, de um instante a outro, ao perfurar as rochas sedimentares do Plioceno, do Cretáceo, do Triássico.

153

Vou fazendo um balanço de minha situação no espaço e no tempo, para confirmar os dados que me comunicam o marcador de quilometragem, zerado há pouco, o indicador do combustível, parado no zero, o relógio com o ponteiro mais curto ainda alto no primeiro quarto do mostrador. Nas horas meridianas, quando a Trégua da Água aproxima o tigre e o cervo sedentos do mesmo espelho de água barrenta, meu carro tenta em vão abeberar-se, e a Trégua da Nafta o expulsa de bomba em bomba. Nas horas meridianas do Cretáceo, os seres vivos boiavam na superfície do mar, enxames de algas minúsculas e conchas fininhas de plâncton, esponjas macias e corais cortantes, aquecendo-se ao calor solar, o qual continuará agindo através deles no longo périplo que a vida enfrenta mais além da morte, quando, reduzidos a uma leve chuva de detritos vegetais e animais, eles se depositam nos baixos fundos e se grudam no lodo, e com a passagem dos cataclismos são mastigados pelos maxilares das rochas calcárias, digeridos nas dobras anticlinais e sinclinais, liquefeitos em óleos espessos que remontam as obscuras porosidades subterrâneas, e ei-los jorrando no meio do deserto e se inflamando, trazendo à superfície da terra uma labareda do meio-dia primordial.

Eis que no meio do deserto do meio-dia urbano avistei um posto de gasolina aberto: paira em torno dele um enxame de automóveis. Não há empregados; é um desses postos que funcionam no sistema *self-service*. Os motoristas se movimentam, desembainhando os tubos cromados das bombas, param no meio de um gesto para ler as instruções, mãos meio inseguras apertam botões, serpentes de borracha arqueiam suas espirais retráteis. Minhas mãos manobram em torno de uma bomba, minhas mãos crescidas numa época de transição, habituadas a esperar de outras mãos a execução dos gestos mais indispensáveis à minha sobrevivência. Que esse estado de coisas não era definitivo eu sempre soube, em teoria; em teoria minhas mãos não esperam outra coisa além de reconquistarem suas aptidões para executar todos os trabalhos manuais do homem, tal como quando a natureza inclemente cercava o homem armado somente das próprias mãos, tal como hoje nos cerca o mundo mecânico, decerto mais fácil de ser manipulado do que a natureza bruta: o mundo onde, de agora em diante, as mãos de cada um de nós deverão de novo se virar sozinhas, não mais podendo solicitar de mãos alheias o trabalho mecânico de que depende a vida de todo dia.

Na prática, minhas mãos estão um pouco decepcionadas: o funcionamento da bomba é tão mais simples que a gente fica pensando por que, afinal, o uso do *self-service* não se difundiu há mais tempo. Mas a satisfação de fazer algo por si mesmo não é muito maior do que aquela que resulta de um distribuidor automático de balas ou de outra engenhoca caça-níqueis. As operações que exigem certa atenção referem-se apenas ao pagamento: basta enfiar uma nota de mil liras numa gavetinha, na posição certa, de modo que um olho fotoelétrico reconheça a efígie de Giuseppe Verdi ou talvez apenas o fino fio metálico que cruza cada nota de dinheiro. O valor das mil liras parece que se concentra totalmente naquele fio; quando a nota é engolida uma lampadazinha acende, e devo me apressar para inserir a tromba da bomba na boca do tanque, fazendo irromper o jato que vibra compacto em sua transparência irisada, me apressar para gozar desse dom nada apetitoso para os meus sentidos, mas avidamente cobiçado por essa parte de mim mesmo que é o meu meio de locomoção. Mal tenho tempo de pensar em tudo isso e eis que, num estalo seco, o fluxo se interrompe, as lampadazinhas se apagam, o complicado dispositivo posto em movimento poucos segundos antes já está parado e inerte, o despertar das forças telúricas que meus ritos tinham conseguido evocar durou um instante. Para as minhas mil liras reduzidas a um fio a bomba concede apenas um fio de gasolina. Onze dólares o barril, é o preço do óleo bruto.

Devo recomeçar a operação desde o início, enfiar outra nota, depois mais outras, mil liras de cada vez. O dinheiro e o mundo subterrâneo mantêm um velho laço de parentesco; a história deles se desenrola ao longo de cataclismos ora lentíssimos ora inesperados; enquanto estou me abastecendo no *self-service*, uma bolha de gás incha num lago negro submerso no fundo do Golfo Pérsico, um emir leva ao peito, em silêncio, as mãos escondidas nas largas mangas brancas, um computador da Exxon devora números num arranha-céu, uma frota de cargueiros em alto-mar recebe a ordem de mudar de rota, eu remexo meus bolsos, o poder filiforme do papel-moeda se desvanece.

Olho ao redor: fiquei sozinho no posto deserto. Terminou inesperadamente o vaivém dos automóveis em torno do único posto de abastecimento da cidade aberto a essa hora, como se justamente nessa hora tivesse se produzido, partindo da convergência dos lentos cataclismos, o repentino cataclismo final, talvez o esgotamento simultâneo de poços oleodutos cisternas bombas carburadores cárteres de óleo. O progresso tem seus riscos, o importante é poder dizer que os previmos. Já há tempos me acostumei a imaginar o futuro sem franzir o cenho, já vejo filas de automóveis abandonados invadidos por teias de aranha, a cidade reduzida a detritos de plástico, gente que corre levando sacos nas costas, perseguida pelos ratos.

De repente me dá uma vontade alucinante de escapar; e ir para onde? Não sei, não importa; talvez só para queimar esse pouco de energia que nos resta e concluir o ciclo. Desencavei uma última nota de mil liras para extrair mais uma dose de combustível.

Um carro esporte para no posto. A motorista, enrolada na espiral de seus cabelos caídos nos ombros, da echarpe, da gola grande de lã, levanta desse novelo um narizinho e diz: "Encha o tanque, da aditivada".

Fico ali com o tubo no ar; já que é assim, os últimos octanos vou dedicar a ela, para que queimem deixando atrás de si pelo menos uma recordação de cores agradáveis à vista, num mundo em que tudo é tão pouco atraente: operações que executo, materiais que utilizo, salvações que posso esperar. Desenrosco a tampa do reservatório do carro esporte, meto ali o bico oblíquo da bomba, aperto o botão e, ao sentir o jato que finalmente penetra, sou tomado como pela recordação de um prazer distante, uma espécie de força vital graças à qual uma relação se instaura, agora uma corrente fluida passa entre mim e a desconhecida ao volante.

Ela se virou para me olhar, levanta os grandes óculos que usa, tem olhos verdes de uma transparência irisada. "Mas o senhor não é um empregado do posto... Mas o que está fazendo... Mas por quê..." Gostaria que ela entendesse que meu gesto é um ato extremo de amor, gostaria de envolvê-la no último jato de labaredas que o gênero humano ainda pode dizer que é seu, um ato de amor que é também um ato de violência, um estupro, um abraço mortal das forças subterrâneas.

Faço-lhe sinal para se calar e aponto para baixo, com a mão suspensa, como para avisar que o milagre poderia se interromper a qualquer momento, depois faço um gesto circular como para dizer que não há diferença, e pretendo dizer que por meu intermédio um Plutão negro se joga dos Infernos para raptar por intermédio dela uma flamejante Prosérpina, e assim a Terra, devoradora cruel de substâncias vivas, renova o seu ciclo.

Ela ri. Mostra dois jovens incisivos pontudos. Não sabe. Na prospecção de uma jazida na Califórnia emergiram esqueletos de animais de espécies extintas há cinquenta mil anos, entre eles um tigre de dentes de sabre, sem dúvida atraído por um espelho de água que se estendia pela superfície do negro lago de pez onde ele ficou preso e foi engolido.

Mas terminou o curto tempo que me foi concedido: a corrente se bloqueia, a bomba fica inerte, o abraço é interrompido. Faz-se um grande silêncio, como se todos os motores tivessem suspendido suas explosões, e a vida rolante do gênero humano houvesse parado. No dia em que a crosta terrestre reabsorver as cidades, o sedimento de plâncton que foi o gênero humano será coberto por estratos geológicos de asfalto e cimento, e daqui a milhões de anos se adensará em jazidas oleosas, não sabemos em proveito de quem.

Olho-a nos olhos: não entende, talvez só agora comece a ter medo. Agora, conto até cem: se esse silêncio continuar, vou pegá-la pela mão e começaremos a correr.

O HOMEM DE NEANDERTAL

ENTREVISTADOR — Estou lhes falando deste pitoresco vale de Neander, nas imediações de Dusseldorf. Ao meu redor se estende uma paisagem acidentada de rochas calcárias. Minha voz ressoa nas paredes, tanto das cavernas naturais, como das grutas abertas pela mão do homem. Foi durante os trabalhos nessas grutas de pedra que, em 1856, deu-se a descoberta de um dos mais antigos habitantes deste vale, aqui estabelecido há cerca de trinta e cinco mil anos. O homem de Neandertal: assim, por antonomásia, decidiu-se chamá-lo. Vim a Neandertal justamente para entrevistá-lo. O senhor Neander — durante a nossa entrevista me dirigirei a ele com esse nome simplificado —, o senhor Neander, como talvez vocês saibam, é de temperamento meio desconfiado, sorumbático, aliás, dada também a idade avançada, e parece que não tem em grande conta a fama internacional de que goza. Mesmo assim aceitou cortesmente responder a algumas perguntas para o nosso programa. Ei-lo se aproximando, com seu passo característico, um pouco bambaleante, e me examinando sob a sua proeminente arcada superciliar. Logo me aproveito para lhe fazer uma primeira pergunta indiscreta, que sem dúvida corresponde a uma curiosidade de muitos dos nossos ouvintes. Senhor Neander, esperava tornar-se tão famoso? Quero dizer: pelo que se sabe, na sua vida o senhor nunca fez nada de especial: e de repente ficou sendo um personagem tão importante. Como explica?

NEANDER — Você é que diz isso. Você estava lá? Eu é que estava lá. Você, não.

ENTREVISTADOR — Tudo bem, o senhor estava aqui. Pois é, e lhe parece que isso é suficiente?

NEANDER — Eu já estava lá.

ENTREVISTADOR — Esta me parece uma precisão útil. O mérito do senhor Neander não seria tanto o fato de estar ali, mas de *já* estar ali, de estar ali naquela época, antes de tantos outros. A prioridade é realmente uma qualidade que ninguém desejará contestar no senhor Neander. Se bem que... já antes, como demonstraram pesquisas posteriores — e como o senhor mesmo pode confirmar, não é, senhor Neander? —, tenham sido encontrados vestígios, numerosos até, e se estendendo por vários continentes, de seres humanos, realmente já bem humanos...

NEANDER — O papai...

ENTREVISTADOR — Bem para trás, até um milhão de anos antes...

NEANDER — A vovó...

ENTREVISTADOR — Portanto, a sua prioridade, senhor Neander, ninguém pode contestá-la, mas se trataria de uma prioridade relativa: digamos que o senhor é o primeiro...

NEANDER — Antes de você, é claro...

ENTREVISTADOR — Estamos de acordo, mas não é esse o ponto. Quero dizer que o senhor foi o primeiro a ser considerado o primeiro pelos que vieram depois.

NEANDER — Você é que acha. Primeiro tem o papai...

ENTREVISTADOR — Não só, mas...

NEANDER — A vovó...

ENTREVISTADOR — E antes ainda? Preste bem atenção, senhor Neander: a avó da sua avó!...

NEANDER — Não.

ENTREVISTADOR — Como, não?

NEANDER — O urso!

ENTREVISTADOR — O urso! Um antepassado totêmico! Como vocês ouviram, o senhor Neander põe o urso como o criador de sua genealogia, certamente o animal-totem que simboliza o seu clã, a sua família!

NEANDER — A sua! Primeiro há o urso, depois o urso vai, e come a avó... Depois tem eu, depois eu vou e o urso, eu mato... Depois o urso, eu como.

ENTREVISTADOR — Permita que eu comente um instante para os nossos ouvintes as preciosas informações que está nos dando, senhor Neander. Primeiro há o urso!, o senhor disse muito bem, afirmando com grande clareza a prioridade da natureza bruta, do mundo biológico, que serve de cenário, não é, senhor Neander?, que serve de luxuriante cenário para o advento do homem, e é quando o homem se mostra por assim dizer na ribalta da história que se inicia a grande aventura da luta contra a natureza, primeiro inimiga e depois, devagarinho, submetida aos nossos desejos, um processo multimilenar que o senhor Neander evocou tão sugestivamente na dramática cena da caça ao urso, quase um mito da fundação de nossa história.

NEANDER — Era eu que estava lá. Você, não. Havia o urso. Aonde eu vou tem o urso que vem de lá. O urso, ele está sempre em torno de onde eu estou, senão, não.

ENTREVISTADOR — É isso. Parece-me que o horizonte mental do nosso senhor Neander compreende apenas a porção do mundo que entra em sua percepção imediata, excluindo a representação de acontecimentos distantes no espaço e no tempo. O urso é onde eu vejo o urso, ele diz, se eu não o vejo ele não está lá. Isso é sem dúvida um limite que precisamos considerar na continuação de nossa entrevista, evitando fazer-lhe perguntas que ultrapassem, não é mesmo?, as capacidades intelectuais de um estágio evolutivo ainda rudimentar...

NEANDER — É você. O que você está falando? O que você sabe? A comida, sabe?, é a mesma comida atrás da qual eu vou e que o urso vai. Os bichos velozes, o mais esperto para pegá-los sou eu; os bichos grandes, o mais esperto para pegá-los é o urso. Entendeu? E depois ou é o urso que traz eles para mim ou sou eu que levo eles para o urso. Entendeu?

ENTREVISTADOR — Está claríssimo, tudo bem, senhor Neander, não há razão para que o senhor fique nervoso. É um caso, digamos, de simbiose entre duas espécies, uma espécie do gênero *homo* e uma espécie do gênero *ursus*; ou melhor, é uma situação de equilíbrio biológico, se quisermos: no meio da ferocidade cruel da luta pela sobrevivência, eis que se estabelece como que um entendimento tácito...

NEANDER — E depois, ou é o urso que me mata, a mim, ou sou eu que o mato, o urso...

ENTREVISTADOR — É isso, é isso, a luta pela sobrevivência volta a ser travada, o mais capaz triunfa, isto é, não só o mais forte — e o senhor Neander, mesmo com as pernas um pouco curtas, é muito musculoso —, mas sobretudo o mais inteligente, e o senhor Neander, apesar da testa com a curvatura côncava, quase horizontal, manifesta faculdades mentais surpreendentes... Esta é a pergunta que eu gostaria de lhe fazer, senhor Neander: houve um momento em que o senhor temeu que o gênero humano sucumbisse? Está me entendendo, senhor Neander? Desaparecesse da face da Terra?

NEANDER — Minha vovó... Minha vovó na terra...

ENTREVISTADOR — O senhor Neander volta a esse episódio que deve ser uma experiência, digamos, traumática do seu passado... Aliás: do *nosso* passado.

NEANDER — O urso na terra... Eu comi o urso... Eu: você não.

ENTREVISTADOR — Eu queria justamente lhe perguntar isso também: se houve um momento em que o senhor teve a nítida sensação da vitória do gênero humano, a certeza de que os ursos é que iam se extinguir, e não nós, porque nada poderia interromper o nosso caminho, e que o senhor iria um dia se ver merecendo a nossa gratidão, digo, de toda a humanidade, senhor Neander, ao chegar ao mais alto grau da sua evolução, gratidão que lhe exprimo hoje deste microfone...

NEANDER — Humm... Eu, se tem que caminhar eu caminho... se tem que parar eu paro... se tem que comer o urso eu paro e como o urso... Depois eu caminho, e o urso fica parado, um osso aqui, na terra, um osso ali, na terra... Atrás de mim tem os outros que vêm, caminham, até onde está o urso, parado, os outros param, comem o urso... O meu filho morde um osso, um outro filho meu morde outro osso, um outro filho meu morde outro osso...

ENTREVISTADOR — É um dos momentos culminantes na vida de um clã de caçadores este que o senhor Neander nos está fazendo reviver neste momento: o banquete ritual depois de uma feliz empreitada de caça...

NEANDER — O meu cunhado morde outro osso, a minha mulher morde outro osso...

ENTREVISTADOR — Como vocês puderam ouvir do senhor Neander, de viva voz, as mulheres eram as últimas a se servirem do banquete ritual, o que constitui um reconhecimento da inferioridade social em que a mulher era mantida...

NEANDER — A sua! Primeiro eu levo o urso para a minha mulher, minha mulher faz o fogo debaixo do urso, depois eu vou colher o manjericão, depois volto com o manjericão e digo: mas vem cá, onde é que está a coxa do urso? E a minha mulher diz: fui eu que comi, ora!, para ver se ainda estava crua, ora!

ENTREVISTADOR — Já na comunidade dos caçadores e colhedores — é isso que resulta do testemunho do senhor Neander — vigorava uma nítida divisão do trabalho entre homem e mulher...

NEANDER — Depois eu vou colher a manjerona e digo: mas vem cá, onde é que está a outra coxa do urso? E a minha mulher diz: fui eu que comi, ora!, para ver se não estava queimada, ora! E eu lhe digo: mas vem cá, o orégano, você sabe quem é que vai colher agora?, você é que vai, eu lhe digo, é você que vai, para o orégano, sabe.

ENTREVISTADOR — Desse delicioso sainete familiar podemos tirar muitos dados verdadeiros sobre a vida do homem de Neandertal: primeiro, o conhecimento do fogo e o seu emprego para a cozinha; segundo, a colheita de ervas aromáticas e o seu uso gastronômico; terceiro, o consumo de carne em grandes porções arrancadas, o que supõe o emprego de verdadeiros instrumentos próprios para cortar, isto é, um estágio avançado no trabalho com o sílex. Mas ouçamos diretamente do entrevistado se ele tem algo a nos dizer sobre esse ponto. Formularei a pergunta de modo a não influenciar sua resposta: senhor Neander, com as pedras, sim, esses belos pedregulhos, essas rochonas, como se encontram tantas aqui ao redor, o senhor nunca experimentou, não sei, brincar com elas, bater um pouco uma na outra, para ver se são realmente tão resistentes?

NEANDER — Mas o que é que você está falando sobre a pedra? Mas você sabe o que é que se faz com a pedra? Dang! Dang! Eu, com a pedra: dang! Você pega a pedra, entendeu? Põe em cima do pedregulho, pega aquela outra pedra, bate em cima, seco, dang! Você sabe onde é que dá a pancada seca? é ali! é ali que você dá: dang! a pancada seca! vai! ai! assim você esmaga o seu dedo! Depois você chupa o dedo, depois dá uns pulos, depois pega de novo aquela outra pedra, põe de novo a pedra na pedra grande, dang! Vê que ela quebrou ao meio, uma lasca grossa e uma lasca fina, uma encurvada para cá, a outra encurvada para lá, você pega esta aqui que fica bem dentro da sua mão, aqui, assim, pega a outra com a outra mão, ali, assim, e faz: deng! você entendeu que tem que fazer deng ali, naquele ponto ali, vai! ai! você espetou a ponta na sua mão! depois você chupa a mão, depois dá meia-volta num só pé, depois pega de novo a lasca na mão, a outra lasca na outra mão, deng!, pulou uma lasquinha em você, ai! num olho! você esfrega o olho com a mão, dá um chute na pedra grande, pega na mão de novo a lasca grossa e a lasca fina, deng! faz pular uma outra lasca pequena bem pertinho, deng! outra, deng! mais uma, e vê que ali onde foi que elas pularam fica um entalhe que entra para dentro bem redondinho, e depois um outro entalhe, e depois um outro entalhe, assim de alto a baixo em toda a volta, e depois do outro lado também, deng! deng! está vendo como tem isso em toda a volta, bem fininho, bem cortante...

ENTREVISTADOR — Agradecemos ao nosso...

NEANDER — ...depois você dá umas batidinhas assim, ding! ding! e faz pular umas lasquinhas bem pequenininhas, ding! ding! e vê como fica com muitos dentinhos pequeninhos, ding! ding!

ENTREVISTADOR — Entendemos muitíssimo bem. Agradeço em nome dos ouvintes...

NEANDER — Mas o que é que você entendeu? É agora que

você pode dar uma batida aqui: dong! E assim depois você pode dar uma outra do outro lado: dung!

ENTREVISTADOR — Dung, isso mesmo, passemos a outra...

NEANDER — ... assim você pode pegar bem na mão, essa pedra trabalhada de todos os lados, e depois começa o trabalho sério, porque você pega outra pedra e põe em cima da pedra grande, dang!

ENTREVISTADOR — E assim por diante, claríssimo, o importante é como se começa. Passemos...

NEANDER — Nada disso, uma vez que eu comecei, não me dá mais vontade de parar, tem sempre no chão uma pedra que parece melhor que a de antes e aí eu jogo fora a de antes e pego esta e deng! deng!, e as lascas pulam, são tantas que se tem de jogar fora e tantas que são melhores ainda para trabalhar, e aí vou para cima dessas aí, ding! ding!, e o que eu tiro disso é que eu posso tirar disso tudo o que eu quiser, de todos esses pedaços de pedra, e quanto mais eu faço entalhes mais posso fazer outros entalhes, onde fiz um faço dois, e depois dentro de cada um desses dois entalhes faço outros dois entalhes, e no final tudo se esfarela e jogo fora no monte de lascas esfareladas que cresce e cresce do lado de cá, mas do lado de lá eu ainda tenho toda a montanha de rochas para transformar em lascas.

ENTREVISTADOR — Agora que o senhor Neander nos descreveu o trabalho enervante, monótono...

NEANDER — Monótono é você, monótono! Você sabe fazer os entalhes nas pedras, você, os entalhes todos iguais, sabe fazê-los monótonos, os entalhes? Não, e então está falando de quê? Eu, sim, é que sei fazer! E desde que eu comecei, desde que eu vi que tenho o polegar, está vendo o polegar? O polegar que eu meto aqui e os outros dedos eu meto ali e no meio tem uma pedra, na minha mão, apertada com tanta força que não escapa, desde que eu vi que segurava a pedra na mão e dava pancadas nela, assim, ou assim, então o que eu posso fazer com as pedras posso fazer com tudo, com os sons que saem da minha boca, posso fazer uns sons assim, a a a, p p p, nh nh nh, e aí não paro mais de fazer sons, começo a falar, a falar e não paro mais, começo a falar de falar, começo a trabalhar as pedras que servem para trabalhar as pedras, e enquanto isso me dá vontade de pensar, penso em todas as coisas que eu poderia pensar quando penso, e me dá também vontade de fazer alguma coisa para fazer os outros entenderem alguma coisa, por exemplo pintar umas faixas vermelhas no rosto, para nada, só para fazer entender que eu pintei faixas vermelhas no rosto, e minha mulher, fico com vontade de fazer para ela um colar de dentes de javali, para nada, só para fazer entender que a minha mulher tem um colar de dentes de javali, e a sua não, o que será que você acha que tem, você, que eu não tinha? Não me faltava realmente nada, tudo o que foi feito depois eu já fazia, tudo o que foi dito e pensado e significado já estava naquilo que eu dizia e pensava e significava, toda a complicação da complicação já estava ali, basta que eu pegue esta pedra com o polegar e o oco da mão e os outros quatro dedos que se dobram em cima, e já tem tudo, eu tinha tudo o que depois se teve, tudo o que depois se soube e se pôde, eu tinha não porque era meu mas porque havia ali, porque já existia, porque estava lá, ao passo que depois se teve e se soube e se pôde sempre um pouco menos, sempre um pouco menos do que o que podia ser, do que aquilo que havia antes, que eu tinha antes, que eu era antes, realmente, eu estava em tudo e por tudo, não era que nem você, e tudo estava em tudo e por tudo, tudo aquilo que é preciso para estarmos em tudo e por tudo, até mesmo tudo o que depois houve de estúpido já estava naquele deng! deng! ding! ding!, portanto o que é que você vem dizer, o que é que você pensa que é, o que é que você pensa que está fazendo aqui e ao contrário não está, se você está aqui é só porque eu, sim, é que estava, e estavam o urso e as pedras e os colares e as marteladas nos dedos e tudo o que é preciso para estar aqui, e que quando está, está.

MONTEZUMA

EU — MAJESTADE... Santidade!... Imperador!... General! Não sei como vos chamar, sou obrigado a recorrer a termos que só em parte transmitem as atribuições de vosso cargo, apelativos que na minha língua de hoje perderam muito de sua autoridade, soam como ecos de poderes desaparecidos... Assim como desapareceu o vosso trono, no topo dos altiplanos do México, o trono de onde reinastes sobre os astecas, como o mais augusto de seus soberanos, e também o último, Montezuma... Mesmo chamar-vos pelo nome para mim é difícil: Motecuhzoma, parece que assim soava realmente o vosso nome, que nos nossos livros de europeus aparece diversamente deformado: Moteczuma, Mocteçuma... Um nome que, segundo certos autores, significaria "homem triste". Vós bem teríeis merecido este nome, vós que vistes ruir um império próspero e ordenado como o dos astecas, invadido por seres incompreensíveis, armados de instrumentos de morte nunca vistos. Deve ter sido como se aqui nas nossas cidades baixassem de repente invasores extraterrestres. Mas nós, esse momento, já o imaginamos de todas as maneiras possíveis: pelo menos, assim acreditamos. E vós? Quando começastes a compreender que era o fim de um mundo aquele que estáveis vivendo?

MONTEZUMA — O fim... O dia rola para o poente... O verão apodrece num outono barrento. Assim cada dia... cada verão... Nada garante que voltarão a cada vez. Por isso o homem deve cair nas boas graças dos deuses. Para que o sol e as estrelas continuem a girar sobre os campos de milho... mais um dia... mais um ano...

EU — Quereis dizer que o fim do mundo está sempre ali, suspenso, e que dentre todos os acontecimentos extraordinários que vossa vida testemunhou o mais extraordinário era que tudo continuasse, e não que tudo estivesse desabando?

MONTEZUMA — Nem sempre os mesmos deuses reinam no céu, nem sempre os mesmos impérios arrecadam os impostos nas cidades e nos campos. Em toda a minha vida honrei dois deuses, um presente e um ausente: o Colibri Azul Huitzilopochtli, que nos guiava na guerra, a nós, os astecas, e o deus expulso, a Serpente Emplumada Quetzacoatl, exilado do outro lado do oceano, nas terras desconhecidas do Ocidente. Um dia o deus ausente iria retornar ao México e se vingaria dos outros deuses e dos povos fiéis a eles. Eu temia a ameaça que pesava sobre meu império, a desordem a partir da qual teria início a era da Serpente Emplumada, mas ao mesmo tempo o esperava, sentia em mim a impaciência para que esse destino se cumprisse, mesmo sabendo que ele traria consigo a ruína dos tempos, o massacre dos astecas, a minha morte...

EU — E realmente acreditastes que o deus Quetzacoatl estivesse desembarcando à frente dos conquistadores espanhóis, reconhecestes a Serpente Emplumada sob o elmo de ferro e a barba preta de Hernán Cortés?

MONTEZUMA — (*Um lamento de dor.*)

EU — Desculpai-me, rei Montezuma: esse nome reabre uma ferida em vosso espírito...

MONTEZUMA — Chega... Essa história foi contada demasiadas vezes. Que esse deus na nossa tradição era representado com o rosto pálido e barbudo, e que vendo (*solta um gemido*) Cortés pálido e barbudo o teríamos reconhecido como o deus... Não, não é tão simples. As correspondências entre os sinais nunca são exatas. Tudo é interpretado: a escrita transmitida por nossos sacerdotes não é feita de letras como a vossa, mas de figuras.

EU — Quereis dizer que a vossa escrita pictográfica e a realidade eram lidas do mesmo modo: ambas deviam ser decifradas...

MONTEZUMA — Nas figuras dos livros sagrados, nos baixos-relevos dos templos, nos mosaicos de plumas, cada linha, cada friso, cada lista colorida pode ter um significado... E nos fatos que ocorrem, nos acontecimentos que se desenrolam diante dos nossos olhos, cada mínimo detalhe pode ter um significado que nos adverte das intenções dos deuses: o esvoaçar de um vestido, uma sombra que se desenha na poeira... Se é assim para todas as coisas que têm um nome, pensa em quantas coisas vieram ao meu encontro que não tinham um nome e cujo significado eu devia continuamente me indagar! Surgem no mar casas de madeira flutuando, com asas de pano cheias de vento... As sentinelas do meu exército tentam transmitir com palavras tudo o que avistam, mas como contar o que ainda não sabem o que é? Nas praias desembarcam homens vestidos de um metal cinza que reluz ao sol. Montam em animais nunca vistos, semelhantes a cervos robustos sem galhadas, que deixam no chão pegadas em forma de meia-lua. Em vez de arcos e flechas, carregam uma espécie de trompas e delas desencadeiam o raio e o trovão, e de longe esfacelam ossos. O que era mais estranho: as figuras de nossos livros sagrados, com os pequenos deuses terríveis, todos de perfil debaixo de penteados flamejantes, ou esses seres barbudos e suados e malcheirosos? Avançavam no nosso espaço de cada dia, roubavam as galinhas dos nossos poleiros, as assavam, descarnavam seus ossos tal como nós: e no entanto eram muito diferentes de nós, incongruentes, inconcebíveis. O que podíamos fazer, o que podia eu fazer, eu que tanto estudara a arte de interpretar as antigas figuras dos templos e as visões dos sonhos, senão tentar interpretar essas novas aparições? Não que estas se assemelhassem àquelas: mas as perguntas que eu podia me fazer diante do inexplicável que eu vivia eram as mesmas que me fazia olhando os deuses de dentes arreganhados nos pergaminhos pintados, ou esculpidos em blocos de cobre revestidos de lâminas de ouro e incrustados de esmeraldas.

EU — Mas qual era o fundo de vossa incerteza, rei Montezuma? Quando vistes que os espanhóis não desistiam de avançar, que enviar ao encontro deles embaixadores com presentes suntuosos só servia para excitar sua avidez por metais preciosos, que Cortés se aliava às tribos que suportavam mal as vossas vexações e as sublevava contra vós, e massacrava as tribos que, por vós instigadas, armavam-lhe emboscadas, então o acolhestes como hóspede, com todos os seus soldados na capital, e deixastes que, de hóspede, se transformasse rapidamente em chefe, aceitando que se proclamasse defensor do vosso trono periclitante, e com essa desculpa vos fizesse prisioneiro... Não me digais que era possível acreditar em Cortés...

MONTEZUMA — Os brancos não eram imortais, eu sabia; certamente não eram os deuses que esperávamos. Mas tinham poderes que pareciam ir além do humano: nossas flechas entortavam contra suas couraças; suas zarabatanas de fogo — ou que outro instrumento do diabo fosse — lançavam dardos sempre mortais. E no entanto, no entanto não se podia excluir uma superioridade também de nossa parte, que talvez pudesse equilibrar a balança. Quando os levei para visitar as maravilhas da nossa capital o espanto deles foi tão grande! Naquele dia, o verdadeiro triunfo foi nosso, contra os rudes conquistadores de além-mar. Um deles disse que nem mesmo lendo seus livros de aventuras nunca tinham imaginado semelhante esplendor. Depois Cortés me fez refém no palácio onde eu o havia hospedado; não contente em receber todos os presentes que eu lhe dava, mandou escavar uma galeria subterrânea até a sala do tesouro, e o pilhou; minha sorte era tão contorcida e espinhosa como um cáctus. Mas essa soldadesca que montava guarda ao meu redor passava os dias jogando dados e trapaceando, fazia barulhos repugnantes, brigava pelos objetos de ouro que eu jogava como gorjeta. E eu continuava a ser o rei. Como dava provas diariamente: era superior a eles, era eu o vencedor, e não eles.

EU — Ainda esperáveis mudar a sorte?

MONTEZUMA — Talvez estivesse em curso uma batalha entre os deuses no céu. Estabelecera-se entre nós uma espécie de equilíbrio, como se a sorte estivesse em suspenso. Sobre nossos lagos cercados de jardins reluziam as velas brancas dos bergantins construídos por eles; das margens, seus arcabuzes disparavam salvas. Havia dias em que uma inesperada felicidade se apoderava de mim, e eu ria até as lágrimas. E dias em que apenas chorava, entre as risadas de meus carcereiros. A paz resplandecia em intervalos entre as nuvens carregadas de guerra. Não esqueçais que à frente dos estrangeiros havia uma mulher, uma mulher mexicana, de uma tribo inimiga mas da nossa mesma raça. Vós dizeis: Cortés, Cortés, e acreditais que Malitzin — Doña Marina, como a chamais — lhe servisse só de intérprete. Não, o cérebro, ou pelo menos metade do cérebro de Cortés, era ela: eram duas cabeças que guiavam a expedição espanhola; o projeto da Conquista nascia da união de uma majestosa princesa de nossa terra com um pequeno homem pálido e peludo. Talvez fosse possível — eu achava possível — uma nova era em que se soldassem as qualidades dos invasores — que eu acreditava serem divinas — e a nossa civilização, tão mais ordenada e requintada. Talvez fôssemos nós que os absorveríamos, com todas as suas armaduras, os cavalos, as espingardas, que nos apropriaríamos de seus poderes extraordinários, que faríamos sentar os seus deuses no banquete dos nossos deuses...

EU — Assim vos iludistes, Montezuma, por vos negardes a ver as grades de vossa prisão! E, no entanto, sabíeis que havia outro caminho: o de resistir, lutar, derrotar os espanhóis. Foi esse o caminho escolhido por vosso sobrinho, que urdira uma conjuração para libertar-vos... e vós o traístes, concedestes aos espanhóis o que restava de vossa autoridade para sufocar a rebelião de vosso povo... E, no entanto, naquele momento Cortés só tinha consigo quatrocentos homens, isolados num continente desconhecido, e além do mais estava rompido com as próprias autoridades do seu governo de ultramar... É verdade que, a favor de Cortés ou contra Cortés, a frota e a Armada da Espanha, do Império de Carlos V, ameaçavam o Novo Continente... Era a intervenção deles que temíeis? Já vos havíeis dado conta de que a relação de forças era esmagadora, de que o desafio à Europa era desesperado?

MONTEZUMA — Sabia que não éramos iguais, mas não como tu, homem branco, dizes, a diferença que me paralisava não podia ser pesada, avaliada... Não era o mesmo que duas tribos do altiplano — ou duas nações do vosso continente —, quando uma quer dominar a outra, e é a coragem e a força no combate que decidem a sorte. Para lutar contra um inimigo é preciso mover-se no mesmo espaço que ele, existir no mesmo tempo que ele. E nós nos escrutávamos a partir de dimensões diferentes, sem nos tocar. Quando o recebi pela primeira vez, Cortés, violando todas as regras sagradas, me abraçou. Os sacerdotes e os dignitários de minha corte cobriram o rosto diante do escândalo. Mas me parece que nossos corpos não se tocaram. Não porque o meu cargo me colocava mais acima de qualquer contato estrangeiro, mas porque pertencíamos a dois mundos que nunca tinham se encontrado nem podiam se encontrar.

EU — Rei Montezuma, aquele era o primeiro verdadeiro encontro da Europa com os *outros*. O Novo Mundo fora descoberto por Colombo menos de trinta anos antes, e até então só se tratara de ilhas tropicais, aldeias de cabanas... Agora era a primeira expedição colonial de um exército de brancos, que encontrava, não os famosos "selvagens" sobreviventes da idade de ouro da pré-história, mas uma civilização complexa e riquíssima. E foi justamente nesse primeiro encontro entre o nosso mundo e o vosso — digo o vosso mundo como exemplo de qualquer outro mundo possível — que aconteceu algo irreparável. É isso que me pergunto, que pergunto a vós, rei Montezuma. Diante do imprevisível, demonstrastes prudência, mas também insegurança, tolerância. E, decerto, assim não evitastes ao vosso povo e à vossa terra os massacres, a ruína que se perpetua através dos séculos. Talvez bastasse vos opor resolutamente aos primeiros conquistadores para que a relação entre mundos diferentes se estabelecesse sobre outras bases, tivesse um outro futuro. Talvez os europeus, avisados da vossa resistência, tivessem ficado mais prudentes e respeitosos. Talvez ainda estivésseis em tempo de extirpar das cabeças europeias a planta maligna que estava apenas brotando: a convicção de ter direito de destruir tudo o que é diferente, de pilhar as riquezas do mundo, de expandir pelos continentes a mancha uniforme de uma triste miséria. Então a história do mundo teria tomado outro rumo, compreendei, rei Montezuma, compreende, Montezuma, o que te diz um europeu de hoje, que está vivendo o fim de uma supremacia em que tantas extraordinárias energias se voltaram para o mal, em que tudo o que pensamos e realizamos convencidos de que fosse um bem universal traz a marca de uma limitação... Responde a quem se sente vítima como tu, responsável como tu...

MONTEZUMA — Tu também falas como se estivesses lendo um livro já escrito. Para nós, na época, de escrito só havia o livro dos nossos deuses, as profecias que podiam ser lidas de cem maneiras. Tudo devia ser decifrado, cada fato novo devíamos em primeiro lugar inseri-lo na ordem que sustenta o mundo e fora do qual nada existe. Cada gesto nosso era uma pergunta que esperava uma resposta. E, para que cada resposta tivesse uma contraprova segura, eu devia formular as minhas perguntas de duas maneiras: uma num sentido e outra no sentido contrário. Perguntava com a guerra e perguntava com a paz. Por isso é que eu estava à frente do povo que resistia, e ao mesmo tempo estava ao lado de Cortés, que o subjugava cruelmente. Estás dizendo que não lutamos? A Cidade do México se rebelou contra os espanhóis; choviam pedras e flechas de cada telhado. Foi então que meus súditos me mataram a pedradas, quando Cortés me mandou pacificá-los. Depois os espanhóis receberam reforços; os insurretos foram massacrados; nossa cidade incomparável foi destruída. A resposta daquele livro que eu andava decifrando foi: não. Por isso vês a minha sombra perambulando, curvada entre estas ruínas, desde então.

EU — Mas também para os espanhóis éreis os outros, os diferentes, os incompreensíveis, os inimagináveis. Os espanhóis também tinham de decifrar-vos.

MONTEZUMA — Vós vos apropriais das coisas; a ordem que rege o vosso mundo é a da apropriação; tudo o que tínheis de entender era que possuíamos uma coisa que, para vós, era digna de apropriação, mais que qualquer outra, e que para nós era apenas uma matéria bonita para as joias e os ornamentos: o ouro. Vossos olhos procuravam ouro, ouro, ouro; e vossos pensamentos giravam como abutres em torno desse único objeto de desejo. Para nós, ao contrário, a ordem do mundo consistia em doar. Doar para que os dons dos deuses continuassem a nos cumular, para que o sol continuasse a se levantar toda manhã abeberando-se do sangue que jorra...

EU — O sangue, Montezuma! Não me atrevia a falar-te disso, e és tu que o mencionas, o sangue dos sacrifícios humanos...

MONTEZUMA — De novo... De novo... Porque vós, ao contrário, vós... Façamos as contas, façamos as contas das vítimas da vossa civilização e da nossa...

EU — Não, não, Montezuma, o argumento não se sustenta, sabes que não estou aqui para justificar Cortés e os seus, decerto não serei eu que minimizarei os crimes que nossa civilização cometeu e continua a cometer, mas agora é de *vossa* civilização que estamos falando! Aqueles jovens deitados sobre o altar, as facas de pedra que esfacelam o coração, o sangue que esguicha em torno...

MONTEZUMA — E daí? E daí? Homens de todos os tempos e de todos os lugares se atormentam com um único objetivo: manter o mundo unido para que ele não desabe. Só a maneira varia. Nas nossas cidades, todas feitas de lagos e jardins, aquele sacrifício do sangue era necessário, assim como revolver a terra, como canalizar a água dos rios. Nas vossas cidades, todas feitas de rodas e gaiolas, a visão do sangue é horrenda, eu sei. Mas quantas vidas mais as vossas engrenagens trituram!

EU — Concordo, cada cultura deve ser compreendida de dentro, isso entendi, Montezuma, não estamos mais nos tempos da Conquista que destruiu os vossos templos e jardins. Sei que, em muitos aspectos, a vossa cultura era um modelo, mas do mesmo modo gostaria que reconhecêsseis os seus aspectos monstruosos: que os prisioneiros de guerra tivessem que sofrer aquele destino...

MONTEZUMA — Que necessidade teríamos, então, de fazer as guerras? Nossas guerras eram gentis e festivas; um jogo, em comparação com as vossas. Mas um jogo com um objetivo necessário: determinar a quem caberia deitar-se de costas no altar durante as festas do sacrifício e oferecer o peito à faca de obsidiana brandida pelo Grande Sacrificador. Essa sorte podia caber a qualquer um, para o bem de todos. As vossas guerras, para que servem? Os motivos alegados a cada vez são pretextos banais: as conquistas, o ouro.

EU — Ou então não nos deixarmos dominar pelos outros, não termos o fim que tivestes com os espanhóis! Se tivésseis matado os homens de Cortés, direi mais ainda, ouve bem o que digo, Montezuma, se os tivésseis degolado um a um no altar dos sacrifícios, nesse caso, bem, eu teria compreendido, porque estava em jogo a vossa sobrevivência como povo, como continuidade histórica...

MONTEZUMA — Vês como te contradizes, homem branco? Matá-los... Eu queria fazer algo ainda mais importante: pensá-los. Se eu conseguisse pensar os espanhóis, fazê-los entrar na ordem dos meus pensamentos, assegurar-me da verdadeira essência deles, deuses ou demônios malignos, pouco importa, ou seres como nós, sujeitos a vontades divinas ou demoníacas, em suma, fazer deles — de seres inconcebíveis que eram — algo em que o pensamento pudesse se deter e pudesse influenciar, então, só então, poderia tê-los feito meus aliados ou meus inimigos, reconhecido-os como perseguidores ou como vítimas.

EU — Para Cortés, ao contrário, estava tudo claro. Esses problemas, ele não se colocava. Sabia o que queria, o espanhol.

MONTEZUMA — Para ele e para mim era igual. A verdadeira vitória que ele se esforçava em conseguir contra mim era esta: pensar-me.

EU — E conseguiu?

MONTEZUMA — Não. Pode parecer que tenha feito de mim o que quis: enganou-me muitas vezes, pilhou meus tesouros, usou minha autoridade como escudo, enviou-me para morrer apedrejado por meus súditos: mas não conseguiu ter a mim. O que eu era ficou fora do alcance de seus pensamentos, inatingível. Sua razão não conseguiu envolver minha razão em sua rede. É por isso que voltas a me encontrar entre as ruínas do meu império — dos vossos impérios. É por isso que vens interrogar-me. Depois de mais de quatro séculos de minha derrota, não tendes mais certeza de haver-me vencido. As verdadeiras guerras e as verdadeiras pazes não ocorrem na terra, mas entre os deuses.

EU — Montezuma, agora tu me explicaste por que era impossível que vós vencêsseis. A guerra entre os deuses significa que por trás dos aventureiros de Cortés havia a ideia do Ocidente, a história que não para, que avança englobando as civilizações pelas quais a história parou.

MONTEZUMA — Tu também sobrepões os teus deuses aos fatos. Que coisa é essa que chamas de história? Talvez seja apenas a falta de um equilíbrio. Ali onde a convivência entre os homens encontra um equilíbrio duradouro, tu dizes que ali a história parou. Se com a vossa história tivésseis conseguido tornar-vos menos escravos, não viríeis agora me recriminar por não ter sabido parar-vos a tempo. Que pretendes de mim? Percebeste que não sabes mais o que é a vossa história, e te perguntas se ela não podia ter tido outro caminho. E, segundo tu, esse outro caminho, eu é que deveria ter dado à história. Mas, como? Pondo-me a pensar com as vossas cabeças? Vós também precisais classificar sob os nomes de vossos deuses cada coisa nova que transtorna os vossos horizontes, e nunca tendes certeza de que sejam deuses verdadeiros ou espíritos malignos, e não tardais a cair prisioneiros deles. As leis das forças materiais vos parecem claras, mas nem por isso deixastes de esperar que, por trás delas, se revelassem a vós o desenho do destino do mundo. Sim, é verdade, naquele início do vosso século XVI talvez a sorte do mundo não estivesse decidida. A vossa civilização do movimento perpétuo ainda não sabia para onde estava indo — e nós, a civilização da permanência e do equilíbrio, ainda podíamos acolhê-la na nossa harmonia.

EU — Era tarde! Vós, astecas, é que deveríeis ter desembarcado perto de Sevilha, invadido a Estremadura! A história tem um sentido que não se pode mudar!

MONTEZUMA — Um sentido que tu, homem branco, queres lhe impor! Do contrário o mundo desaba sob teus pés. Eu também tinha um mundo que me sustentava, um mundo que não era o teu. Eu também queria que o sentido de tudo não se perdesse.

EU — Sei por que eras tão apegado a isso. Porque, se o sentido do teu mundo se perdesse, então as montanhas de crânios empilhados nos ossuários dos templos também não teriam mais sentido, e a pedra dos altares se tornaria uma bancada de açougueiro conspurcada de sangue humano inocente!

MONTEZUMA — É assim que hoje tu, homem branco, enxergas as tuas carnificinas!

ANTES QUE VOCÊ DIGA "ALÔ"

Espero que você tenha ficado ao lado do telefone, que se outra pessoa ligar você lhe peça para desligar logo, a fim de deixar a linha desocupada: você sabe que um telefonema meu pode chegar a qualquer momento. Já três vezes disquei o seu número, mas minha ligação se perdeu nos engarrafamentos do circuito, não sei se ainda aqui, na cidade de onde estou ligando, ou lá longe, nas redes da sua cidade. Por todo lado as linhas estão sobrecarregadas. Toda a Europa está telefonando para toda a Europa.

Passaram-se poucas horas desde que me despedi de você, apressado e correndo; a viagem é sempre a mesma, e sempre a faço mecanicamente, como em transe: um táxi que me espera na rua, um avião que me espera no aeroporto, um carro da firma que me espera em outro aeroporto, e aqui estou, a muitas centenas de quilômetros de você. O momento que conta para mim é este: mal pus a mala no chão, ainda não tirei o sobretudo, e já pego o fone, disco o prefixo da sua cidade, depois o seu número.

Meu dedo acompanha lentamente cada número, até o dente que trava o disco; concentro-me na pressão da ponta do dedo como se dela dependesse a exatidão do percurso que cada impulso deve seguir por uma série de passagens obrigatórias muito distantes entre si e de nós, até tocar a campainha na sua cabeceira. É raro que a operação dê certo na primeira vez: não sei quanto tempo durarão os esforços do dedo indicador preso no disco, as incertezas da orelha colada na concha escura. Para conter a impaciência eu me lembro da época não muito distante em que cabia às invisíveis vestais da central a tarefa de garantir a continuidade desse frágil fluxo de centelhas, de travar invisíveis batalhas contra fortalezas invisíveis: cada pulsão interior que me impelia a me comunicar era mediada, procrastinada, filtrada por um processo anônimo e desencorajador. Agora que uma rede de conexões automáticas se estende por continentes inteiros e cada usuário pode ligar de imediato para outro usuário sem pedir ajuda a ninguém, devo me conformar em pagar essa extraordinária liberdade com um dispêndio de energia nervosa, repetição de gestos, tempos mortos, frustrações crescentes. (Em pagá-la também a peso de ouro, por cada impulso, mas entre o ato de telefonar e a experiência das tarifas cruéis não há uma relação direta: as contas chegam um trimestre depois, as ligações interurbanas diretas são afogadas num montante global que provoca o mesmo assombro das catástrofes naturais contra as quais nossa vontade logo encontra o álibi do inevitável.) A facilidade de telefonar constitui tamanha tentação que telefonar se torna cada vez mais difícil, para não dizer impossível. Todos telefonam para todos em todas as horas, e ninguém consegue falar com ninguém, as ligações continuam a perambular de alto a baixo pelos circuitos de busca direta, a bater asas como borboletas alucinadas, sem conseguirem se enfiar numa linha desocupada; cada assinante continua a metralhar números nos aparelhos registradores, convencido de que se trata só de um enguiço momentâneo e local. A verdade é que a maior parte das ligações é feita sem se ter nada para dizer, portanto obter ou não a comunicação não tem maior importância, e prejudica no máximo os poucos que realmente teriam algo para se dizer.

Não é esse o meu caso, evidentemente. Se tenho tanta pressa de lhe telefonar depois de poucas horas de ausência não é porque tenha me esquecido de dizer algo indispensável, nem é a nossa intimidade interrompida na hora da partida que estou louco para retomar. Se eu tentasse afirmar algo semelhante, logo me apareceria o seu sorriso sarcástico ou eu ouviria a sua voz que, com a maior frieza, me chama de mentiroso. Tem razão: as horas que precedem minhas partidas são cheias de silêncios e constrangimento entre nós; enquanto estou ao seu lado a distância não pode ser superada. Mas é justamente por isso que não vejo a hora de lhe telefonar: porque só numa ligação interurbana, ou, melhor ainda, internacional, temos a esperança de alcançar esse jeito de estar que costuma ser definido como "estar juntos". É esse o verdadeiro motivo de minha viagem, de todos os meus contínuos deslocamentos pelo mapa geográfico, digo a justificação secreta, a que dou a mim mesmo, sem a qual minhas obrigações profissionais de inspetor dos negócios europeus numa empresa multinacional me pareceriam uma rotina sem sentido: parto para poder lhe telefonar diariamente, porque sempre fui para você e você sempre foi para mim a outra ponta de um fio, aliás de um cabo condutor coaxial de cobre, o outro polo de uma corrente sutil de frequência modulada que corre pelo subsolo dos continentes e pelos fundos oceânicos. E quando há entre nós esse fio para estabelecer o contato, quando é a nossa opaca presença física que ocupa o campo sensorial, logo tudo entre nós se torna já sabido, supérfluo, automático, gestos, palavras, expressões do rosto, reações recíprocas de aceitação ou intolerância, tudo o que um contato direto pode transmitir entre duas pessoas e que, por isso mesmo, também se pode dizer que é transmitido e recebido perfeitamente, sempre tendo-se em conta os apetrechos rudimentares de que os seres humanos dispõem para se comunicar; em suma, nossa presença será uma coisa lindíssima para ambos, mas com certeza não pode se comparar com a frequência de vibrações que passam pela comutação eletrônica das grandes redes telefônicas e com a intensidade de emoções que ela pode provocar em nós.

As emoções são tão mais fortes quanto mais a relação é precária, arriscada, insegura. O que não nos satisfaz nas nossas relações quando estamos perto não é que elas andem mal, mas, ao contrário, que andem como devam andar, ao passo que, agora, estou com a respiração presa, continuo a debulhar no disco a série de algarismos, a aspirar com a orelha os fantasmas de sons que afloram do aparelho: um tamborilar de "ocupado" como que em segundo plano, tão vago que é de esperar que seja uma interferência fortuita, algo que não nos diga respeito; ou então

179

um chiado abafado de descargas, que poderia anunciar o sucesso de uma complicada operação ou, pelo menos, de uma fase intermediária, ou ainda o silêncio cruel do vazio e do escuro. Em algum ponto não identificável do circuito minha ligação perdeu o caminho.

Desligo e novamente pego o gancho, tento de novo, com redobrada lentidão, os primeiros algarismos do prefixo, que servem apenas para encontrar uma via de saída da rede urbana e depois da rede nacional. Nesse ponto, em alguns países uma tonalidade especial avisa que essa primeira operação teve êxito; se não se ouve o ronco de uma musiquinha é inútil debulhar outros algarismos: temos de esperar que uma linha desocupe. No nosso país, às vezes é um brevíssimo assobio que ouvimos no final do prefixo, ou no meio do caminho; mas não para todos os prefixos e nem em todos os casos. Em suma, que se tenha ou não ouvido o assobiozinho, isso não dá nenhuma certeza: emitido o sinal de caminho desimpedido a linha pode continuar muda ou morta, ou se revelar inesperadamente ativa sem ter dado antes nenhum sinal de vida. Por isso, convém não desanimar em nenhuma hipótese, discar o número até o último algarismo e esperar. Isso quando não acontece de o sinal de ocupado explodir na metade do número, avisando que é esforço perdido. Melhor assim, aliás: posso desligar logo, poupando uma nova inútil espera, e tentar de novo. Mas, no mais das vezes, depois de ter me lançado na enervante empreitada de marcar uma dúzia de algarismos na roda do disco, fico sem notícias dos resultados de meu esforço. Por onde estará navegando, nessas alturas, a minha ligação? Estará ainda parada no aparelho registrador da central de partida, esperando a sua vez, em fila, junto com outras ligações? Já terá sido traduzida em ordens dadas aos seletores, dividida em grupos de algarismos que se lançam em busca da entrada para as sucessivas centrais de trânsito? Ou voou sem tocar em obstáculos até a rede da sua cidade, do seu bairro, e ali ficou agarrada como uma mosca numa teia de aranha, esticando-se para o seu telefonema inalcançável?

Do fone não me vem nenhuma notícia, e não sei se devo me dar por vencido e desligar, ou se de repente uma leve carga sussurrante me informará que a minha ligação encontrou um caminho livre, partiu como uma flecha e daqui a poucos segundos despertará como um eco a campainha do seu telefone.

É nesse silêncio dos circuitos que estou falando com você. Bem sei que, quando finalmente nossas vozes conseguirem se encontrar na linha, nos diremos frases genéricas e truncadas; não é para lhe dizer alguma coisa que estou ligando, nem para que você pense que deve me dizer alguma coisa. Telefonamo-nos porque só no fato de nos falarmos numa ligação internacional, de nos procurarmos aos tateios através de cabos de cobre enterrados, de relés emaranhados, de turbilhões varrendo seletores engarrafados, nesse ato de sondar o silêncio e esperar o retorno de um eco, perpetua-se o primeiro chamado do afastamento, o grito do instante em que a primeira grande rachadura da deriva dos continentes se abriu sob os pés de um casal de seres humanos e os abismos do oceano se escancararam para separá-los, enquanto ele numa margem e ela na outra, arrastados precipitadamente ao longe, procuravam com seu grito lançar uma ponte sonora que ainda os mantivesse juntos, mas esse grito ia ficando cada vez mais fraco até que o ronco das ondas o levasse sem esperança.

Desde então a distância é a urdidura que sustenta a trama de toda história de amor como de toda relação entre os vivos, a distância que os pássaros tentam vencer soltando no ar da manhã as arcadas sutis de seus gorjeios, assim como nós ao lançarmos nas nervuras da terra rajadas de impulsos elétricos traduzíveis em ordens para os sistemas de relé: única maneira que resta aos seres humanos de saber que estão se telefonando pela necessidade de se telefonarem, e ponto final. É verdade que os pássaros não têm muito mais a se dizer do que tenho para lhe dizer, eu que insisto em mexer o dedo na roda de moer números, esperando que um clique mais feliz que os outros faça tilintar a sua campainha.

Como um bosque atordoado com o gorjeio dos pássaros,

181

nosso planeta telefônico vibra de conversas realizadas ou tentadas, de trinados de campainhas, do tilintar de uma linha interrompida, do silvo de um sinal, de tonalidades, de metrônomos; e o resultado de tudo isso é um pio universal, que nasce da necessidade de cada indivíduo de manifestar a algum outro sua própria existência, e do medo de compreender no final que só existe a rede telefônica, enquanto quem chama e quem responde talvez realmente não existam.

Mais uma vez errei o prefixo, das profundezas da rede chega-me uma espécie de canto de pássaros, e depois fiapos de conversas alheias, e depois um disco em língua estrangeira que repete "o número discado está fora de serviço no momento". No final, chega o apressado "ocupado" para barrar qualquer passagem. Pergunto-me se então você também está tentando me ligar e está encontrando os mesmos obstáculos, gesticulando às cegas, perdendo-se no mesmo labirinto espinhoso. Estou falando com você como nunca falaria se você estivesse escutando; toda vez que ponho o fone no gancho, apagando a frágil sucessão de algarismos também apago todas as coisas que disse ou pensei como num delírio: é nessa procura ansiosa, insegura, frenética que estão o princípio e o fim de tudo; nunca saberemos um do outro mais do que esse sussurro que se afasta e se perde pelo fio. Uma inútil tensão da orelha concentra a carga das paixões, os furores do amor e do ódio, os quais — durante minha carreira de executivo de uma grande companhia financeira, nos meus dias regulados por um uso preciso do tempo — nunca tive a chance de sentir a não ser de modo superficial e distraído.

É claro que conseguir uma ligação a essa hora é impossível. Melhor eu me conformar, mas se desisto de falar com você terei de enfrentar de novo, e de imediato, o telefone como um instrumento completamente diferente, como uma outra parte de mim à qual cabem outras funções: há uma série de reuniões de negócios nesta cidade que preciso confirmar com urgência, devo me separar do circuito mental que me liga a você e me inserir naquele que corresponde às minhas inspeções periódicas nas empresas controladas por meu grupo ou em que ela tem participação; isto é, devo efetuar uma comutação, não no telefone, mas em mim mesmo, no meu comportamento diante do telefone.

Primeiro quero fazer uma última tentativa, repetirei mais uma vez a sequência de algarismos que agora tomou o lugar do seu nome, do seu rosto, de você. Se der certo, tudo bem; se não, desisto. Enquanto isso posso continuar a pensar coisas que nunca lhe direi, pensamentos dirigidos mais ao telefone do que a você, decorrentes da relação que tenho com você através do telefone, ou melhor, da relação que tenho com o telefone, tendo você como pretexto.

Na rotação dos pensamentos que acompanham a rotação de mecanismos distantes se apresentam a mim rostos de outras destinatárias de interurbanos, vibram vozes de timbre diferente, o disco combina e decompõe sotaques, atitudes e humores, mas não consigo fixar a imagem de uma interlocutora ideal para a minha ânsia de ligações de longa distância. Tudo começa a se confundir na minha mente: os rostos, os nomes, as vozes, os números da Antuérpia, de Zurique, de Hamburgo. Não que eu espere de um número algo mais que de outro: nem quanto à probabilidade de conseguir a ligação, nem quanto ao que — uma vez conseguida a ligação — eu poderia dizer ou ouvir. Mas nem por isso desisto de insistir em fazer um contato com a Antuérpia ou Zurique ou Hamburgo ou qualquer outra cidade que seja a sua: já esqueci o seu número no carrossel de números que há uma hora vou alternando sem sorte.

Há coisas que, sem que minha voz a alcance, sinto necessidade de lhe dizer: e tanto faz se estou me dirigindo a você da Antuérpia, ou a você de Zurique, ou a você de Hamburgo. Saiba que o momento do meu verdadeiro encontro com você não é quando, na Antuérpia, ou em Zurique, ou em Hamburgo, eu a encontro de noite depois de minhas reuniões de negócios; isso é apenas o aspecto previsível, inevitável de nossa relação: as rusgas, as reconciliações, os rancores, os retornos da chama; em cada cidade e com cada interlocutora repete-se o ritual que é de praxe com você. Assim como é um número de Göteborg, ou de Bilbao, ou de Marselha, aquele para o qual espasmodicamente ligarei (tentarei ligar) tão logo eu retorne à sua cidade, antes mesmo de você saber de minha chegada: um número para o qual agora seria fácil ligar, num telefonema urbano aqui na rede de Göteborg, ou de Bilbao, ou de Marselha (não lembro mais onde estou). Mas não é com esse número que quero falar agora; é com você.

Eis o que — já que você não pode me ouvir — lhe digo. Há uma hora tento em rodízio uma série de números, todos tão inatingíveis como o seu, em Casablanca, em Salônica, em Vaduz: sinto muito que vocês todas tenham ficado me esperando, ao lado do telefone; o serviço está cada dia pior. Assim que eu ouvir uma de vocês dizer "Alô!" terei de ficar atento para não me equivocar, para me lembrar a qual de vocês corresponde o último número que disquei. Reconhecerei ainda as vozes? Faz tanto tempo que espero, escutando o silêncio!

É melhor que eu lhes diga desde agora, a você e a todas vocês, já que nenhum dos seus telefones responde: meu grande projeto é transformar toda a rede mundial numa extensão de mim mesmo, que propague e atraia vibrações amorosas, usar esse aparelho como um órgão de minha pessoa com o qual eu possa dar um abraço em todo o planeta. Estou quase conseguindo. Esperem ao lado de seus aparelhos. Dirijo-me também a vocês, em Quioto, em São Paulo, em Riad!

Infelizmente, agora o meu telefone continua a dar o sinal de ocupado, mesmo se desligo e pego novamente o gancho, mesmo se bato no aparelho. Pronto, agora não ouço mais rigorosamente nada, pelo visto todas as linhas caíram, fui cortado de tudo. Fiquem calmas. Deve ser um enguiço passageiro. Esperem.

A GLACIAÇÃO

Com gelo? Sim? Vou um instante à cozinha para pegar gelo. E a palavra "gelo" logo se dilata entre mim e ela, nos separa, ou talvez nos una, mas como a frágil placa que une as margens de um lago gelado.

Se há uma coisa que detesto é ir pegar gelo. Obriga-me a interromper a conversa mal iniciada, na hora crucial em que lhe pergunto: sirvo-lhe um pouco mais de uísque?, e ela: obrigada, diz, só um pouquinho, e eu: com gelo? E já me encaminho para a cozinha como para o exílio, já me vejo lutando com os cubinhos de gelo que não se soltam da fôrma.

Ora!, digo, é só um segundo, eu também sempre tomo uísque com gelo. É verdade, o tilintar do copo me faz companhia, me separa do zum-zum dos outros, nas festas em que há muita gente, me impede de me perder entre as vozes e os sons flutuantes, nessa flutuação da qual ela se separou quando apareceu pela primeira vez em meu campo visual, pela luneta emborcada do meu copo de uísque, suas cores se adiantavam por aquele corredor entre duas salas cheias de fumaça e música a todo volume, e eu ficava ali com o meu copo sem ir para lá nem para cá, e ela também, me via numa sombra deformada através da transparência do vidro do gelo do uísque, não sei se ela ouvia o que eu dizia porque havia todo aquele zum-zum ou também porque talvez eu não tivesse falado, tivesse apenas mexido o copo, e o gelo balançando tivesse feito dlin-dlin, e ela também disse alguma coisa na sua campânula de vidro e gelo, eu sem dúvida ainda não imaginava que ela viria à minha casa nessa noite.

Abro o congelador, não, fecho o congelador, primeiro tenho de ir pegar o balde de gelo. Tenha um pouco de paciência, já estou indo. O congelador é uma caverna polar, pingando de gotas de gelo, a fôrma está grudada no metal por uma crosta de gelo, agarro-a com esforço, com as pontas dos dedos que ficam brancas. No iglu, a esposa esquimó espera pelo caçador de focas perdido no *pack*. Agora basta uma leve pressão para que os cubinhos se separem das paredes de seus compartimentos: pois sim! é um bloco compacto, mesmo se viro a fôrma eles não caem, meto-a debaixo da torneira da pia, abro a água quente, o jato crepita em cima da chapa incrustada de geada, meus dedos, de brancos ficam vermelhos. Molhei um dos punhos da camisa, isso é muito desagradável, se há uma coisa que detesto é sentir em volta do pulso o pano molhado, grudado e disforme.

Enquanto isso, ponha um disco, já estou chegando com o gelo, você está me ouvindo? Não me ouve até que eu feche a torneira, há sempre alguma coisa que impede de nos ouvir-mos e vermos. Mesmo naquele corredor, ela falava através dos cabelos que cobriam a metade de seu rosto, falava na borda do copo e eu ouvia seus dentes rindo no vidro, no gelo, repetindo: gla-ci-a-ção?, como se de todo o discurso que eu lhe fizera só essa palavra tivesse chegado, eu também estava com os cabelos caindo em cima dos olhos e falava entre os cubos de gelo que derretiam muito devagar.

Bato a beira da fôrma na beira da pia, solta-se só um cubinho, cai fora da pia, vai fazer uma poça no chão, preciso pegá-lo, foi parar debaixo do bufê, tenho de me ajoelhar, esticar a mão lá embaixo, ele escorrega entre meus dedos, pronto, agarrei-o, jogo-o na pia, recomeço a passar debaixo da torneira a fôrma virada.

Fui eu que falei com ela da grande glaciação que está prestes a cobrir a terra de novo, toda a história humana se passou num intervalo entre duas glaciações, e que agora está acabando, os raios gelados do sol mal conseguem atingir a crosta terrestre brilhante de geada, os grãos do malte acumulam a força solar antes que ela se disperse, e fazem com que ela volte a fluir na fermentação do álcool, no fundo do copo o sol ainda trava a sua guerra contra os cubos de gelo, no horizonte curvo do *maelstrom* rolam os icebergs.

De repente três ou quatro cubos de gelo se soltam e caem na pia, antes de eu ter tempo de virar a fôrma para cima todos já desabaram tamborilando no zinco. Pesco-os dentro da pia para pô-los no balde, agora já não distingo o cubinho que se sujou ao cair no chão, para recuperar todos eles é melhor lavá-los um pouco, um por um, com água quente, não, com a fria, já estão derretendo, no fundo do balde forma-se um laguinho nevado.

À deriva do mar Ártico os icebergs formam uma renda branca pela Corrente do Golfo, ultrapassam-no, avançam para os trópicos como um bando de cisnes gigantes, obstruem a entrada dos portos, sobem pelos estuários dos rios, altos como arranha-céus batendo contra as paredes de vidro. O silêncio da noite boreal é percorrido pelo ronco das rachaduras que se abrem engolindo metrópoles inteiras, depois por um sussurro de avalanches que se atenuam, se extinguem, como que acolchoadas.

Vá saber o que ela está fazendo lá do outro lado, tão silenciosa, não dá sinal de vida, podia muito bem vir me dar uma mão, bendita moça, nem sequer lhe veio ao espírito me perguntar: quer que eu ajude? Felizmente, terminei, agora enxugo as mãos com esse pano de prato, mas não gostaria de ficar com cheiro de pano de prato, é melhor lavar as mãos de novo, agora, onde me enxugo? O problema é se a energia solar acumulada na crosta terrestre será suficiente para manter o calor dos corpos durante a próxima era glacial, o calor solar do álcool, do iglu, da esposa esquimó.

Pronto, agora volto para perto dela e poderemos beber sossegados nosso uísque. Sabe o que ela estava fazendo ali, caladinha? Tirou suas roupas, está nua em cima do sofá de couro. Gostaria de me aproximar dela, mas a sala foi invadida pelos cubos de gelo: cristais de um branco ofuscante se amontoaram sobre o tapete, sobre os móveis; estalactites translúcidas caem do teto, grudam-se em colunas diáfanas, entre mim e ela ergueu-se uma placa vertical compacta, somos dois corpos prisioneiros na espessura do iceberg, mal conseguimos nos ver através de um muro todo de saliências cortantes que brilha sob os raios de um sol longínquo.

187

O CHAMADO DA ÁGUA

ESTICO O BRAÇO PARA O CHUVEIRO, ponho a mão na torneira, mexo-a lentamente fazendo-a girar para a esquerda.

Acabo de acordar, ainda sinto os olhos cheios de sono, mas estou perfeitamente consciente de que o gesto que faço para inaugurar meu dia é um ato decisivo e solene, que me põe em contato ao mesmo tempo com a cultura e a natureza, com milênios de civilização humana e com o trabalho das eras geológicas que moldaram o planeta. O que peço à ducha é, antes de mais nada, me confirmar como senhor da água, como pertencendo àquela parte da humanidade que herdou dos esforços de gerações a prerrogativa de chamar a si a água com a simples rotação de uma torneira, como detentor do privilégio de viver num século e num lugar em que se pode gozar a qualquer momento da mais generosa profusão de águas límpidas. E sei que para que esse milagre se repita diariamente uma série de condições complexas deve estar reunida, razão pela qual a abertura de uma torneira não pode ser um gesto distraído e automático, mas um gesto que exige concentração, participação interior.

Eis que ao meu chamado a água sobe pela canalização, pressiona os sifões, levanta e abaixa as boias que regulam o afluxo nos reservatórios; assim que é atraída por uma diferença de pressão ela acorre até lá, propaga o seu apelo através das conexões, ramifica-se pela rede dos coletores, esvazia e enche os reservatórios, faz pressão contra os diques das represas, passa pelos filtros dos depuradores, avança ao longo de todo o *front* dos canos que a encaminham para a cidade, depois de tê-la recolhido e acumulado numa fase do seu ciclo sem fim, talvez pingando das bocas das geleiras até as torrentes escarpadas, talvez aspirada dos lençóis subterrâneos, escorrendo pelos veios da rocha, absorvida pelas rachaduras do solo, descida do céu numa espessa cortina de neve, chuva, granizo.

Enquanto regulo o misturador com a mão direita, estico a esquerda aberta em concha para jogar a primeira água nos olhos e acordar de vez, e no meio-tempo ouço a grande distância as ondas transparentes e frias e finas que afluem em minha direção por quilômetros e quilômetros de aqueduto através de planícies, vales, montanhas, sinto as ninfas das fontes que estão vindo ao meu encontro por seus caminhos líquidos, e daqui a pouco me envolverão, debaixo do chuveiro, com suas carícias filiformes.

Mas antes que em cada furo do crivo apareça uma gota e se prolongue num pinga-pinga ainda incerto, para depois todas juntas, de repente, se avolumarem num círculo de jatos vibrantes, é preciso aguentar a espera de um segundo inteiro, um segundo de incerteza em que nada me garante que o mundo ainda tenha água e não haja se tornado um planeta seco e poeirento como os outros corpos celestes mais próximos, ou que pelo menos exista água suficiente para que eu possa recebê-la aqui, no vão de minhas mãos, longe como estou de qualquer represa e nascente, no coração desta fortaleza de cimento e asfalto.

No verão passado uma grande seca abateu-se sobre a Europa do norte, as imagens na televisão mostravam campos extensos com uma crosta árida e rachada, rios outrora caudalosos que descobriam embaraçados seus leitos secos, bovinos que remexiam os focinhos na lama procurando um alívio para a secura, filas de gente com ânforas e jarros diante de uma fonte esquálida. Vem-me o pensamento de que a abundância em que nadei até hoje é precária e ilusória, de que a água poderia voltar a ser um bem raro, transportado com esforço, eis o carregador de água com seu barrilzinho a tiracolo, dirigindo seu apelo às janelas para que os sedentos desçam e comprem um copo de sua preciosa mercadoria.

Se uma tentação de orgulho titânico havia aflorado em mim no momento em que me apossei do comando das torneiras, bastou um instante para me fazer considerar injustificável e fátuo o meu delírio de onipotência, e é com aflição e humildade que espio a chegada da onda que se anuncia descendo pelo cano com um sussurro abafado. Mas, e se fosse só uma bolha de ar passando pelos encanamentos vazios? Penso no Saara, que inexoravelmente avança todo ano alguns centímetros, vejo tremular na escuridão a miragem verdejante de um oásis, penso nas planícies áridas da Pérsia drenadas por canais subterrâneos até cidades de cúpulas de faiança azul, percorridas pelas caravanas dos nômades que todo ano descem do Cáspio para o Golfo Pérsico e acampam sob barracas pretas onde, acocorada no chão, uma mulher que segura entre os dentes um véu de cores vivas despeja de um odre de couro água para o chá.

Levanto o rosto para o chuveiro esperando que dali a um segundo os esguichos chovam sobre minhas pálpebras semicerradas, liberando o meu olhar sonolento que agora está explorando a peneira de metal cromado salpicada de furinhos debruados de calcário, e eis que nela me aparece uma paisagem lunar crivada de crateras calcinadas, não, são os desertos do Irã que estou olhando do avião, pontilhados de pequenas crateras brancas em fila a distâncias regulares, que assinalam a viagem da água pelas tubulações em serviço há três mil anos: os *qanat* que correm subterrâneos por trechos de cinquenta metros e se comunicam com a superfície através desses poços onde um homem pode descer, preso a uma corda, para a manutenção do conduto. Eis que também me projeto nessas crateras escuras, num horizonte de ponta-cabeça meto-me nos furos da ducha como nos poços dos *qanat*, buscando a água que corre invisível com um sussurro abafado.

Basta-me uma fração de segundo para reencontrar a noção de alto e baixo: é do alto que a água vai me alcançar, depois de um itinerário irregular na subida. Os percursos artificiais da água nas civilizações sedentas passam por baixo da terra ou na superfície, isto é, não se diferenciam muito dos percursos naturais, enquanto, inversamente, o grande luxo das civilizações pródigas em seiva vital é o de conseguir que a água vença a força da gravidade, suba para recair depois: e eis que se multiplicam as fontes com jogos de água e esguichos, os aquedutos romanos de altas pilastras. Nas arcadas dos aquedutos romanos o imponente trabalho de alvenaria serve de sustentação à leveza de um fluxo suspenso lá no alto, ideia que exprime um sublime paradoxo: a monumentalidade mais maciça e duradoura a serviço do que é fluido e passageiro e inalcançável e diáfano.

Aguço o ouvido para a gaiola de correntes suspensas que me cerca e domina, para a vibração que se propaga pela floresta de canos. Sinto acima de mim o céu do campo romano sulcado pelas tubulações no alto das arcadas em ligeiro declive, e, ainda mais acima, pelas nuvens que, competindo com os aquedutos, levantam imensas quantidades de água em movimento.

O ponto de chegada do aqueduto é sempre a cidade, a grande esponja feita para absorver e irrigar, Nínive e seus jardins, Roma e suas termas. Uma cidade transparente corre em permanência pela espessura compacta das pedras e do calcário, uma rede de fios de água cinge os muros e as ruas. As metáforas superficiais definem a cidade como um aglomerado de pedras, diamante facetado ou carvão fuliginoso, mas cada metrópole pode ser vista também como uma grande estrutura líquida, um espaço delimitado por linhas de água verticais e horizontais, uma estratificação de lugares sujeitos a marés e inundações e ressacas, onde o gênero humano realiza um ideal de vida anfíbia que corresponde à sua vocação profunda.

Ou talvez a vocação profunda da água seja aquilo que a cidade realiza: subir, esguichar, correr de baixo para cima. É na dimensão de sua altura que cada cidade se reconhece: uma Manhattan que ergue suas caixas-d'água no alto dos arranha-céus, uma Toledo que durante séculos deve se abastecer, barril após barril, nas correntes do Tejo lá longe, ao fundo, e carregá-los no lombo de mulas, até que, para gáudio do melancólico Filipe II, se ponha em movimento, chiando, *el artifício de Juanelo*, que transvasa passando por cima do precipício, do rio até o Alcázar — milagre de curta duração —, o conteúdo dos baldes oscilantes.

191

Aqui estou, pois, pronto para receber a água, não como algo que me seja naturalmente devido, mas como um encontro amoroso cuja liberdade e cuja felicidade são proporcionais aos obstáculos que ela teve de superar. Para viver em plena intimidade com a água, os romanos puseram as termas no centro de sua vida pública; hoje, para nós essa intimidade é o coração da vida privada, aqui debaixo desta ducha cujos regatos eu vi tantas vezes correr por tua pele, náiade, nereida, ondina, e é ainda assim que te vejo aparecer e desaparecer no balanço dos respingos, agora que a água jorra, obedecendo célere ao meu chamado.

O ESPELHO, O ALVO

Na minha juventude, eu passava horas e horas diante do espelho fazendo caretas. Não que meu rosto me parecesse tão bonito a ponto de eu jamais me cansar de olhá-lo; pelo contrário, não o suportava, meu rosto, e fazer caretas me dava a possibilidade de tentar rostos diferentes, rostos que apareciam e eram logo substituídos por outros rostos, de modo que eu podia acreditar que era outra pessoa, muitas pessoas, de todo tipo, uma multidão de indivíduos que em rodízio se tornavam eu, isto é, eu me tornava eles, isto é, cada um deles se tornava um outro deles, e enquanto isso era como se eu não estivesse ali.

Às vezes, depois de ter tentado três ou quatro rostos diferentes, ou até dez ou doze, eu me convencia de que um entre todos era o meu preferido, e procurava fazê-lo reaparecer, mexer de novo minhas feições de maneira a moldá-las na fisionomia que me caía tão bem. Pois sim! Uma careta, quando desaparecia, não havia mais jeito de apanhá-la, de fazê-la coincidir de novo com o meu rosto. Ao persegui-la, eu assumia rostos sempre diferentes, rostos desconhecidos, estranhos, hostis, que pareciam me afastar cada vez mais daquele rosto perdido. Eu parava de fazer caretas, apavorado, e reaparecia o meu rosto de sempre, que para mim era mais insípido do que nunca.

Mas esses meus exercícios nunca duravam muito. Sempre acontecia de surgir uma voz e me trazer à realidade.

Fulgenzio! Fulgenzio! Onde Fulgenzio se meteu? Sempre a mesma coisa! Sei muito bem como ele passa os dias, esse imbecil! Fulgenzio! De novo pegamos você diante do espelho fazendo caretas!

Freneticamente eu improvisava caretas de culpado pego em flagrante, de soldado que fica em posição de sentido, de bom

193

menino obediente, de idiota congênito, de gângster, de anjinho, de monstro, uma careta depois da outra.

Fulgenzio, quantas vezes precisamos lhe dizer para não se fechar em si mesmo! Olhe para fora das janelas! Veja como a natureza é luxuriante, como verdeja, sussurra, esvoaça, desabrocha! Veja como a cidade laboriosa ferve, palpita, freme, forja, produz! E cada um de meus familiares, de braço levantado, me indicava alguma coisa lá na paisagem, alguma coisa que segundo eles teria o poder de me atrair, entusiasmar, comunicar-me a energia que — ainda segundo eles — me faltava. Eu olhava, olhava, seguia com os olhos os indicadores deles, apontados, me esforçava para me interessar ao que me propunham pai mãe tias tios avós avôs irmãos mais velhos irmãs mais velhas irmãs e irmãos menores primos de primeiro segundo terceiro grau professores bedéis substitutos colegas de escola colegas de férias. Mas, realmente, não conseguia achar nada de extraordinário nas coisas tal como eram.

Em compensação, atrás das coisas talvez se escondessem outras coisas, e estas, estas, sim, podiam me interessar, e até me enchiam de curiosidade. De vez em quando eu via aparecer e desaparecer alguma coisa, ou um homem, ou uma mulher, não dava tempo de identificar essas aparições, e de repente eu me lançava e ia persegui-las. Era o avesso de cada coisa que despertava a minha curiosidade, o avesso das casas, o avesso dos jardins, o avesso das ruas, o avesso das cidades, o avesso dos televisores, o avesso das lava-louças, o avesso do mar, o avesso da lua. Mas, quando eu conseguia alcançar o avesso, compreendia que o que eu buscava era o avesso do avesso, e até o avesso do avesso do avesso, não; o avesso do avesso do avesso...

Fulgenzio, o que você está fazendo? Fulgenzio, o que está procurando? Está procurando alguém, Fulgenzio? Eu não sabia o que responder.

Às vezes, no fundo do espelho, atrás de minha imagem, eu tinha a impressão de ver uma presença que não me dava tempo de identificar e que de repente se escondia. Eu procurava observar no espelho, não eu mesmo, mas o mundo atrás de mim: nada chamava a minha atenção. Eu estava quase desviando o olhar e eis que, então, a via à espreita, do outro lado do espelho. Flagrava-a sempre de rabo do olho, ali onde eu menos esperava, mas, assim que tentava fixá-la, ela desaparecia. Apesar da rapidez de seus movimentos, essa criatura era flutuante e macia como se nadasse debaixo da água.

Eu largava o espelho e começava a procurar o ponto onde a vira desaparecer. — Ottilia! Ottilia! — eu chamava, pois gostava desse nome e pensava que uma moça que me agradasse não podia ter outro nome. — Ottilia! Onde você se esconde? — Eu sempre tinha a impressão de que ela estava bem perto, ali na frente, não: ali atrás; não, ali no canto, mas eu sempre chegava um segundo depois que ela se deslocara. — Ottilia! Ottilia! — Mas se me tivessem perguntado: quem é Ottilia?, não saberia o que dizer.

Fulgenzio, a gente tem de saber o que quer! Fulgenzio, não se pode ser sempre tão vago em seus propósitos! Fulgenzio, você tem de se propor um objetivo a alcançar — uma finalidade — um intento — um alvo — tem de avançar até a sua meta — deve aprender a lição, deve ser aprovado no concurso, deve ganhar tanto e poupar tanto!

Eu mirava o ponto de chegada, concentrava minhas forças, tendia minha vontade, mas o ponto de chegada era de saída, minhas forças eram centrífugas, minha vontade só tendia a se distender. Eu fazia todo o possível, me empenhava em estudar japonês, conseguir o diploma de astronauta, vencer o campeonato de levantamento de peso, juntar um bilhão em moedas de cem liras.

Siga reto o seu caminho, Fulgenzio! E eu tropeçava. Fulgenzio, não se desvie da linha que se traçou! E eu me embrenhava num zigue-zague, para lá e para cá. Pule por cima dos obstáculos, meu filho! E os obstáculos caíam em cima de mim.

Acabei perdendo a coragem, a tal ponto que nem mais as caretas no espelho vinham me ajudar. O espelho não refletia mais o meu rosto e nem sequer a sombra de Ottilia, mas só uma área de pedras dispersas como na superfície da lua.

Para fortalecer minha personalidade, comecei a me exercitar no tiro ao alvo. Meus pensamentos e minhas ações deviam se transformar em dardos arremessados no ar, percorrendo a linha invisível que termina num ponto exato, no centro de todos os centros. Mas eu não tinha pontaria. Meus dardos nunca atingiam o alvo.

O alvo me parecia tão longe como um outro mundo, um mundo todo de linhas precisas, cores nítidas, regular, geométrico, harmonioso. Os habitantes desse mundo só deviam fazer gestos exatos, percucientes, sem vacilações; para eles só deviam existir as linhas retas, os círculos traçados a compasso, os ângulos feitos com esquadro...

Quando vi Corinna pela primeira vez, compreendi que aquele mundo perfeito era feito para ela, e dele eu ainda estava excluído.

Corinna puxava o arco e zvlann! zvlann! zvlann!, uma flecha após outra se cravava no meio.

— Você é uma campeã?

— Mundial.

— Sabe esticar o arco de tantas maneiras diferentes, e toda vez a trajetória da flecha atinge o alvo. Como você faz?

— Você acha que eu estou aqui e o alvo ali. Não: eu estou aqui e ali, sou quem atira e sou o alvo que atrai a flecha, e sou a flecha que voa e o arco que dispara a flecha.

— Não entendo.

— Se um dia você também se tornar um de nós, entenderá.

— Eu também posso aprender?

— Posso lhe ensinar.

Na primeira aula Corinna me disse:

— Para dar ao seu olhar a firmeza que falta a você, olhe o alvo longa, intensamente. Olhá-lo apenas, fixo, até se perder ali dentro, convencer-se de que no mundo só existe o alvo, e que no centro do centro está você.

Eu contemplava o alvo. A visão dele sempre me comunicara um sentimento de certeza; mas agora, quanto mais o contemplava, mais essa certeza cedia lugar às dúvidas. Por instantes as zonas vermelhas me pareciam em relevo sobre as zonas verdes, em outros momentos via os verdes sobrelevados enquanto os vermelhos pareciam mais profundos. Abriam-se desníveis entre as linhas, precipícios, abismos, o centro estava no fundo de um sorvedouro ou na ponta de uma agulha, os círculos abriam perspectivas vertiginosas. Parecia que do meio das linhas do desenho iria sair a mão de alguém, um braço, uma pessoa... Ottilia!, eu logo pensava. Mas me apressava em afastar da mente esse pensamento. Era Corinna que eu tinha de seguir, não Ottilia, cuja imagem bastava para que o alvo desaparecesse, como uma bolha de sabão.

Na segunda aula Corinna me disse:

— O arco dispara a flecha quando relaxa, mas para isso ele tem primeiro de estar bem esticado. Se você quiser ser tão exato quanto um arco, tem de aprender duas coisas: concentrar-se em si mesmo e deixar toda a tensão fora de você.

Eu me contraía e relaxava como uma corda de arco. Fazia zvlann!, mas depois fazia zvlinn! e zvlunn!, vibrava como uma harpa, as vibrações se propagavam no ar, abriam parênteses de vazio, de onde os ventos tomavam impulso. Entre os zvlinn! e os zvlunn!, uma rede se balançava. Eu subia em espiral, ficava preso no espaço, e era Ottilia que eu via embalar-se na rede entre os arpejos. Mas as vibrações se extinguiam. E eu despencava.

Na terceira aula Corinna me disse:

— Imagine que você é uma flecha e corra para o alvo.

Eu corria, fendia o ar, me convencia de ser parecido com uma flecha. Mas as flechas com as quais eu me parecia eram flechas que se perdiam em todas as direções menos na direção certa. Eu corria para apanhar as flechas caídas. Penetrava em áreas desoladas e pedregosas. Era a minha imagem refletida por um espelho? Era a lua?

Entre as pedras eu reencontrava minhas flechas rombudas, cravadas na areia, tortas, despenadas. E ali no meio estava Ottilia. Passeava tranquila como se estivesse num jardim, colhendo flores e caçando borboletas.

Eu — Por que você está aqui, Ottilia? Onde estamos? Na lua?

Ottilia — Estamos no avesso do alvo.

Eu — E todos os tiros perdidos terminam aqui?

Ottilia — Perdidos? Nenhum tiro é perdido.

Eu — Mas aqui as flechas não têm nada para atingir.

Ottilia — Aqui as flechas criam raízes e se transformam em florestas.

Eu — Só vejo cacos, gravetos, caliças.

Ottilia — Muitas caliças, umas em cima das outras, fazem um arranha-céu. Muitos arranha-céus, uns em cima dos outros, fazem uma caliça.

Corinna — Fulgenzio! Onde você foi parar? O alvo!

Eu — Tenho de ir embora, Ottilia. Não posso ficar aqui com você. Tenho de fazer pontaria na outra face do alvo...

Ottilia — Por quê?

Eu — Aqui tudo é irregular, opaco, disforme...

Ottilia — Olhe bem. Pertinho, bem pertinho. O que está vendo?

Eu — Uma superfície granulosa, mosqueada, calombenta.

Ottilia — Passe entre um calombo e outro, entre um grão e outro, entre uma veia e outra. Encontrará o portão de um jardim, com canteiros verdes e piscinas límpidas. Eu estou lá no fundo.

Eu — Tudo o que toco é áspero, árido, frio.

Ottilia — Passe lentamente a mão pela superfície. É uma nuvem macia como chantilly...

Eu — Tudo é uniforme, surdo, compacto...

Ottilia — Abra bem os olhos e os ouvidos. Ouça o fervilhar e o clarão da cidade, janelas e vitrines iluminadas, e as buzinas e o carrilhão, e as pessoas brancas e amarelas e pretas e vermelhas, vestidas de verde e azul e laranja e açafrão.

Corinna — Fulgenzio! Onde você está?!

Agora eu já não podia me separar do mundo de Ottilia, da cidade que também era nuvem e jardim. As flechas, aqui, em vez de irem retas faziam muitas reviravoltas, longas linhas invisíveis que se emaranhavam e se desembaraçavam, se enovelavam e enrolavam, mas no final sempre atingiam o alvo, talvez um alvo diferente daquele que se esperava.

O fato estranho era o seguinte: quanto mais eu me dava conta de que o mundo era complicado, acidentado, inextricável, mais me parecia que as coisas que deviam realmente ser entendidas eram poucas e simples, e se eu as entendesse tudo ficaria claro como as linhas de um desenho. Gostaria de dizer isso a Corinna, ou a Ottilia, mas já fazia algum tempo que não as encontrava, nem uma nem outra, e, mais um fato estranho, em meus pensamentos volta e meia eu confundia uma com a outra.

Por muito tempo não me olhei mais no espelho. Um dia, por acaso, passando diante de um espelho, vi o alvo, com todas as suas lindas cores. Tentei me pôr de perfil, de três quartos: via sempre o alvo. — Corinna! — exclamei. — Estou aqui, Corinna! Olhe: sou como você gostaria que eu fosse! — Mas depois pensei que o que eu via no espelho não era só eu, mas também o mundo, portanto, Corinna, eu devia procurá-la ali, entre aquelas linhas coloridas. E Ottilia? Talvez Ottilia também estivesse ali, aparecendo e desaparecendo. Era Corinna ou Ottilia que, se fixasse o alvo-espelho por muito tempo, eu via aparecer entre os círculos concêntricos?

Às vezes tenho a impressão de encontrá-la, uma ou outra, no vaivém da cidade, e a impressão de que ela quer me dizer alguma coisa, mas isso acontece quando dois trens do metrô se cruzam correndo em direções opostas, e a imagem de Ottilia — ou de Corinna? — vem ao meu encontro e escapa e é seguida por uma série de rostos rapidíssimos, enquadrados pelas janelas como as caretas que eu fazia antigamente no meu espelho.

AS MEMÓRIAS DE CASANOVA

1

Durante toda a minha temporada em XXX tive duas amantes estáveis: Cate e Ilda. Cate vinha me encontrar de manhã, Ilda à tarde; de noite eu saía e as pessoas se espantavam ao me verem sempre só. Cate era formosa, Ilda era esbelta; ao alterná-las eu revivia o desejo, que tende tanto a variar quanto a se repetir.

Assim que Cate saía, eu apagava todos os seus vestígios; o mesmo com Ilda; e creio que sempre consegui evitar que uma soubesse da outra, na época e talvez também em seguida.

Naturalmente, às vezes acontecia de eu me enganar e dizer a uma coisas que só tinham sentido se ditas à outra: "Encontrei hoje na florista aquelas fúcsias, a sua flor preferida", ou então "Não esqueça de novo o seu colar aqui", causando espantos, iras, suspeitas. Mas esses equívocos banais só ocorreram, se bem me lembro, no início da dupla relação. Muito depressa aprendi a separar completamente uma história da outra; cada história tinha o seu curso, sua continuidade de conversas e hábitos, que nunca interferia na outra.

No início eu acreditava (eu era, como deve ter ficado claro, muito jovem, e procurava adquirir experiência) que o saber amoroso era transmissível de uma para outra: ambas sabiam sobre isso muito mais que eu, e eu pensava que as artes secretas aprendidas com Ilda poderiam ser ensinadas a Cate, e vice-versa. Estava enganado: apenas misturava o que só vale quando é espontâneo e direto. Era cada uma delas um mundo à parte, e inclusive era cada uma delas um céu à parte, em que eu precisava localizar as posições de estrelas e de planetas, órbitas, eclipses, inclinações e conjugações, solstícios e equinócios. Cada firmamento movia-se segundo um mecanismo diferente e um ritmo diferente. Eu não podia pretender aplicar ao céu de Ilda as noções de astronomia que tinha aprendido observando o céu de Cate.

Mas devo dizer que a liberdade de escolha entre duas linhas de conduta já nem sequer se apresentava a mim: com Cate eu era amestrado para agir de um jeito, e com Ilda, de outro; era condicionado em tudo pela companheira com quem estava, a ponto de até minhas preferências instintivas e meus tiques mudarem. Dois eus se alternavam em mim; e eu já não saberia dizer qual era verdadeiramente eu.

O que eu disse vale tanto para o corpo como para o espírito: as palavras ditas a uma não podiam ser repetidas à outra, e logo percebi que também precisava variar os pensamentos.

Quando me dá vontade de contar e evoco uma das tantas peripécias de minha vida aventureira, recorro de costume a versões que já testei socialmente, com passagens que se repetem literalmente, com efeitos calculados também nas divagações e nas pausas. Mas certas bravatas que nunca deixavam de suscitar a simpatia de grupos de pessoas desconhecidas ou indiferentes, num cara a cara com Cate ou Ilda eu já não conseguia que elas aceitassem, a não ser com algumas adaptações. Certas expressões que com Cate eram moeda corrente, com Ilda soavam falso; as tiradas espirituosas que Ilda agarrava no ar e relançava, para Cate eu devia explicar tintim por tintim, ao passo que ela apreciava outras que deixavam fria Ilda; às vezes era a conclusão a tirar do episódio que mudava de Ilda para Cate, de modo que eu era levado a concluir meus relatos de forma diversa. Assim, progressivamente eu ia construindo duas histórias diferentes de minha vida.

Todo dia eu contava a Cate e Ilda tudo o que tinha visto e ouvido circulando na noite da véspera pelos pontos de encontro e pelas reuniões da cidade: fofocas, espetáculos, personagens em evidência, hábitos na moda, extravagâncias. No meu primeiro período de grosseira indiferenciação, o relato feito para Cate de manhã, eu o repetia tal e qual para Ilda, de tarde: pensava assim poupar a imaginação que se tem de gastar continuamente a fim de manter o interesse vivo. Muito depressa percebi que o mesmo episódio interessava a uma e não a outra, ou, se interessava a ambas, os detalhes que me perguntavam eram diferentes e diferentes eram os comentários e as opiniões que daí resultavam.

Assim, eu devia tirar da mesma fonte dois relatos bem distintos: e se fosse só isso não seria nada; mas também devia viver de dois modos diferentes os fatos de cada noite que, no dia seguinte, eu iria contar: observava coisas e pessoas segundo a ótica de Cate e a ótica de Ilda, e julgava segundo os critérios de uma e de outra; nas conversas, intervinha com duas réplicas à mesma frase de outra pessoa, uma que agradaria a Ilda, outra a Cate; cada réplica provocava tréplicas a que eu devia responder duplicando de novo minhas intervenções. O desdobramento agia em mim, não quando eu estava em companhia de uma delas, mas sobretudo quando estavam ausentes.

Meu espírito tornara-se o campo de batalha das duas mulheres. Cate e Ilda, que na vida exterior se ignoravam, estavam todo o tempo frente a frente, lutando por um território dentro de mim, disputavam-se, dilaceravam-se. Eu só existia para hospedar essa luta de rivais enfurecidas, da qual elas nada sabiam.

Esta foi a verdadeira razão que me levou a partir de repente de XXX, para nunca mais voltar.

2

Eu era atraído por Irma porque ela me lembrava Dirce. Sentei-me ao lado dela: bastava que virasse um pouco o busto para mim e escondesse o rosto atrás da mão (eu lhe dizia coisas a meia-voz: ela ria) para que a ilusão de estar ao lado de Dirce se reforçasse. A ilusão despertava recordações, as recordações, desejos. Para de certo modo transmiti-los a Irma, agarrei sua mão. O contato e o estremecimento dela me revelaram tal como era, diferente. Essa sensação impôs-se à outra, mesmo sem apagá-la, e resultou, em si mesma, agradável. Compreendi que a mim teria sido impossível tirar de Irma um duplo prazer: o de perseguir, por meio dela, a Dirce perdida, e o de me deixar surpreender pela novidade de uma presença desconhecida.

Todo desejo traça dentro de nós um desenho, uma linha que sobe e ondula e às vezes se dissolve. A linha que evocava em mim a mulher ausente podia, um instante antes de declinar, entrecortar-se com a linha da curiosidade pela mulher presente, e transmitir seu impulso a esse desenho que ainda estava para ser totalmente traçado. O projeto merecia ser posto em prática: desdobrei-me em atenções com Irma, até convencê-la a juntar-se a mim no meu quarto, de noite.

Entrou. Deixou cair o mantô. Usava uma blusa leve e branca, de musselina, que o vento (era primavera e a janela estava aberta) agitou. Compreendi nesse momento que um mecanismo diferente do previsto comandava minhas sensações e meus pensamentos. Era Irma que enchia todo o campo de minha atenção, Irma como pessoa única e irreproduzível, pele e voz e olhar, enquanto as semelhanças com Dirce, que de vez em quando voltavam a surgir em minha mente, eram apenas uma perturbação que eu me apressava em varrer.

Assim, meu encontro com Irma tornou-se uma batalha com a sombra de Dirce, que não parava de se enfiar entre nós, e toda vez que eu achava estar prestes a captar a indefinível essência de Irma, a estabelecer entre nós uma intimidade que excluía qualquer outra presença ou pensamento, eis que Dirce, a experiência já vivida que Dirce era para mim, imprimia seu modelo justamente ao que eu estava vivendo então, e me impedia de senti-lo como algo novo. Agora, Dirce, sua recordação e sua marca só me inspiravam incômodo, constrangimento, tédio.

A aurora ia entrando pelas frestas da persiana como lâminas de luz cinza-pérola, quando compreendi com absoluta certeza que minha noite com Irma não era esta que agora estava quase terminando, mas outra parecida, uma noite que ainda viria, na qual eu procuraria a recordação de Irma em outra mulher, e sofreria antes por tê-la encontrado e tê-la perdido, e depois por não ter conseguido livrar-me dela.

3

Encontrei Tullia vinte anos depois. O acaso, que então levou-nos a nos encontrarmos e separarmos no momento em que havíamos compreendido que simpatizávamos um com o outro, permitiu-nos finalmente retomar o fio da história no ponto de interrupção. "Você está a mesma-o mesmo", dissemo-nos mutuamente. Mentíamos? Não de todo: "Estou o mesmo-a mesma", era o que queríamos, fosse eu ou ela, comunicar a mim e a ela.

Dessa vez, a história teve a continuação que cada um de nós esperava. A beleza madura de Tullia ocupou primeiro toda a minha atenção, e só num segundo momento eu me propus não esquecer a Tullia da juventude, tentando recuperar a continuidade entre as duas. Assim, num jogo surgido espontaneamente, enquanto conversávamos fingíamos que o nosso afastamento teria durado vinte e quatro horas e não vinte anos, e que as nossas recordações seriam coisas de ontem. Era bonito mas não era verdade. Se eu pensava no meu "eu" da época e no "ela" da época, eram dois estranhos que me apareciam; provocavam a minha simpatia, todo o afeto que se queira, ternura, mas tudo o que eu conseguia imaginar sobre eles não tinha nenhuma relação com o que éramos agora, Tullia e eu.

É verdade que restava em nós uma saudade daquele nosso velho encontro, curto demais. Era a saudade natural da juventude que passou? Mas, na minha satisfação atual, me parecia não haver nada de que eu pudesse sentir saudade; e Tullia também, assim como agora eu a estava conhecendo, era mulher demasiado presa ao presente para abandonar-se a nostalgias. Saudade do que não pudemos ser na época? Talvez um pouco, mas não totalmente: pois (sempre no entusiasmo exclusivo pelo que o presente estava nos dando) eu achava (talvez erradamente) que, se esse nosso desejo tivesse sido satisfeito de imediato, poderia ter subtraído algo do nosso contentamento de hoje. No máximo, seria uma saudade do que aqueles dois pobres jovens, aqueles dois "outros", haviam perdido, e que se somava ao total de perdas que a todo instante o mundo sofre e não recupera. Do alto de nossa inesperada riqueza, nós nos dignávamos a dar uma olhada de compaixão para os excluídos: um sentimento interessado, já que para nós mais valia saborear nosso privilégio.

Posso tirar duas conclusões opostas de minha história com Tullia. Pode-se dizer que o fato de termos nos reencontrado extingue a separação de vinte anos antes, anulando a perda sofrida; e pode-se dizer, ao contrário, que ele torna essa perda definitiva, desesperada. Esses dois (a Tullia e o eu mesmo da época) haviam se perdido para sempre e nunca mais se encontrariam, e em vão iriam pedir socorro à Tullia e ao eu de então, os quais (o egoísmo dos amantes felizes é sem limites) tinham agora se esquecido completamente deles.

4

De outras mulheres eu me lembro de um gesto, um modo de dizer, uma inflexão, que formam um todo com a essência da pessoa e a distinguem como uma assinatura. Não de Sofia. Ou seja, dela eu me lembro muito, talvez demais: pálpebras, tornozelos, uma cintura, um perfume, muitas preferências e obsessões, as canções que sabia, uma confissão obscura, alguns sonhos; coisas que minha memória ainda guarda relacionando-as a ela, mas que estão destinadas a se dispersar, pois não encontro o fio que as ligue e não sei qual delas contém a verdadeira Sofia. Entre um detalhe e outro há um vazio; e, tomados um a um, poderiam ser atribuídos tanto a ela como a qualquer outra. Quanto à intimidade entre nós (nos encontramos às escondidas por muitos meses), lembro-me de que cada vez era diferente, e isso, que deveria ser uma qualidade para quem, como eu, teme o desgaste da rotina, agora resulta ser um defeito, tanto assim que não lembro o que me impelia a, cada vez, buscá-la, justamente a ela. Em suma, não me lembro de rigorosamente nada.

Talvez o que eu quisesse saber dela no início fosse apenas se me agradava ou não: por isso, na primeira vez em que a vi assediei-a com uma série de perguntas, até mesmo indiscretas. Ela, que no entanto poderia ter se recusado, para cada resposta me submergiu com uma quantidade de esclarecimentos e revelações e alusões esparsas e vagas, ao que eu, esforçando-me em segui-la e reter o que ela pouco a pouco ia me dizendo, perdia-me cada vez mais. Resultado: era como se não tivesse me respondido coisíssima nenhuma.

Para estabelecer uma comunicação em linguagem diferente, arrisquei uma carícia. Os movimentos de Sofia, todos procurando conter e adiar o meu ataque, se não até rechaçá-lo, faziam com que minha mão, na hora em que uma zona de seu corpo escapava, acariciasse outras, de modo que o combate me levava a fazer um reconhecimento de sua pele, fragmentário mas extenso. Em suma, as informações colhidas pelo tato não eram menos abundantes, mesmo se eram igualmente incoerentes, do que as registradas pela audição.

Só nos restava completar o quanto antes nosso conhecimento em todos os planos. Mas era uma mulher única, aquela que diante de mim se despojava das roupas visíveis e das invisíveis, impostas ao comportamento pelos hábitos do mundo, ou eram muitas mulheres juntas? E, dessas, qual mulher estava me atraindo e qual estava me repelindo? Não havia uma vez em que eu não descobrisse em Sofia algo inesperado, e cada vez menos eu saberia responder à questão primordial: ela me agradava ou não?

Hoje, remexendo na memória, tenho outra dúvida: ou sou eu que não sou capaz de entender uma mulher, se ela não esconde nada de si; ou era Sofia que aplicava uma tática muito refinada para não se deixar capturar por mim, manifestando-se com tanta prolixidade. E digo para mim mesmo: entre todas, justamente ela conseguiu escapar de mim, como se nunca eu a tivesse tido. Mas realmente a tive? E depois me pergunto: e quem eu tive de verdade? E depois, ainda: ter quem? que coisa? o que isso quer dizer?

5

Conheci Fulvia no momento exato: o acaso quis que o primeiro homem de sua jovem vida fosse eu. Infelizmente esse feliz encontro estava destinado a ser breve; as circunstâncias me impunham deixar a cidade; meu navio já estava no cais; a partida era no dia seguinte.

Estávamos ambos conscientes de que não iríamos mais nos ver, e conscientes também de que isso fazia parte da ordem estabelecida e inelutável das coisas; assim, a tristeza, presente em graus diversos em mim e nela, era por nós, sempre em graus diversos, governada pela razão. Fulvia pressentia o vazio que experimentaria ao se interromper nossa rotina apenas iniciada, mas também a nova liberdade que se abria a ela e as múltiplas possibilidades que daí surgiriam; eu, ao contrário, era levado a situar os episódios de minha vida num desenho em que o presente recebe luz e sombra do futuro: deste eu já adivinhava todo o arco, até o seu declínio; e para ela eu antecipava a plena realização de uma vocação amorosa que eu contribuíra para despertar.

Assim, nessas derradeiras protelações antes do adeus eu não podia me impedir de me ver apenas como o primeiro de uma longa série de amantes que certamente Fulvia teria, e de reconsiderar o que se passara entre nós à luz de suas experiências futuras. Eu compreendia que cada mínimo detalhe de um amor vivido por Fulvia com absoluto abandono seria recordado e julgado pela mulher que ela iria se tornar num espaço de poucos anos. Nesse instante, Fulvia aceitava tudo de mim, sem julgar: mas num amanhã não distante estaria em condições de me comparar com outros homens; cada lembrança de mim seria por ela submetida a confrontos, diferenciações, julgamentos. Eu ainda tinha diante de mim uma moça inexperiente para a qual eu representava todo o cognoscível, mas ao mesmo tempo me sentia observado pela Fulvia de amanhã, exigente e desencantada.

Minha primeira reação foi de temor diante do confronto. Os futuros homens me apareciam como capazes de inspirar uma paixão total, o que para mim não existira. Fulvia iria me julgar, mais cedo ou mais tarde, indigno da sorte que me coubera; nela, minha lembrança permaneceria viva, ligada a uma decepção, ao sarcasmo. Eu invejava meus desconhecidos sucessores, sentia que já estavam ali à espreita, prestes a arrancarem Fulvia de mim, eu os odiava, já a odiava também por ter a sorte destinado-a a eles...

Para escapar da angústia, invertia o curso de meus pensamentos, e da autodifamação passava à autoexaltação. Conseguia sem esforço: por temperamento sou mais propenso a ter um alto conceito de mim mesmo. Fulvia tivera uma sorte inestimável em me conhecer em primeiro lugar; mas, tendo-me agora como modelo, estaria exposta a desenganos cruéis. Os outros homens que encontraria depois de mim lhe pareceriam rudes, moles, bobos, palermas. Na sua ingenuidade, ela com certeza achava que as minhas virtudes eram mais amplamente difundidas entre os indivíduos do meu sexo; eu devia adverti-la de que, procurando em outros o que encontrara em mim, só conheceria desilusões. Eu tremia de horror ao pensar que, depois de uma estreia tão feliz, Fulvia cairia em mãos indignas, que a ofenderiam, e acabava odiando-a também porque o destino a arrancava de mim condenando-a a contatos aviltantes.

Seja como for, acho que a paixão que me invadira era a que sempre ouvi ser chamada de "ciúme", afecção do espírito à qual eu pensava que as circunstâncias me tornariam imune. Estabelecido que eu era ciumento, só me restava comportar-me como ciumento. Discuti com Fulvia; disse que não podia suportar a sua serenidade na véspera da separação; acusei-a de não ver a hora de me trair; fui injusto com ela, cruel. Mas ela (sem dúvida por efeito da inexperiência) parecia achar natural a minha mudança de humor e não se preocupou muito. Com bom-senso me aconselhou a não desperdiçar em recriminações inúteis o pouco tempo que nos restava para estarmos juntos.

Então me ajoelhei a seus pés, supliquei que me perdoasse, que não ficasse muito furiosa ao se lembrar de mim quando tivesse encontrado um companheiro digno dela; eu não esperava uma graça maior que a de ser esquecido. Tratou-me de louco; não permitia que se falasse do que acontecera entre nós a não ser nos termos mais lisonjeiros; do contrário, disse, o efeito se estragaria.

Isso bastou para me tranquilizar quanto à minha imagem, mas então comecei a ter pena de Fulvia por sua sorte futura: os outros homens eram gente incapaz; eu precisava avisá-la de que a plenitude que conhecera comigo nunca se repetiria com ninguém. Respondeu-me que também sentia pena de mim, pois nossa felicidade vinha dela e de mim ao mesmo tempo, e, nos separando, ficaríamos privados disso; de qualquer maneira, para conservá-la o mais possível devíamos nos deixar impregnar por ela, inteiramente, sem pretender defini-la de fora.

A conclusão a que cheguei com certa distância, enquanto do navio que içava a âncora eu abanava o lenço para ela no cais, é a seguinte: a experiência que ocupara inteiramente Fulvia durante todo o tempo que passou comigo não era a descoberta de mim e nem sequer a descoberta do amor ou dos homens, mas de si mesma; essa descoberta, agora iniciada, não teria mais fim, apesar de minha ausência; eu só tinha sido um instrumento.

HENRY FORD

INTERLOCUTOR — Mister Ford, estou encarregado de lhe submeter... O comitê de que faço parte tem o prazer de informar-lhe... Devendo erigir um monumento ao personagem do nosso século que... A escolha do seu nome, por unanimidade... Pela maior influência exercida na história da humanidade... na imagem mesma do homem... Considerando a sua obra e o seu pensamento... Quem senão Henry Ford mudou o mundo, tornando-o totalmente diferente de como era antes dele? Quem mais do que Henry Ford modelou nosso modo de viver? Pois é, e gostaríamos que o monumento tivesse, portanto, a sua aprovação... Gostaríamos que fosse o senhor que nos dissesse como prefere ser representado, contra que fundo...

HENRY FORD — Como me vê agora... Entre os passarinhos... Eu tinha cinquenta viveiros como este... Chamava-os de hotéis dos pássaros; o maior era a casa dos martinetes, com setenta e seis apartamentos; no verão e no inverno os pássaros encontravam na minha casa refúgio e comida e água para beber. Eu mandava encher de grãos cestinhos pendurados nas árvores por fios de arame, durante todo o inverno, e bebedouros com um dispositivo elétrico para que a água não congelasse. Mandava pôr nas árvores ninhos artificiais de vários tipos: as garriças preferiam os ninhos que balançavam, que se agitavam ao vento; assim não há perigo de que se instalem os pardais, que só gostam de ninhos muito estáveis. No verão eu mandava deixar as cerejas nas árvores e os morangos nos arbustos para que os pássaros encontrassem sua alimentação natural. Todas as espécies de pássaros dos Estados Unidos passavam por minha casa. E importei pássaros de outros países: toutinegras, tentilhões, pintarroxos, estorninhos, tarambolas, gaios, cotovias... cerca de quinhentas espécies no total.

INTERLOCUTOR — Mas, Mister Ford, eu queria falar...

HENRY FORD — (*repentinamente rígido, pulando, colérico*) Por que o senhor pensa que os pássaros são apenas algo gracioso, pelas plumas, pelos gorjeios? Os pássaros são necessários por motivos estritamente econômicos! Destroem os insetos daninhos! Sabe qual foi a única vez em que mobilizei a organização da Ford para solicitar uma intervenção do governo dos Estados Unidos? Foi para a proteção das aves migradoras! Havia um ótimo projeto de lei para instituir reservas e que corria o risco de acabar enterrado; os homens do Congresso nunca achavam tempo para aprová-lo. Claro: os pássaros não votam! Então pedi a cada um dos seis mil agentes da Ford, espalhados em todos os Estados Unidos, que mandassem um telegrama ao seu representante no Congresso. E então em Washington começaram a se interessar pelo problema... A lei foi aprovada. E saiba que jamais quis utilizar a Ford Motor Company com fins políticos: cada um de nós tem direito às suas opiniões e a empresa não deve se meter nelas. Daquela vez o fim justificava os meios, creio eu, e foi a única exceção.

INTERLOCUTOR — Mas, Mister Ford, deixe-me entender: o senhor é o homem que mudou a imagem do planeta graças à organização industrial, à motorização... O que os passarinhos têm a ver com tudo isso?

HENRY FORD — Por quê? O senhor também é desses que acreditam que as grandes fábricas fizeram desaparecer as árvores, as flores, os pássaros, o verde? O contrário é que é verdade! Só sabendo nos servir da maneira eficaz das máquinas e da indústria é que teremos tempo para usufruir da natureza! Meu ponto de vista é muito simples: quanto mais tempo e mais energia desperdiçamos, menos nos resta para gozarmos a vida. Não considero os carros que levam meu nome como simples carros: quero que sirvam para testar a eficácia da minha filosofia...

INTERLOCUTOR — O senhor quer dizer que inventou e fabricou e vendeu automóveis para que as pessoas pudessem se afastar das fábricas de Detroit e ouvir cantar os pássaros nos bosques?

HENRY FORD — Uma das pessoas que mais admirei foi um homem que dedicou sua vida a observar e descrever os pássaros, John Burroughs. Era um inimigo jurado do automóvel e de todo o progresso técnico! Mas consegui fazê-lo mudar de ideia... As recordações mais belas de minha vida são as semanas de férias que organizei com ele, Burroughs, e os outros professores meus e amigos mais queridos, o grande Edison, e Firestone, o dos pneus... Viajávamos em caravanas de automóveis pelas montanhas Adirondacks, pelas Alleghanys, dormíamos em barracas, contemplávamos os crepúsculos, as auroras acima das cachoeiras...

INTERLOCUTOR — Mas o senhor não acha que uma imagem como essa... em relação ao que se sabe a seu respeito... o fordismo... pode, como dizer?, nos desviar... é uma evasão para longe de tudo o que é essencial?

HENRY FORD — Não, não, o essencial é isso. A história da América é uma história de deslocamentos entre horizontes infinitos, uma história de meios de transportes: o cavalo, as carroças dos pioneiros, as ferrovias... Mas só o automóvel deu aos americanos a América. Só com o automóvel eles se tornaram donos da extensão do país, cada indivíduo se tornou dono do seu meio de transporte, dono do seu tempo, no meio da imensidão do espaço...

INTERLOCUTOR — Devo lhe confessar que a ideia que tínhamos para o seu monumento... era um pouco diferente... tendo as fábricas ao fundo... cadeias de montagem... Henry Ford, o criador da fábrica moderna, da produção em série... O primeiro automóvel como produto de massa: o famoso modelo "T"...

HENRY FORD — Se é uma epígrafe que vocês procuram, podem gravar o texto do anúncio com que lancei no mercado o "Ford T", em 1908. Não que eu algum dia tenha precisado de publicidade para os meus carros, nada disso! Sempre afirmei que a publicidade é inútil, um bom produto não precisa dela, faz publicidade de si mesmo! Mas naquele folheto havia as *ideias* que eu queria difundir. É na publicidade como educação que eu creio! Leia, leia.

Construirei um carro para o grande público. Será suficientemente grande para uma família, mas pequeno o bastante para que possa satisfazer às exigências de um indivíduo. Será construído com os melhores materiais, pelos melhores homens que se podem encontrar no mercado, seguindo os projetos mais simples que a moderna engenharia pode fornecer. Mas terá um preço tão baixo que não haverá nenhum homem com um bom salário que não esteja em condições de possuí-lo e gozar com a sua família da bênção de algumas horas de prazer nos grandes espaços abertos por Deus.

INTERLOCUTOR — O "Ford T"... Por quase vinte anos as fábricas de Detroit só produziram esse tipo de automóvel... O senhor falava das exigências dos indivíduos... Mas lhe atribuem também essa tirada: "Cada cliente pode querer o carro da cor que preferir, contanto que seja preto". O senhor disse realmente isso, Mister Ford?

HENRY FORD — Sim, disse e escrevi. Como imagina que consegui baixar os preços, colocar o automóvel ao alcance de todos? Imagina que eu teria conseguido se tivesse produzido novos modelos todo ano, como os chapéus para as senhoras? A moda é uma das formas de desperdício que detesto. Minha ideia era um automóvel do qual cada peça fosse substituível, de modo que nunca envelhecesse. Só assim consegui transformar o carro, de objeto de luxo, de bem de prestígio, num instrumento de primeira necessidade, que vale para aquilo que serve...

INTERLOCUTOR — Foi uma grande mudança na mentalidade industrial. Daí em diante os esforços da indústria mundial procuraram satisfazer o consumo de massa, fazer crescer a demanda desse consumo. Foi justamente por isso que a indústria se orientou para os produtos que pudessem deteriorar depressa, que fossem jogados fora o mais rápido possível, a fim de que pudesse vender outros... O sistema que o senhor inaugurou deu resultados que vão contra todas as suas ideias fundamentais: produzem-se coisas que se gastam depressa, ou saem logo de moda, para darem lugar a outros produtos que não valem mais que os primeiros, mas que parecem mais novos e cuja sorte depende apenas da publicidade.

HENRY FORD — Não era isso que eu queria. Tem sentido mudar enquanto não se chegou àquele *único* modo *ótimo* de produzir, que deve existir para cada coisa, e que garante tanto a máxima economia como o melhor rendimento. Há um e só um caminho para fazer cada coisa da melhor maneira possível. Quando ele é atingido, por que mudar?

INTERLOCUTOR — Seu ideal é, portanto, um mundo de carros todos iguais?

HENRY FORD — Na natureza não há duas coisas iguais. E a igualdade entre os homens também é uma ideia equivocada e desastrosa. Nunca admirei a igualdade, mas tampouco isso foi para mim um espantalho. Mesmo se fazemos de tudo para produzir carros idênticos, compostos de peças idênticas, de tal forma que cada peça possa ser retirada de um carro e montada em outro, essa identidade é só aparente. Cada Ford, uma vez posto na rua, tem um comportamento um pouco diferente dos outros Ford, e um bom motorista, depois de ter testado um carro, consegue reconhecê-lo entre todos os outros, basta que pegue o volante, que gire a chave da ignição...

INTERLOCUTOR — Mas o mundo que o senhor ajudou a criar... o senhor nunca teve medo de que fosse terrivelmente uniforme, monótono?

HENRY FORD — A pobreza é que é monótona. É um desperdício de energias e vidas. As pessoas que faziam fila no nosso escritório de contratação eram uma multidão de italianos, gregos, poloneses, ucranianos, emigrantes de todas as províncias do império russo e do império austro-húngaro, que falavam línguas e dialetos incompreensíveis. Não eram ninguém, não tinham profissão nem casa. Fui eu que os honrei neste mundo, dei a todos um trabalho útil, um salário que os tornou independentes, fiz deles homens capazes de dirigirem a própria vida.

Mandei ensinar-lhes o inglês e os valores da nossa moral: essa era a única condição que eu impunha; se não estavam de acordo, que fossem embora. Mas quem estava disposto a aprender nunca foi despedido por mim. Tornaram-se cidadãos americanos, eles e suas famílias, em igualdade com quem havia nascido em famílias que estavam aqui havia gerações. Não me importa o que um homem foi: não lhe pergunto seu passado, nem de onde vem, nem que méritos tem. Não me importa se esteve em Harvard e não me importa se esteve em Sing-Sing! Só me interessa o que pode fazer, o que pode se tornar!

INTERLOCUTOR — É... se tornar, uniformizando-se segundo um modelo...

HENRY FORD — Compreendo o que o senhor quer dizer. A diversidade entre os homens é o ponto de partida que sempre tive presente. Força física, rapidez de movimentos, capacidade de reagir a situações novas são elementos que variam de indivíduo para indivíduo. Minha ideia foi a seguinte: organizar o trabalho dos meus estabelecimentos de modo a que quem fosse inábil ou inválido pudesse render tanto quanto o operário mais hábil. Mandei classificar as funções de cada serviço de acordo com o que exigiam: mais robustez, ou força ou estatura normal, ou se podiam ser feitas também por pessoas menos dotadas fisicamente e menos rápidas. Resultou que havia 2637 trabalhos que podiam ser entregues a operários com uma perna só (*faz por mímicas operações mecânicas fingindo estar sem uma perna*), 670 a quem não tinha as duas pernas (*faz mímicas como acima*), 715 aos sem um braço (*faz mímicas como acima*), dois aos que não têm braços (*faz mímicas como acima*), e dez funções podiam ser executadas por cegos. Um cego encarregado de contar os parafusos no depósito foi capaz de fazer o trabalho de três operários de olhos saudáveis (*faz mímicas*). É isso que vocês chamam uniformidade? Eu digo que fiz todo o possível para que cada um superasse os seus *handicaps*. Até os doentes nos meus hospitais podiam trabalhar e ganhar seu dia. Estando de cama. Aparafusando as porcas nos pequenos parafusos. Também servia para manter o moral. Curavam-se antes.

INTERLOCUTOR — Mas o trabalho na linha de montagem... Serem obrigados a concentrar a atenção em movimentos repetitivos, segundo um ritmo incessante, imposto pelas máquinas... O que pode ser mais mortificante para o espírito criativo... para a mais elementar liberdade de dispor dos movimentos do próprio corpo, do gasto da própria energia segundo o próprio ritmo, a própria respiração... Fazer sempre uma única operação, um único gesto, sempre do mesmo jeito... Não é uma perspectiva terrificante?

HENRY FORD — Para mim, é. Terrificante. Para mim seria inconcebível fazer sempre a mesma coisa o dia inteiro, e um dia depois do outro. Mas não é assim para todos. A imensa maioria dos homens não tem nenhum desejo de fazer trabalhos criativos, de ter de pensar, decidir. Está disposta simplesmente a fazer alguma coisa em que possa colocar o mínimo de esforço físico e mental. E para essa esmagadora maioria o aspecto mecânico repetitivo, a participação num trabalho já previsto nos mínimos detalhes assegura uma perfeita calma interior. É verdade que não podem ser indivíduos irrequietos. O senhor é irrequieto? Eu sou, muitíssimo. Pois bem, eu não o empregaria num trabalho de rotina. Mas grande parte das atribuições numa grande indústria é rotina, e é como rotina que elas são aceitas pela imensa maioria da mão de obra.

INTERLOCUTOR — São assim porque os senhores assim quiseram... sejam as atribuições, sejam as pessoas...

HENRY FORD — Conseguimos organizar o trabalho de modo que fosse mais fácil para quem devia fazê-lo, e mais rentável. Digo nós, os "criativos", se quer nos chamar assim, nós os irrequietos, nós que não temos paz enquanto não encontramos a melhor maneira de fazer as coisas... Sabe como me veio a ideia de levar a peça ao operário sem que ele precise se deslocar até a peça? Das fábricas de carne enlatada de Chicago, vendo os bois esquartejados que passavam pendurados em carrinhos, sobre trilhos elevados, para serem salpicados de sal, cortados, retalhados, esmigalhados... Os bois esquartejados que passavam, balançando... a nuvem de grãos de sal... as lâminas das facas, zac, zac... e vi os chassis do "Ford T" correndo na altura das mãos dos operários que apertavam os parafusos...

INTERLOCUTOR — A criatividade, portanto, é reservada a poucos... a quem projeta... a quem decide...

HENRY FORD — Não! Ela se expande! Quantos eram os artistas, os verdadeiros artistas, antigamente? Hoje os artistas somos nós, nós que nos firmamos com a produção e os homens que produzem! Antigamente as funções criativas se limitavam a juntar cores ou notas ou palavras, num quadro, numa partitura, numa página... E, aliás, para quem? Para quatro vagabundos, cansados da vida, que frequentam as galerias e as salas de concertos! Somos nós, os verdadeiros artistas, que inventamos o trabalho das indústrias necessárias a milhões de pessoas!

INTERLOCUTOR — Mas a habilidade profissional desaparece no trabalho manual!

HENRY FORD — Chega! Vocês todos repetem a mesma ladainha! O contrário é que é verdade. A habilidade profissional triunfa na construção das máquinas e na organização do trabalho, e assim é posta à disposição mesmo de quem não é hábil, mas que pode alcançar rendimento igual ao dos mais dotados! Sabe de quantas peças é feito um Ford? Contando também parafusos e porcas, são cerca de cinco mil: peças grandes, médias, pequenas ou simplesmente minúsculas, como as rodinhas de um relógio. Os operários deviam caminhar pela oficina para procurar cada peça, caminhar para levá-las ao setor de montagem, caminhar para buscar a chave inglesa, a chave de parafuso, o maçarico... As horas do dia iam embora nesses vaivéns... E eis que acabavam sempre esbarrando um no outro, atrapalhando-se nos gestos, se acotovelando, se amontoando... Era esse o modo de trabalhar humano, criativo, como agrada a vocês? Quis fazer com que o operário não tivesse de correr para a frente e para trás pelas oficinas. Era uma ideia desumana? Quis fazer com que o operário não tivesse de levantar e transportar peso. Era uma ideia desumana? Mandei colocar os instrumentos e os homens na ordem de sequência das operações, instalei carrinhos nos trilhos ou em linhas suspensas, de modo que os movimentos do braço fossem reduzidos ao mínimo. Basta economizar dez passos por dia de dez mil pessoas e você terá economizado cem quilômetros de movimentos inúteis e energias mal gastas.

INTERLOCUTOR — Resumamos: o senhor quer economizar os movimentos das pessoas que constroem automóveis que tornam possível a todos viverem em contínuo movimento...

HENRY FORD — É a economia de tempo, meu caro senhor, num e noutro caso. Não há contradição! A primeira publicidade que fiz para convencer os americanos a comprarem um automóvel era baseada no velho ditado "Tempo é dinheiro!". Assim também no trabalho: para cada tarefa o operário deve dispor do tempo justo, nem um segundo a menos e nem um segundo a mais! E o dia inteiro do operário deve se inspirar nos mesmos princípios: ele deve morar perto da fábrica para não perder tempo em deslocamentos. Por isso me convenci de que as fábricas de médio porte eram preferíveis às mastodônticas... e também permitiam evitar os grandes aglomerados urbanos, as favelas, as imundícies, a delinquência, o vício...

INTERLOCUTOR — E no entanto, Detroit... As massas que se concentraram no Middle West para procurar emprego nos estabelecimentos Ford...

HENRY FORD — É verdade, só eu conseguia dar salários elevados e aumentos constantes, numa época em que nenhum industrial queria ouvir falar disso... Foi duro sustentar e impor a todo o mundo econômico americano a minha ideia de que são os salários mais altos que movimentam o mercado, não os lucros mais altos. E para dar salários altos é preciso economizar no sistema de produção. É essa a única verdadeira economia que rende: economizar, não para acumular, mas para aumentar os salários, isto é, o poder de compra, isto é, a abundância. O segredo da abundância está num equilíbrio entre preços e qualidade. É só na abundância, não na escassez, que se pode construir: isso, fui o primeiro a entender. Se um capitalista trabalha com a esperança de um dia viver de rendas, é um mau capitalista. Sempre pensei que não possuía nada meu, mas que administrava meu patrimônio pondo os melhores meios de produção a serviço dos outros.

INTERLOCUTOR — Mas os sindicatos viam as coisas de outra maneira. E o senhor, durante anos, não quis saber dos sindicatos... Ainda em 1937 contratou turmas de lutadores e pugilistas profissionais para impedir as greves, na base da força...

HENRY FORD — Havia agitadores que queriam criar conflitos entre a Ford e os operários, conflitos que *pela lógica não podiam subsistir*. Eu havia calculado tudo para que os interesses dos operários e os da empresa fossem os mesmos! Eles chegavam com discursos que não tinham nada a ver com os meus princípios e com os princípios que regem o código da natureza. Há uma moral do trabalho, uma moral do serviço, que não pode ser perturbada, porque é uma lei da natureza. A natureza diz: trabalhem!, prosperidade e felicidade só podem ser alcançadas pelo trabalho honesto!

INTERLOCUTOR — Mas o que foi chamado de fordismo, ou pelo menos as suas ideias sociais mais populares — o emprego estável, o salário garantido, um certo grau de bem-estar —, deu origem a novas aspirações na mentalidade dos operários. O senhor se dava conta disso, Mister Ford? Com uma massa disforme e flutuante o senhor contribuiu para criar uma mão de obra que tinha algo a defender, tinha dignidade e consciência do próprio valor, e que, portanto, aspirava a segurança, garantias, força contratual, autonomia para decidir o próprio destino. É o que se chama de um processo irreversível, que o seu paternalismo não podia mais conter nem controlar...

HENRY FORD — Eu olho sempre o futuro, mas para simplificar, e não para complicar as coisas. Inversamente, todos os que projetam o futuro propõem reformas, parece que só querem complicar, complicar. São todos assim, os reformadores, os teóricos políticos, até os presidentes: Wilson, Roosevelt... Eu me vi várias vezes sozinho, lutando contra um mundo inutilmente complicado: a política, a economia, as guerras...

INTERLOCUTOR — O senhor não pode deixar de admitir que as guerras trouxeram vantagens para os negócios...

HENRY FORD — Essas vantagens não estavam nos meus planos. Sempre fui um pacifista, isso ninguém jamais poderá negar. Sempre lutei contra a intervenção americana, na Primeira Guerra Mundial e na Segunda. Em 1915 organizei o Navio da Paz, cruzei o Atlântico até a Noruega junto com personalidades das igrejas, das universidades, dos jornais, para pedir às potências europeias que suspendessem as hostilidades. Não quiseram me escutar. E meu país também entrou na guerra. A Ford também começou a trabalhar para a guerra. Então declarei que não receberia um centavo dos lucros vindos das encomendas de guerra.

INTERLOCUTOR — O senhor prometeu restituir esses lucros ao Estado, mas parece que isso não aconteceu...

HENRY FORD — Depois da guerra tive de enfrentar uma situação financeira muito grave. Os bancos...

INTERLOCUTOR — Os bancos sempre foram outra de suas *bêtes noires*...

HENRY FORD — O sistema financeiro é outra complicação inútil, que cria obstáculos à produção, em vez de facilitá-la. Para mim o dinheiro deveria vir sempre depois do trabalho, como resultado do trabalho, não antes. Enquanto me mantive longe do mercado financeiro as coisas andaram bem: em 29 me salvei da Grande Crise porque minhas ações não eram cotadas em bolsa. O objetivo do meu trabalho é a simplicidade...

INTERLOCUTOR — Mas o senhor teve um papel de primeiro plano na consolidação desse sistema econômico que diz não aprovar. Não acha que as suas considerações são inspiradas, mais que pela simplicidade, por um certo simplismo?

HENRY FORD — Nos negócios sempre me baseei em ideias simples americanas. Wall Street é um outro mundo, para mim... um mundo estrangeiro... oriental...

INTERLOCUTOR — Um momento, Mister Ford... O senhor provavelmente tinha todas as razões para se aborrecer com Wall Street... Mas daí a identificar a alta finança e todos os seus inimigos como pessoas de determinada origem, de determinada religião... a escrever artigos antissemitas nos seus jornais... a reuni-los em livro... a apoiar aquele fanático na Alemanha que logo tomaria o poder...

HENRY FORD — Minhas ideias foram mal-entendidas... Eu, com aquelas vergonhas que iriam acontecer na Europa, não tenho nada a ver... Falava pelo bem da América e também pelo bem deles, dessas pessoas diferentes de nós, que, se quisessem participar da nossa comunidade, deviam compreender quais são os verdadeiros princípios americanos... aqueles com os quais honra-me ter conduzido a minha empresa...

INTERLOCUTOR — O senhor realizou muitíssimo na fabricação das coisas, Mister Ford... E também teorizou muito... Mas enquanto as coisas correspondiam sempre às suas previsões e aos seus projetos, os homens não, pois nos seres humanos havia sempre algo que lhe escapava, que frustrava as suas expectativas... É assim?

HENRY FORD — Minha ambição não foi só fazer as coisas. O ferro, a chapa metálica, o aço não bastam. As coisas não são fins em si mesmas. Era num modelo de humanidade que eu pensava. Não fabricava apenas mercadorias. Queria fabricar homens!

INTERLOCUTOR — Gostaria que o senhor se explicasse melhor sobre esse ponto, Mister Ford. Posso me sentar? Posso acender um cigarro? Quer um?

HENRY FORD — Nãããão! Aqui não se fuma! Os cigarros são um vício aberrante! Nas fábricas Ford os cigarros são proibidos! Dediquei à campanha contra o fumo anos de energia! Até Edison me deu razão!

INTERLOCUTOR — Mas Edison fumava!

HENRY FORD — Só charutos. Alguns charutos eu também posso permitir. Cachimbo também. Fazem parte das tradições americanas. Mas cigarro, não! As estatísticas dizem que os piores criminosos são fumantes de cigarros. O cigarro leva direto aos *bas-fonds*! Publiquei um livro contra o cigarro!

INTERLOCUTOR — Não acha que, além do cigarro, poderia ter se preocupado com os efeitos do ritmo de trabalho na saúde? Ou com a poluição provocada por suas fábricas? Ou pelo fedor de nafta que sai dos canos de escape de seus automóveis?

HENRY FORD — Minhas fábricas estão sempre limpas, bem iluminadas e ventiladas. Posso lhe provar que, quanto a preocupações com a higiene, ninguém teve mais que eu. Agora estou falando da moral, da mente. Meu projeto exigia homens sóbrios, trabalhadores, éticos, com uma vida familiar serena, uma casa limpa e arrumada!

INTERLOCUTOR — Por isso o senhor instituiu um corpo de inspetores que investigavam a vida privada de seus empregados? Que metiam o nariz nos amores, na vida sexual de mulheres e homens?

HENRY FORD — Um empregado que vive corretamente fará seu trabalho corretamente. Selecionei meu pessoal não só com base no rendimento do serviço, mas também na moralidade da família. E se preferia contratar homens casados, bons pais de família de preferência a libertinos, beberrões e jogadores, isso também correspondia a critérios de eficiência. Quanto às mulheres, sou favorável a aceitá-las na fábrica se têm filhos para sustentar, mas se têm um marido que ganha dinheiro, o lugar delas é em casa!

INTERLOCUTOR — E no entanto os seus primeiros adversários foram os bem-pensantes puritanos que combatiam a difusão dos automóveis como um perigo para as famílias! Os pregadores e os moralistas trovejavam contra o automóvel que servia aos noivos para se encontrarem longe de qualquer vigilância; o automóvel que levava as famílias a perambular no domingo em vez de ir à igreja; o automóvel que, para ser comprado, exigia que se hipotecasse a casa, queimasse a sagrada poupança; o automóvel que criava na população parcimoniosa a exigência de férias prolongadas e de viagens; o automóvel que espalhava a inveja entre os pobres e incitava a revolução...

HENRY FORD — Os reacionários são como os bolchevistas: não veem a realidade, não sabem o que é necessário às funções elementares da vida humana. Eu também sempre agi segundo uma ideia, um modelo. Mas minhas ideias são sempre aplicáveis.

INTERLOCUTOR — Pois é, os bolchevistas... Como o senhor vê o fato de que o comunismo soviético tenha desde o início tomado o fordismo como modelo? Lenin e Stalin foram admiradores de sua organização produtiva e em certa medida seguidores de suas teorias. Também queriam que toda a sociedade se organizasse segundo critérios de rendimento industrial, também queriam fazer funcionar as suas fábricas e os seus operários como em Detroit, também queriam educar massas de trabalhadores disciplinados e puritanos...

HENRY FORD — Mas o que dei a meus operários eles não souberam dar. A austeridade deles, como a dos reacionários, perpetuou a escassez; minha austeridade trazia a abundância. Mas não me interessa o que eles fizeram: minha ideia era americana, pensada em função da América, animada pelo espírito dos pioneiros, que não tinham medo do trabalho e sabiam se adaptar ao novo, que eram frugais e austeros, mas queriam usufruir das coisas do mundo...

INTERLOCUTOR — Mas essa América dos pioneiros desapareceu... Eliminada pela Detroit de Henry Ford...

HENRY FORD — Venho daquela velha América. Meu pai tinha uma fazenda, em Michigan. Comecei a testar minhas invenções na fazenda, financiado por meu pai; queria construir meios de transporte práticos para a agricultura. O automóvel nasceu no campo. Fiquei afeiçoado à América da minha infância e dos meus pais. Assim que percebi que ela estava desaparecendo, comecei a comprar e colecionar antigos apetrechos agrícolas, arados, rodas de moinho d'água, carroças, *buggies*, trenós, mobília das velhas casas de madeira que caíam em ruínas...

INTERLOCUTOR — Portanto, assim como a ecologia nasce da mesma cultura que produziu a poluição, os antiquários nasceram da mesma cultura que impôs as coisas novas no lugar das velhas...

HENRY FORD — Comprei uma antiga taberna em Sudbury, em Massachussetts, com sua tabuleta, seu pórtico... Também mandei reconstruir a estrada de terra batida por onde passavam as caravanas indo para o Oeste...

INTERLOCUTOR — É verdade que, para restituir o ambiente do tempo dos cavalos e das diligências em torno dessa velha hospedaria, o senhor mandou desviar a autoestrada, aquela autoestrada pela qual roncam a toda velocidade os carros Ford?

HENRY FORD — Há lugar para tudo na nossa América, não acha? O campo americano não deve desaparecer. Sempre fui contra o êxodo rural dos agricultores. Projetei um complexo hidrelétrico no Tennessee para fornecer energia a baixo custo aos agricultores. Tivesse eu lhes fornecido eletrodomésticos, adubos, e eles teriam se mantido longe das cidades. Não quiseram me ouvir, nem o governo nem os *farmers*. Nunca entendem as ideias simples; as funções elementares da vida humana são três: a agricultura, a indústria e os transportes. Todos os problemas dependem de como se planta, como se fabrica e como se transporta, e sempre propus as soluções mais simples. O trabalho do agricultor era inutilmente complicado. Só cinco por cento da energia deles era empregada de forma útil.

INTERLOCUTOR — Não sente saudades daquela vida, então?

HENRY FORD — Se o senhor acha que sinto saudades de alguma coisa do passado, quer dizer que não entendeu nada de mim. Não dou a menor importância ao passado! Não creio na experiência da história! Pois é, encher a cabeça das pessoas com a cultura do passado é a coisa mais inútil que se pode fazer.

INTERLOCUTOR — Mas o passado significa experiência... Na vida dos povos e na das pessoas...

HENRY FORD — Até mesmo a experiência individual não serve para nada além de perpetuar a recordação dos fracassos. Na fábrica, os especialistas só sabem dizer que não se pode fazer isso, que aquilo já foi testado mas não funciona... Se eu tivesse dado ouvidos aos especialistas, nunca teria realizado nada do que consegui realizar, teria me desencorajado desde o início, nunca teria conseguido montar um motor a explosão. Naquela época os especialistas pensavam que a eletricidade podia resolver tudo, que os motores também deviam ser elétricos. Todos estavam fascinados por Edison, com muita razão, e eu também estava. E fui perguntar a ele se achava que eu era um louco, como diziam, porque teimara em fazer funcionar um motor que fazia "tuff, tuff". E então ele mesmo, Edison, o grande Edison, me disse: "Meu jovem, vou lhe dizer o que penso. Trabalhei com a eletricidade toda a minha vida. Pois bem, as máquinas elétricas nunca poderão se afastar demais das estações de abastecimento. Inútil pensar em levar junto as baterias dos acumuladores: são pesadas demais. Nem mesmo as máquinas a vapor são o ideal: precisarão sempre de uma caldeira e de um fogo, e do que é necessário para alimentá-lo. Em compensação, a máquina que você descobriu basta a si mesma: nada de fogo, nada de caldeira, nada de fumaça, nada de vapor; ela transporta consigo mesma a sua fábrica de energia. É disso que se precisava, meu jovem. Você está no caminho certo! Continue a trabalhar, não perca o ânimo! Se conseguir inventar um motor de pouco peso que se autoalimente, sem precisar ser carregado com uma bateria, terá um grande futuro!".

Foi o que me disse o grande Edison. Ele, que era o rei da eletricidade, foi o único a entender que eu estava fazendo algo em que a eletricidade não teria sucesso. Não, ser um especialista não conta, o que se fez não conta. O que conta é o que se pode e se quer fazer! As ideias que se tem para o futuro!

INTERLOCUTOR — Hoje o seu futuro já é um passado... e condiciona todo o nosso presente... Diga-me: hoje, olhando ao redor, o senhor reconhece o futuro que desejava? Digo o futuro que via no início, quando era um jovem interiorano de Michigan, que se fechava no hangar da fazenda do pai, para testar modelos de cilindros e pistons, e correias de transmissão, e diferenciais para as rodas... Diga-me, Mister Ford, o senhor se lembra do que então queria?...

HENRY FORD — Sim, queria a leveza, um motor leve para um veículo leve, como a pequena caleche na qual eu tentava inutilmente instalar uma caldeira a vapor... Sempre procurei a leveza, a redução dos desperdícios de material, de trabalho... Passava os dias fechado na cabana do hangar... De fora sentia chegar as baforadas de cheiro de feno... e o assobio do tordo, no velho olmo perto do lago... uma borboleta entrava pela janela, atraída pelo clarão da caldeira, batia as asas ao redor e depois, com a trepidação do pistom, voava e ia embora, silenciosa, leve...

(Imagens de engarrafamentos de trânsito numa grande cidade, de filas de caminhões numa autoestrada, de trabalho nas prensas de um laminador, de trabalho numa cadeia de montagem, de fumaça de chaminés etc. se superpõem à imagem de Ford enquanto pronuncia as últimas frases.)

O ÚLTIMO CANAL

MEU POLEGAR ABAIXA independentemente da minha vontade: por momentos, a intervalos irregulares, sinto a necessidade de apertar, esmagar, lançar um impulso repentino como um projétil; se era a isso que se referiam quando me concederam a enfermidade mental parcial, acertaram. Mas eles se enganam se acham que não havia um projeto, uma intenção bem clara no meu comportamento. Só agora, na calma acolchoada e esmaltada deste quartinho de clínica, posso desmentir os disparates que tive de ouvir atribuírem-me no processo, tanto por parte da acusação como da defesa. Com este memorial que, espero, chegará às mãos dos magistrados do recurso, se bem que meus defensores queiram a todo custo me impedir, pretendo restabelecer a verdade, a única verdade, a minha, se é que algum dia alguém estará em condições de entendê-la.

Os médicos também avançam no escuro, mas pelo menos veem com simpatia o meu propósito de escrever e me deram esta máquina e esta resma de papel: acham que isso representa uma melhora pelo fato de eu me encontrar trancado num quarto sem televisão, e atribuem a cessação do espasmo que contraía minha mão ao fato de terem me privado do pequeno objeto que eu apertava quando fui preso e que conseguira (as convulsões que eu ameaçava ter toda vez que o tiravam de minha mão não eram simuladas) guardar comigo durante a detenção, os interrogatórios, o processo. (E como eu poderia explicar — a não ser demonstrando que o corpo do delito se tornara uma parte do meu corpo — o que tinha feito e — mesmo sem conseguir convencê-los — por que o tinha feito?)

A primeira ideia equivocada que tiveram de mim foi que minha atenção é incapaz de acompanhar por mais de uns poucos minutos uma sucessão coerente de imagens, que minha mente só consegue captar fragmentos de histórias e discursos sem um antes nem um depois; em suma, que em minha cabeça tenha arrebentado o fio das conexões que mantêm unido o tecido do mundo. Não é verdade, e a prova que apresentam para sustentar suas teses — o meu modo de ficar imóvel por horas e horas diante da televisão ligada sem acompanhar nenhum programa, obrigado como sou, por um tique compulsivo, a pular de um canal para outro — também pode demonstrar justamente o contrário. Estou convencido de que há um sentido nos acontecimentos do mundo, de que uma história coerente e motivada em toda a sua série de causas e efeitos está se passando neste momento em algum lugar, atingível pela nossa possibilidade de verificação, e que ela contém a chave para julgar e compreender todo o resto. É essa convicção que me mantém imobilizado, fixando a tela com os olhos deslumbrados enquanto os pulos frenéticos do controle remoto fazem aparecer e desaparecer entrevistas com ministros, abraços de amantes, anúncios de desodorantes, concertos de rock, detidos que escondem o rosto, lançamentos de foguetes espaciais, tiroteios no Oeste, piruetas de bailarinas, lutas de boxe, *quiz shows*, duelos de samurais. Se não paro para assistir a nenhum desses programas é porque o programa que procuro é outro, e sei que ele existe, tenho certeza de que não é nenhum desses, e esses são transmitidos apenas para induzir ao erro e desencorajar quem como eu está convencido de que o programa que conta é *outro*. Por isso continuo a passar de canal para canal: não porque minha mente seja agora incapaz de se concentrar nem mesmo o mínimo necessário para acompanhar um filme ou um diálogo ou uma corrida de cavalos. Pelo contrário: minha atenção já está toda projetada em alguma coisa que não posso perder de jeito nenhum, alguma coisa única que está se produzindo neste momento enquanto a minha tela ainda está entupida de imagens supérfluas e intercambiáveis, alguma coisa que já deve ter começado e cujo início eu sem dúvida perdi, e cujo fim, se não me apressar, também corro o risco de perder. Meu dedo saltita no botão do controle remoto afastando os invólucros das aparências vãs tal como os despojos superpostos de uma cebola multicolorida.

Enquanto isso o *verdadeiro* programa está percorrendo as vias do éter numa faixa de frequência que não conheço, talvez se perderá no espaço sem que eu possa interceptá-lo: há uma estação desconhecida que está transmitindo uma história que me diz respeito, a *minha* história, a única história que pode me explicar quem sou eu, de onde venho e para onde estou indo. A única relação que neste momento posso estabelecer com a minha história é uma relação negativa: recusar as outras histórias, descartar todas as imagens mentirosas que me são propostas. Essa pressão nos botões é a ponte que lanço para aquela outra ponte que se abre em leque no vazio e que meus arpões não conseguem fisgar: duas pontes descontínuas de impulsos eletromagnéticos que não se juntam e se perdem na poeira de um mundo estilhaçado.

Foi quando entendi isso que comecei a brandir o controle remoto, não mais para a tela, mas para fora da janela, para a cidade, suas luzes, os letreiros de néon, as fachadas dos prédios, os pináculos nos telhados, as pernas das gruas de bico comprido de ferro, as nuvens. Depois desci pelas ruas com o controle remoto escondido debaixo do sobretudo, apontado como uma arma. No processo disseram que eu odiava a cidade, que queria fazê-la desaparecer, que eu era movido por um impulso de destruição. Não é verdade. Amo, sempre amei nossa cidade, seus dois rios, as raras pracinhas arborizadas como lagos de sombra, o miado dilacerante das sirenes das ambulâncias, o vento que pega em cheio as avenidas, os jornais amassados que voam rés do chão como galinhas cansadas. Sei que nossa cidade poderia ser a mais feliz do mundo, sei que o é, não aqui na faixa de ondas em que me movo, mas numa outra faixa de frequência, é ali que a cidade onde habitei toda a minha vida se torna finalmente o meu hábitat. É esse o canal que eu procurava sintonizar quando apontava o controle remoto para as vitrines cintilantes das joalherias, para as fachadas majestosas dos bancos, para as marquises e portas giratórias dos grandes hotéis: guiando meus gestos havia o desejo de salvar todas as histórias numa história que fosse também a minha: não a maldade ameaçadora e obsessiva de que sou acusado.

Todos avançavam no escuro: a polícia, os magistrados, os peritos psiquiatras, os advogados, os jornalistas. "Condicionado pela necessidade compulsiva de mudar continuamente de canal, um telespectador enlouquece e pretende mudar o mundo a golpes de controle remoto": foi esse o esquema que, com poucas variantes, serviu para definir meu caso. Mas os testes psicológicos sempre excluíram que houvesse em mim a vocação do destruidor; e meu grau de aceitação dos programas atualmente exibidos não se afasta muito da média dos índices de satisfação. Talvez mudando de canal eu não procurasse subverter todos os programas, mas algo que qualquer programa poderia comunicar se não fosse corroído por dentro pelo verme que desnatura todas as coisas que cercam minha existência.

Então imaginaram outra teoria, capaz de me fazer recobrar o juízo, disseram eles; ou melhor, atribuem ao fato de eu ter me convencido sozinho o freio inconsciente que me reteve de executar atos criminosos que, na opinião deles, eu estava prestes a cometer. É a teoria segundo a qual, por mais que se troque de canal, o programa é sempre o mesmo ou é como se fosse, seja um filme, noticiário ou publicidade, a mensagem é uma só em todas as estações porque tudo e todos fazemos parte de um sistema; e também fora da tela o sistema tudo invade e só deixa espaço para mudanças de aparência; portanto, que eu me agite tanto com o meu botão ou que fique de mãos no bolso dá rigorosamente no mesmo, pois jamais conseguirei escapar do sistema. Não sei se os que sustentam essas ideias acreditam nelas ou se só dizem isso pensando em me acusar; de qualquer maneira, nunca tiveram a menor influência sobre mim, pois não podem arranhar minha convicção a respeito da essência das coisas. Para mim o que conta no mundo não são as uniformidades, mas as diferenças: diferenças que podem ser grandes ou mesmo pequenas, minúsculas, quem sabe imperceptíveis, mas o que conta é justamente ressaltá-las e compará-las. Também sei que, pulando de um canal para outro, a impressão é de que sempre nos servem a mesma sopa; e também sei que os acasos da vida são limitados por uma necessidade que não permite que variem muito: mas é nessa pequena distância que está o segredo, a faísca que põe em funcionamento a máquina das consequências, graças à qual as diferenças, depois, se tornam notáveis, grandes, imensas e, pura e simplesmente, infinitas. Olho as coisas ao redor, todas oblíquas, e penso que teria bastado um nada, um erro evitado num determinado momento, um sim ou um não que, mesmo deixando intacto o quadro geral das circunstâncias, teria levado a consequências totalmente diferentes. Coisas tão simples, tão naturais, que eu sempre esperava que estivessem prestes a se revelar, a qualquer momento: pensar isso e apertar os botões do controle remoto eram uma só e mesma coisa.

Com Volumnia pensei ter finalmente sintonizado o canal certo. De fato, durante os primeiros tempos de nossa relação deixei o controle remoto descansando. Tudo nela me agradava, o penteado de seus cabelos cor de tabaco presos num *chignon*, a voz quase de contralto, as calças à zuavo e as botas pontudas, a paixão, por mim compartilhada, pelos buldogues e pelos cáctus. Igualmente agradáveis eu achava seus pais, as localidades em que haviam feito investimentos imobiliários e onde passávamos revigorantes temporadas nas férias, a companhia de seguros em que o pai de Volumnia me prometera um emprego criativo com participação nos lucros, depois do nosso casamento. Todas as dúvidas, as objeções, as hipóteses que não convergiam no sentido desejado, eu procurava enxotá-las de minha mente, e, quando percebi que elas se apresentavam cada vez mais insistentes, comecei a me perguntar se as pequenas falhas, os mal-entendidos, as amolações que até então tinham me parecido rusgas momentâneas e marginais não poderiam ser interpretados como presságios de perspectivas futuras, ou seja, se nossa felicidade carregava em estado latente essa sensação de ser algo forçado e enfadonho que temos diante de uma telenovela ruim. Porém, minha convicção de que Volumnia e eu éramos feitos um para o outro nunca se extinguiu: talvez em outro canal um casal idêntico a nós, mas que o destino dotara de qualidades só levemente diferentes, se preparasse para viver uma vida cem vezes mais atraente...

Foi com esse espírito que, naquela manhã, levantei o braço pegando o controle remoto e o dirigi para as corbelhas de camélias brancas, para o chapeuzinho enfeitado de cachos de uvas azuis da mãe de Volumnia, para a pérola na gravata plastrom de seu pai, para a estola do oficiante, para o véu da noiva bordado de prata... O gesto, no momento em que todos os presentes esperavam o meu "sim", foi mal interpretado: primeiro, por Volumnia, que viu nele uma repulsa, uma afronta irreparável. Mas eu só queria significar que lá, no outro canal, a nossa história, de Volumnia e eu, transcorria longe do júbilo das notas dos órgãos e dos flashes dos fotógrafos, mas com muitas coisas a mais que a identificavam com a minha verdade e a dela...

Talvez naquele canal mais além de todos os canais nossa história não tenha terminado. Volumnia continua a me amar, enquanto aqui, no mundo onde eu moro, já não consegui fazê-la entender minhas razões: ela não quis mais me ver. Nunca mais me recuperei dessa ruptura violenta; foi a partir daí que comecei essa vida, descrita nos jornais como a de um demente sem domicílio fixo, que vagava pela cidade armado de seu engenho disparatado... Ao contrário, nunca como nessa época meus raciocínios foram tão claros; eu tinha compreendido que devia começar a agir partindo do vértice: se as coisas acontecem erradamente em todos os canais, deve existir um último canal que não é como os outros, no qual os governantes — talvez não muito diferentes destes, mas tendo dentro de si certas pequenas diferenças de caráter, mentalidade, problemas de consciência — possam deter as rachaduras que se abrem nos fundamentos, a desconfiança mútua, a degradação das relações humanas...

Mas havia tempos a polícia estava de olho em mim. Daquela vez em que abri caminho entre a multidão amontoada para ver descer dos carros os protagonistas do grande encontro de Chefes de Estado e me enfiei entre as paredes de vidro do palácio, no meio das fileiras de seguranças, nem tive tempo de levantar o braço com o controle remoto apontado e todos se lançaram em cima de mim e me arrastaram para fora, por mais que eu protestasse que não queria interromper a cerimônia, mas apenas ver o que estavam passando no outro canal, por curiosidade, só durante alguns segundos.

NOTA DO EDITOR

Os textos reunidos pela primeira vez neste livro foram publicados na lista de títulos que se segue. Nos casos em que se dispunha do manuscrito e do texto publicado, deu-se preferência ao título e à versão do manuscrito.

APÓLOGOS E CONTOS 1943-1958

"O homem que chamava Teresa", manuscrito datado de 12 de abril de 1943.

"O raio", manuscrito datado de 25 de abril de 1943.

"Quem se contenta", manuscrito datado de 17 de maio de 1943; publicado em *La Repubblica* de 17 de setembro de 1986.

"O rio seco", manuscrito datado de outubro de 1943.

"Consciência", manuscrito datado de 1º de dezembro de 1943.

"Solidariedade", manuscrito datado de 3 de dezembro de 1943.

"A ovelha negra", manuscrito datado de 30 de julho de 1944.

"Imprestável", 1945-6, título do manuscrito original; projeto de romance que depois se tornou um conto. Com o título "Como eu não fui Noé" apareceu numa pequena revista não identificada. Foram encontradas apenas as páginas deste conto, arrancadas.

"Como um voo de patos", publicado em *Il Settimanale* II, 18, 3 de maio de 1947.

"Amor longe de casa", provas, com correções autográficas, 1946.

"Vento numa cidade", provas, com correções autográficas, 1946.

"O regimento desaparecido", publicado em *L'Unità* de 15 de julho de 1951; versão definitiva em *Quattordici racconti* (vários autores), Milão, Mondadori, 1971.

"Olhos inimigos" (título do manuscrito); publicado depois em *L'Unità* de 2 de fevereiro de 1952 com o título "Gli occhi del nemico".

"Um general na biblioteca" (título do manuscrito); publicado depois em *L'Unità* de 30 de outubro de 1953 com o título "Il generale in biblioteca".

"O colar da rainha", publicado com o título "Frammento di romanzo" em *I giorni di tutti*, Edindustria Editorial S.p.A., 1960. Diz a Nota do Autor: "As páginas que se seguem são tiradas de um romance no qual trabalhei nos anos 52, 53 e 54, e que não continuei. A partir das peripécias de um colar de pérolas desaparecido, o romance queria fazer uma representação satírica dos vários ambientes sociais de uma cidade industrial, nos anos de tensão do pós-guerra".

"A grande bonança das Antilhas", publicado em *Città Aperta*, I, 4-5, 25 de julho de 1957; a "Nota de 1979" foi escrita por Calvino em 1979 a pedido de Felice Froio.

"A tribo com os olhos para o céu", manuscrito com uma nota autográfica do autor, que diz: "Outubro de 1957 – depois do míssil soviético, antes do satélite. Para *Città Aperta*, e em seguida não publicado".

"Monólogo noturno de um nobre escocês", publicado em *L'Espresso* de 25 de maio de 1958; na nota em terceira pessoa que acompanha a publicação deste conto diz-se, certamente por sugestão do autor: "Neste apólogo o escritor Italo Calvino expressa sua opinião sobre a situação italiana às vésperas das eleições. Trata-se de um conto cifrado. Nos Mac Dickinson, isto é, nos episcopais, estão representados os democrata-cristãos; nos Mac Connolly, isto é, nos metodistas, os comunistas; nos Mac Ferguson, isto é, nos presbiterianos, os laicos. O nobre escocês é um desses. Nós pecamos, diz Calvino em substância, porque sempre nos negamos a ver nossas guerras como guerras de religião, iludindo-nos de que assim seria mais fácil chegar a um compromisso". O texto aqui publicado é o datilografado com correções autográficas de Calvino.

"Um belo dia de março", publicado em *Città Aperta*, II, 9-10, junho-julho de 1958.

CONTOS E DIÁLOGOS 1968-1984

"A memória do mundo", Milão, Clube dos Editores, 1968.

"A decapitação dos chefes", publicado em *Il Caffè*, XIV, 4, 4 de agosto de 1969. Diz a Nota do Autor: "As páginas que se seguem são esboços de capítulos de um livro que estou planejando há tempos e que pretenderia propor um novo modelo de sociedade, ou seja, um sistema político baseado no assassinato ritual de toda a classe dirigente em intervalos regulares. Ainda não decidi que forma terá o livro. Cada um dos capítulos que agora apresento poderia ser o início de um livro diferente; a ordem dos números que eles trazem não implica, pois, uma sucessão".

"O incêndio da casa abominável", publicado em *Playboy*, edição italiana, 1973.

"A bomba de gasolina" (título do manuscrito); publicado depois no *Corriere della Sera* de 21 de dezembro de 1974 com o título "La forza delle cose".

"O homem de Neandertal", publicado em *Le interviste impossibili*, vários autores, Milão, Bompiani, 1975.

"Montezuma", em *Le interviste impossibili* (vários autores), Milão, Bompiani, 1975.

235

"Antes que você diga 'Alô'", publicado no *Corriere della Sera* de 27 de julho de 1975.

"A glaciação", texto escrito a pedido da empresa japonesa de bebidas alcoólicas Suntori, publicado primeiro em japonês, depois no *Corriere della Sera* de 8 de novembro de 1975.

"O chamado da água", prefácio-conto para o livro de Vittorio Gobbi e Sergio Torresella, *Acquedotti ieri e oggi*, Milão, Montubi, 1976.

"O espelho, o alvo" (título do manuscrito); publicado depois no *Corriere della Sera* de 14 de dezembro de 1978 com o título "C'è una donna dietro il bersaglio".

"As memórias de Casanova", contos escritos para acompanhar o volume de águas-fortes de Massimo Campigli publicado por Salomon e Torrini Editores, em 1981, com uma Nota do Autor em terceira pessoa: "Depois de 'Le città invisibili', catálogo de cidades imaginárias visitadas por um Marco Polo ressuscitado, Italo Calvino começa outra série de contos breves, igualmente aventuras atribuídas a um famoso veneziano, que desta vez é Giacomo Casanova. Um 'catálogo' aqui também, mas de situações amorosas". Publicado depois em *La Repubblica* de 15-16 de agosto de 1982.

"Henry Ford", texto datilografado com correções autográficas datado de 30 de setembro de 1982. Diálogo escrito para a televisão, mas não realizado.

"O último canal", publicado em *La Repubblica* de 31 de janeiro de 1984.

ITALO CALVINO (1923-85) nasceu em Santiago de Las Vegas, Cuba, e foi para a Itália logo após o nascimento. Participou da resistência ao fascismo durante a guerra e foi membro do Partido Comunista até 1956. Publicou sua primeira obra, *A trilha dos ninhos de aranha*, em 1947.

OBRAS PUBLICADAS PELA COMPANHIA DAS LETRAS

Os amores difíceis
Assunto encerrado
O barão nas árvores
O caminho de San Giovanni
O castelo dos destinos cruzados
O cavaleiro inexistente
As cidades invisíveis
Contos fantásticos do século XIX (org.)
As cosmicômicas
O dia de um escrutinador
Eremita em Paris
Fábulas italianas

Um general na biblioteca
Marcovaldo ou As estações na cidade
Os nossos antepassados
Palomar
Perde quem fica zangado primeiro
Por que ler os clássicos
Se um viajante numa noite de inverno
Seis propostas para o próximo milênio
  — Lições americanas
Sob o sol-jaguar
A trilha dos ninhos de aranha
O visconde partido ao meio